逆空追凶

暗網

樂律

時光重啟,殺機再臨!
隱藏在皮肉下的,是善惡難辨的人性,
還是堅不可摧的鋼鐵?

越深入越是危機四伏
致命危機下的真相,
代價究竟是
什麼?

老譚 著

CHASING THE EVIL AGAINST
TIME AND SPACE

十年前的殺機,今夜再度浮現!
過往能夠被看見,但是能被改變嗎?
命運的齒輪重新啟動,眼前人還值得信任嗎?

目錄

楔子	……………………………	005
第一章	行凶者 ……………………………	007
第二章	漫長的黑夜 ……………………………	021
第三章	關鍵的證據 ……………………………	035
第四章	被「預測」的突發事件 ……………………………	051
第五章	平行空間實驗 ……………………………	069
第六章	生死營救 ……………………………	089
第七章	跨越十年的殺人案 ……………………………	109
第八章	來自1992年的訊號 ……………………………	131
第九章	關鍵證物 ……………………………	149

目錄

第十章　AI機器人 ………… 171

第十一章　致命刺殺 ………… 191

第十二章　志工 ………… 213

第十三章　殺人機器 ………… 233

第十四章　交易背後的祕密 ………… 253

第十五章　陰謀操縱者 ………… 273

第十六章　舊案重啟 ………… 291

第十七章　隱藏了27年的真相 ………… 309

楔子

黑夜籠罩著整個城市，寂靜而又神祕。向卉感覺身後有腳步聲，她停下來回頭張望時，那陣腳步聲也消失了。不，不是消失，而是停在了某個黑暗的角落。

她把手伸進包裡，準備拿槍，才想起下班的時候上交了。於是摸出手機，撥通了葉大衛的電話。

葉大衛正忙碌著，沒想到一忙碌起來，居然就忘了時間。當電話響起來時，他抬起頭看了一眼空空的屋子，這才發覺向卉還沒回來。

可是，當他按下接聽鍵，剛「喂」了一聲，便聽見電話那頭傳來一聲慘叫。

他被向卉的聲音驚得站了起來，可電話裡只剩下「嗷嗷」的痛苦的呻吟。

「向卉，妳怎麼了？喂，妳在哪，發生什麼事了？」葉大衛感覺自己的心臟快要跳出來了，邊叫喊著向卉的名字，邊衝出了門。

黃昏的巷子裡，向卉被人死死地勒住了脖子，她的兩隻手在空中胡亂地揮舞，雙腿使勁地在地上蹬來蹬去。可她已經使不上力氣了，呼吸越來越困難，一句「師父，救我」只是心中的吶喊，卻發不出聲音。

漸漸昏黃的燈光，消失在了她的眼前⋯⋯

楔子

第一章　行凶者

暮色蒼茫，薄如蝶翼。籠罩在薄霧中的雲海市，如同行駛在汪洋裡的帆船，浮浮沉沉，與海浪搏擊了整日，終於進入了夢鄉。這座用鋼筋混凝土堆砌起來的城市，稀疏間隔的樓房之間，保留著適當空隙，令這個城市看上去似乎並不那麼壓抑。

在這些大樓中，有一扇黑色的窗戶，像嵌入暗夜裡的窟窿，散發著絲絲寒意。窗戶背後，依稀立著個婀娜的身影，深沉的目光透過夜色，好像在尋找著什麼。

與之相距不足百公尺遠的街道對面，是一棟三層的樓房，房裡的男人，戴著一頂黑色的鴨舌帽，雙手平穩地端著望遠鏡。

「師父、師父……」這個男人，是葉大衛，雙目如炬，一臉冷峻的表情，像極了這個夜晚的顏色。他四肢僵硬，卻又全然沒有麻木的感覺，直到突然聽見一個熟悉的聲音在叫喚自己的名字，這才慌忙回過頭去，身後卻空空如也。

他已經保持同樣的姿勢很久了，雙目炯炯地注視著屋裡的女子。女子像隻鳥兒在有限的空間飛來飛去。不久之後，她整個人舒服地躺在沙發上，燈突然熄滅，人影也隨之消失在暗夜之中。

第一章　行凶者

葉大衛沉沉地垂下手臂，放下望遠鏡，眨了眨酸澀的眼睛，凝神沉思起來。他的思緒，像這迷離的夜色，又像一張無邊無際的暗網，變得深不可測。

夜色已深，可他毫無睡意，腦子裡全是另外一個女孩的面孔，那張面孔宛如蓮花，在他心裡悠然綻放。

可是，一個又一個疑問，很快就像浪花一樣席捲而來。

這麼晚了，她怎麼還沒回家？今晚住在她家裡的那個陌生女子又是誰？

他來到這個空間已經有些日子了，但是這麼久的時間，他對這座城市的印象，除了一直在暗中追尋的女孩之外，就是環繞著城市四分之三的大海，這個大海就像點綴在蒼穹上的絢爛的藍寶石。

在某一瞬間，葉大衛會不經意間把這座城市當成江州市。在此之前，他是知道雲海市的，但沒太多印象。

他在地圖上找到並標記了江州市，然後站在窗前打量著這個夜幕下的城市，思緒萬千，突然眼皮一痛，感覺有刺眼的東西從眼前一閃而過。

他迅速抓起望遠鏡，透過夜色，只見一個持刀的人影，鬼鬼祟祟地出現在對面的房屋裡，正一步步逼近沙發上的女子。很快，女子從沙發上彈了起來，但還沒來得及叫，便被一隻大手捂住嘴，然後圓瞪著雙眼，失去了反抗的力氣。

葉大衛親眼看到凶手舉起尖刀，一刀一刀地刺在女子身上。飛濺的血液，就像雨水一樣在空中飄散，他感覺自己快要無法呼吸了，腦子裡一片空白，血液凝固，心臟也停止了跳動。

葉大衛顫抖著，想要邁出腳步時，卻像被捆綁住一樣，無法動彈。他深吸一口氣，終於恢復了理智，將全身的力量都聚集到了雙手。他緊握望遠鏡的手心浸滿了汗水。

昏暗的夜光透過窗戶，正好落在凶手臉上，嗜血的雙眼，死死地盯著還在抽搐的女子，面若寒鐵。凶手行凶過後，似乎意猶未盡，又盯著那張蒼白的臉欣賞了好一會兒，然後才握著沾滿了血的尖刀，慢慢悠悠地站起來，把臉偏向葉大衛站立的方向，露出一絲冰冷的笑。

葉大衛捂住了嘴，因為感覺喉嚨裡有熱流湧過，嗆得他差點嘔吐。他只能看到那雙眼睛，那個眼神，好像可以直接把人給殺死一般。

他大口喘息著，有種撕心裂肺的痛楚在身體裡流淌，終於丟下望遠鏡，搖搖晃晃，慌不擇路，飛奔著衝向馬路對面的房子。

門是虛掩著的，濃濃的血腥味瀰漫在空氣中。葉大衛衝進屋後，飛快地掃視了一眼四周，卻沒見到行凶者的身影。

他的目光捕捉到了沙發上的女子。女子的身體被血包裹著，頭髮胡亂地散開，圓瞪的雙眼，流露出惶恐的表情。他屏住呼吸，緩緩蹲下身去，雙指小心翼翼地探向女子鼻尖，發現已經呼吸全無，不禁重重地嚇了口唾沫，想要起身，卻差點站立不穩。

葉大衛沒有動房屋裡的任何物品，只是轉動目光，在房間裡搜尋起來。他從屋裡出來的時候，眼神落到牆邊的花瓶上，一束鮮花正吐露芬芳。這束鮮花應該是整個房間最特別的物品，但他只在那上面停留了幾秒鐘，很快就轉移了視線。

第一章　行凶者

凶手一定是衝向卉來的，要是今晚在家的人是她，現在躺在沙發上的人……

他不敢繼續往下想，因為他一直在暗中觀察的人，正是那個叫向卉的女人。

她今晚去了什麼地方？這個被殺的女子到底是誰？

葉大衛跟蹤向卉這麼長時間，可從未見過今晚這個女子，也沒見兩人同時出現過。

他站在視窗朝街道上望去，大街上空空蕩蕩。奇怪的是，他剛從對面樓裡衝過來的途中，也並未見到行凶者，凶手就像空氣一樣消失得無影無蹤。

「嗚——」一陣刺耳的警笛聲突然劃破夜空，朝著這個方向而來。

葉大衛慌忙從死者臉上收回目光，胸口依然像壓著塊石頭。他朝死者看了一眼，本想等警察來，可突然又想到一個問題：除了凶手，他是現場唯一的人，那麼究竟是誰打電話報的警。

很顯然，有人故意把他引到凶案現場，而這個想要誣陷他的人，很可能就是凶手。

葉大衛想到這一點，又想起自己來自另一個空間的身分，心想著就算警察來了，他一時半會兒也解釋不清楚，於是決定先離開凶案現場。

他跌跌撞撞地下了樓，雙腿一直在顫抖，好幾次都差點摔倒，感覺自己像一隻正在落荒而逃的野狗。

他終於逃離了凶案現場，但並沒有走遠，而是躲在暗處，緊握著拳頭，親眼看到警車呼嘯而來，然後停在凶案現場的樓下，幾名警員下車後，急急忙忙地衝上了樓……

葉大衛沉重地嘆息了一聲，仰望著昏暗的夜空，感覺像有一隻無形的手，緊緊地攫著他的心臟，要

010

將他一步步拖入深不見底的龍潭。此刻，籠罩在城市上空的薄霧，顯得越發厚重了。

＊＊＊

一個月前的那個午後，葉大衛從2019年的江州市來到了2009年的雲海市。

那一刻，葉大衛感覺自己好像坐在飛速行駛的雲霄飛車上，腦子眩暈，眼前一片模糊，胸口也一陣抽搐……那種蝕骨的痛楚快把他折磨得不成人形了。

「向卉、向卉……」他無數次地呼叫著一個人的名字，直到被一聲槍響給驚醒，猛地睜開眼，看向四周，才發現自己身在一片陌生之地，車輪滾滾，人流如潮。

他很快確定，這並不是他所在的世界。

「怎麼會這樣，怎麼會這樣，我為什麼還活著？」他觸碰著自己完好無損的身體，閉上眼睛，腦子裡再次浮現出焦灼而又痛心的一幕。

「砰、砰、砰……」子彈從耳邊呼嘯而過，擦傷了他的臉，他感覺到了痛，繼而想起向卉。向卉，對，是她替我擋住了子彈！

「葉大衛，你該死，是你害死了向卉……」他雙手抱頭，腦子裡的弦繃得緊緊的，彷彿再一用力就會斷開。他在心裡一遍又一遍地詛咒，為什麼老天要如此對待他、折磨他。

他失神地打量著這個世界，心底一片荒蕪，寸草不生。到底是誰要殺自己，凶手到底是什麼人？他越發糊塗了，臉色蒼白，頭腦昏沉得更加厲害。

第一章　行凶者

他不相信向卉會死，雖然親眼看到子彈擊中了她的身體。

葉大衛找了個臨時住所，接下來幾天都在打探回去的方法。

薄霧冉冉升起，雲蒸霞蔚，一道七色彩虹橫跨在城市上空，把雲海市渲染成了仙境。

葉大衛混跡於人流之中，盡量讓自己帶著欣賞的心境去看待這一切，人們紛紛湧上大街，所有的目光都朝向彩虹，表情虔誠，彷彿那是神蹟，是能給自己帶來好運的風景。

還在人間就好！他只能這樣安慰自己，突然感覺身心疲憊，這才想起已經有幾天沒好好睡覺了，於是打算先回去休息一下。

廣場上擠滿了人，他們高舉著手機，有些在拍彩虹，有些在與彩虹合影。

葉大衛放空心情，艱難地擠過人群，終於找到了一小片空地。然而，誰也沒有料到，危險正悄然襲來。

他駐足，扭過頭去，也想再看一眼彩虹，可突然間好像被什麼閃了下眼睛。在那一瞬間，還以為自己看花了眼。

他怔在原地，驚愕地盯著那張面孔。他按著亂跳的心臟，想要邁步過去，但雙腿像灌了鉛，不聽使喚。那雙眼睛似乎也看到了他，只不過面無表情，好像面對的是一個完全不認識的陌生人。四目交集，也沒有碰撞出火花。

葉大衛張了張嘴，腦子瞬間就短了路，剛想叫她的名字，猛然想到了什麼，不禁驚愕地瞪大了眼。

她為什麼不認識我？

女子也終於從他臉上收回目光，然後緩緩抬起右手臂。葉大衛看到了她握在手裡的槍，頓時被驚得手足無措，渾身僵硬。

在他的潛意識裡，彷彿有個聲音提醒他去阻擋，可在自己真實的想法裡，卻好像有一種更為強大的力量要將他推離開去。

「砰、砰……」隨著兩聲槍響，離她大約兩公尺遠的一名背包男子應聲倒地。

剎那間，廣場上亂作一團，尖叫聲此起彼伏，人流作鳥獸散去。

葉大衛眼睛血紅，腦子裡近乎缺氧。他呆若木雞，像被施了定身術，一動不動地站在那裡，張著再也無法合攏的嘴，剛剛發生的一切似乎全然與他無關。

女子不慌不忙地收回槍，卻並不急於離開，反而再次回頭，目光平靜地落在葉大衛臉上。四目相對之下，終於衝他露出一絲笑容，然後才迅速匯入人流之中。

葉大衛重重地吐出一股氣流，像被扎破的充氣玩偶一樣漏氣了。他的目光久久地停留在死者冒血的胸口，還有那雙驚恐萬狀的眼睛上。

那是一名無法從臉上看出年齡的男子，額頭和胸口分別中槍，血液包裹了他的身體。

葉大衛過了許久才緩過神，循著她離開的方向，拖著沉重的雙腿追了過去，同時大聲嚷著：「向卉、向卉……」

可是，他很快失去了目標，一時間，感覺周圍風起雲湧，雲譎波詭，彷彿身處洪流之中。

第一章　行凶者

怎麼會是她，為什麼她不認識我？葉大衛喘息著，他沒想到會在陌生的地方遇到她，一開始還以為是幻覺。不過，等他冷靜之後，才逐漸恢復理智，再次意識到可能發生了什麼。

他的心情五味雜陳，剛剛雲霄飛車般的遭遇，令他仍然心有餘悸，尤其是向卉離開前衝他露出的那一絲笑容，現在想來，仍是那麼的詭異。

她好像並不認識我，可為什麼又要對我笑？既然她十年後是警察，那麼十年前的她為何又是一名當街胡亂開槍殺人的凶手？

他猜測，這個當街持槍殺人的女子，可能是向卉在這個空間的另一個她！

這是他目前能想到的最大可能。這樣的想法，讓他的眼神也變得越發灰暗。

葉大衛夾雜在圍觀的人群中，看見警察忙忙碌碌。這時候，他再也不想回到住的地方，獨自穿行在夜色中，突然冒出另一個想法：要是能找到這個空間的向卉，也許就能找到回去的辦法。

他沒有找到殺人後消失的向卉。白天的槍擊事件，在這個城市似乎沒有掀起半點波瀾，好像什麼都沒發生過。來來往往的人，依然在夜色中如水流淌，撩人的夜色顯得更加寧靜。廣場上的大螢幕，將夜色映照得宛如白晝，主持人正在播報白天的槍擊事件，不少人駐足觀看。

「警方到達現場時，男子已經沒有生命跡象。據目擊者稱，凶手是一名女子，在開槍後迅速逃離現場。警方檢視了廣場周圍的監視器，但相關人員回覆，所有監視器恰好在一天前全部壞掉⋯⋯」

葉大衛一隻手撐著下顎，傻子一樣盯著螢幕，全身無力。當他拖著疲憊的身體回到臨時住所時，本想好好睡一覺，可腦子裡全是向卉當街殺人時的情景。

他面對黑暗的夜空，回想起連日來奔波在街頭的情景，像無頭蒼蠅亂碰亂撞，卻毫無線索，現在好不容易遇到向卉，又像匆匆過客，很快就失去了目標……

他不知什麼時候就睡著了，夢裡再次看到向卉舉槍瞄著他，當槍響時，他慘叫著從床上彈起，渾身是汗。

雖然他心裡明白，要找到向卉，談何容易。

起身走到窗前，拉開窗簾發現天已大亮。

日頭當空，火熱的一天如約而至！

葉大衛抹去額頭上的汗水，起身喝了杯水。他暫時不打算離開了，因為向卉的突然出現。

* * *

一場大雨傾盆而下，他就站在雨中，任憑大雨沖刷著。在雨中淋了一會兒，煩躁被沖刷乾淨了。他恢復了以往的冷靜，直接走進常去的餐廳，打算吃點東西等雨過去。

美女服務生跟他熟了，他還沒點餐，就把他常吃的蓋澆飯端到了面前。

葉大衛有個習慣，吃飯時喜歡把飯和菜分開，可是等他把飯菜分開後，卻又好像沒什麼胃口了，隨意吃了兩口便放下了筷子，茫然地望向玻璃牆外，發現雨不知什麼時候已經停了。

第一章　行凶者

也就是這隨意的一瞥，令他跌破眼鏡，因為他再一次看到了那個熟悉的身影。

向卉！葉大衛確實看到了向卉，和那天在廣場上開槍殺人的槍手一樣的身影。他丟下筷子，衝出餐廳，跟剛剛進門的客人撞了個滿懷，忙說了聲「不好意思」，然後緊隨著那個背影追了上去。

這一次，他已經不像上次撞見向卉時那樣激動了，而是盡量克制情緒，不遠不近地跟著向卉。

他是個老警察，跟蹤目標是家常便飯。他的目光，表面在四處游離著，實際上一刻也沒有離開過那個身影。

目標走進了一條人跡罕至的巷子，又拐過一條街道，最後到了一棟三層的舊樓前，沿著狹窄的樓梯上了三樓。

葉大衛沒有跟上樓去，而是在樓下一直等到三樓的某個房間亮燈，這才長長地籲了口氣。

他沒有立刻離去，而是在樓下望著亮燈的窗戶看了許久。

他確定樓上房間的人是向卉無疑，可自己該怎麼接近她？一開始，他打算直接去敲門，開門見山。

可她當街殺了人啊，而且動作如此老練，一看就不是新手。莫非她在這個世界的身分，是一個職業殺手？葉大衛大膽地猜想著，可也明白這樣的人，是不會輕易相信他的。

所以，他否定了自己的第一想法。如果她不是殺人凶手，他一定會毫不猶豫去靠近她，跟她坦白自己的身分。但現在絕不是時候，他不想節外生枝，所以他決定先暗中接近她，了解她的身分，然後再做下一步計畫。

幾分鐘過後，樓上的燈熄滅了。葉大衛站在寂寥、冷清的大街上，隨意打量了一眼周圍的環境，不經意間便鎖定了對面的樓房，也就在那一瞬間，他做了個大膽的決定。

他在向卉對面的樓裡住了下來。從對面三樓的房間裡望過去，正好可以看到她房間的窗戶。

葉大衛端著望遠鏡，靜靜地凝視著在窗前徘徊的向卉，雖然隔著一條街，但在望遠鏡裡，兩人的距離卻被拉得如此之近。

向卉是如此善良的一個女孩，可另一個她怎麼就變成了殺人凶手？

葉大衛盯著向卉的一舉一動，不由自主地想起了還身在現實空間的另一個向卉，她替自己擋了子彈，現在仍舊生死不明，以致成了他最大的心病。

向卉盤坐在沙發上，開啟電視，然後又拿起了手機。

他放下望遠鏡，揉了揉鼻梁，思忖著她今天會怎麼度過，難不成要在家裡待上一整天？

他已經有了個大致的計畫，先跟蹤向卉，弄清楚她的日常行蹤，然後趁她不在家時潛入，調查她的真實身分。

＊＊＊

下午兩點，向卉一身學生打扮，出門了！葉大衛匆忙下樓，戴著墨鏡和鴨舌帽，悄悄地跟著她，在大街上大約走了二十分鐘，才見她進了一棟老式的樓房。

雲海市警校！葉大衛看到掛在門外的牌子時大吃一驚，又想起向卉當街殺人的情景，盯著她遠去的

第一章　行凶者

背影，腦子越發糊塗。這時候，他看到有身著保安服、年紀稍大的安保人員，於是走過去搭訕起來。

「您好，我想跟您打聽一下，剛剛進去的那個姑娘，是這裡的工作人員？」

保安回頭看了向卉的背影一眼，疑惑地問：「你是她的什麼人？」

「我呀，我不是她的誰，就是看著面熟，像個老鄉！」葉大衛胡謅道。

「學生，她是三年級的學生！」保安說。

「她、她是叫向卉吧？」葉大衛打算碰碰運氣，沒想到居然得到了肯定的答覆。

他的內心更加矛盾，持槍殺人的向卉，到底哪一個才是真實的她？

他在學校正大門外二十幾公尺的地方，靠著一處斷垣坐下，百無聊賴地打發著無聊的下午時光。終於到了晚飯時間，一群學生從學校裡出來，當看到跟同學有說有笑的向卉時，他慌忙別過了臉。

向卉沿著下午來時的方向漫步著，步伐輕盈，像只美麗的蝴蝶。葉大衛盯著她纖弱的背影，實在無法將她與冷血、殘酷的殺人凶手聯繫起來。

他暗中尾隨她回到了家，目睹她上樓開燈，這才回到自己的住所，然後又拿起望遠鏡開始觀察她的私生活。當夜無事發生，夜色溫婉如水。

葉大衛一覺醒來，已經日上三竿。他慌忙奔向視窗，拿起望遠鏡，卻良久沒發現向卉的身影。

他不敢確認她是否在家或者是已經出門，又盯了一小會兒，突然聽到肚子咕咕直叫，於是徘徊著下樓吃了點東西，然後才回到屋裡，很艱難地熬過了一整天。

夜幕降臨，卻依然不見她的身影。

葉大衛發了會兒呆，心想著向卉一大早就出門去了，可是怎麼這麼晚還沒回來。他站在視窗，不敢眨眼，一動不動地盯著，呵欠連天。

直到晚上十點多，他中途去上了趟廁所回來，突然發現對面房屋裡亮了燈，立即精神抖擻，拿起望遠鏡，卻只看到一個人影倒在沙發上，屋裡的燈也熄滅。

他眼睛好像被什麼東西閃了一下，慌忙打起精神，抓起望遠鏡，死死地盯著闖入向卉房屋的那個黑影人。

更可怕的是，葉大衛不只看到了人影，還看到了抓在手裡的尖刀。他緊緊地捏了把汗，想大聲呼叫，卻像被什麼堵住了喉嚨，根本出不了聲。

持刀的黑影人，眼裡閃著寒光，一步步逼近躺在沙發上的人，然後舉起了尖刀。葉大衛目睹黑影人行凶，終於忍不住叫出聲，紅著眼，搖晃著衝出門，向著馬路對面的房屋飛奔過去。

他覺得頭重腳輕，一股濃濃的血腥味鑽入鼻孔⋯⋯

第一章　行凶者

第二章 漫長的黑夜

葉大衛藏身於高樓林立的另一片黑暗中，夾縫裡渾濁的空氣，他感覺自己快要被命運之手蹂躪得喘不過氣了。

為什麼有人要殺向卉？葉大衛腦子裡有就像有一隻蜜蜂在飛來飛去，腦門嗡嗡作響。時間一分一秒地過去，對他而言，這個夜晚是如此的漫長。他希望太陽快點升起，也許警方會釋出案件的相關消息。可他做夢都沒想到的是，等他終於熬過了夜晚時，黎明卻並未如願以償地到來。

清晨的空氣依舊清新，只不過，今天與往常有點不一樣，似乎多了些沉悶。警笛聲呼嘯了整夜，此刻依然在城市上空盤旋。

葉大衛蜷縮著身子，壓低帽簷，盡量讓自己看上去不那麼顯眼。他小心翼翼地打量著身邊的每一個人，在經過一家便利商店的櫥窗外時，突然被電視上播報的新聞吸引了，駐足停下。

沒想到會看到自己的照片，而正在播報的畫面，則是自己進入和離開凶案現場的情景。

「死者身中數刀，是一名年約二十五歲的女子，身高170公分……犯罪嫌疑人為一名亞裔男子，頭戴黑色鴨舌帽，行凶手段非常凶殘，身上可能藏有凶器，是個極度危險的人物。據警方透露，很可能是多

021

第二章　漫長的黑夜

起凶殺案的主犯，請廣大市民提高警惕，一旦發現犯罪嫌疑人的行蹤，務必第一時間報警……」播音員的聲音像吐子彈，準確無誤地擊中葉大衛的胸口。

葉大衛看到自己的照片，心情瞬間沉到了谷底，自己明明是看到凶手行凶才趕去救人，為什麼會突然變成犯罪嫌疑人，而且還是多起凶殺案的主犯？真正的凶手又去了哪裡，為何能輕易避開那些監視器？

他仔細回憶當晚的情形，上樓和下樓的時候確實沒見到其他人，更別提凶手了。

這時候，便利商店的店員正朝他這邊張望。

葉大衛再次壓低了帽簷，悄然離開，突然猜測除了上下的樓道，凶案現場一定還有其他路徑可以逃離。

他避開所有視線，回到住的地方，拿起望遠鏡，看著對面空空蕩蕩的房間，昨夜目睹到的案發情景又重新浮現在眼前。

警方在房屋裡忙碌了整夜，一個小時前剛剛撤離，但是封鎖了凶案現場。

葉大衛此時腦子裡唯一的念頭，就是要洗清自己的嫌疑，但他也明白，要洗清嫌疑，必須先找到凶手，還有真正的殺人凶手。

葉大衛做了這麼多年警察，得出一個經驗，很多凶手在犯罪後，往往會潛回凶案現場逗留，所以他習慣性地在周圍搜尋起來。

房東是個五十來歲的女人，房屋裡發生凶殺案後，租戶都退房搬走了，造成她的重大損失，加上面

對警方的再三詢問，弄得神經都快崩潰，這會兒正在樓下不停地咒罵凶手。

葉大衛又把目光投向右側的人行道，有些二人對凶案現場的房屋指指點點。不遠處有一把長椅，長椅上坐著個男子，男子在打電話，眼睛卻一直朝凶案現場的方向張望。

葉大衛緊盯著男子的一舉一動，男子突然起身，朝著凶案房屋的方向走來。葉大衛覺得此人的行為舉止太不一般，所以他不敢眨眼，心都懸到了嗓子眼。

男子卻在凶案大樓前停下腳步，抬頭向上張望。

葉大衛瞪著眼睛，做好了下樓去的準備，但很快就釋然了，因為從對面跑過來一名女子，和男子緊緊地擁抱在一起，而後簇擁著雙雙離開。

＊＊＊

今夜星光燦爛，月光皎潔，雲海市披著一層雪亮的薄紗，在暗夜裡翩翩起舞。

午夜時分，葉大衛悄悄返回凶案現場。血腥味已經消散，但仍然存留著一絲令人窒息的感覺，尤其是對他這個曾經親眼見到行凶過程的人，更是一種壓抑。

葉大衛在進屋前，把樓道裡的每一個角落都認真勘察了一遍，但沒發現任何監視器。

那麼，警方手裡的錄影又是怎麼回事？究竟是誰拍的影片？想到這裡，他不禁頭皮發麻，如果樓道裡沒有安裝監視器，那就只能是有人故意將他進入和離開凶案現場的過程拍了下來。

他回憶著自己在錄影裡的角度，猜想拍攝者應該處於一個較高的位置，可這裡是三樓，如果要拍攝

第二章　漫長的黑夜

到他進出凶案現場的情景，並且是從一樓一直拍到樓頂，除了樓頂，否則不可能有如此完整的錄影。

葉大衛屏住呼吸想：如果真是這樣，凶手一定親眼、而且是提前看到我進入這棟樓房，然後一直躲在暗處盯著我！想像著那雙盯著自己的眼睛的來處，不禁再次環顧起四周來。

房屋裡沒有開燈，有月光從窗外射進來，朦朧的光線將房間內的情形照得非常清楚。

他在客廳晃了幾分鐘，然後推開臥室虛掩的門。床上的被子疊得整整齊齊的，一側的衣櫃門開著，衣櫃裡面的衣服不算多，無精打采地掛在衣架上，散發著淡淡的香味。

他在床頭櫃上看到一個不大的正方形相框，相框裡面的照片卻消失不見了。

「是原本就沒有照片，還是後來被人拿走了？」他這樣想著，慢慢悠悠地退了出來。靠近臥室的一邊是廚房，應該是很久沒用過的原因，廚房裡很乾淨，幾乎聞不到一絲油煙味。

他用手指在灶臺上擦了擦，也沒有油膩的感覺，再一看櫥櫃裡面，只有兩個碗，兩個盤子。

葉大衛猜想向卉平日裡很少做飯，幾乎沒有邀請朋友到家裡吃飯，說明她的圈子很小，人際關係簡單，朋友不多，也許死者就是她為數不多的朋友之一。

可是如果真是這樣，那晚向卉究竟去了什麼地方，為什麼半夜了還沒有回家？那一切，就好像事先知道有人要殺她似的。如果真是這樣，死者的死與她有無關係？

疑團重重，他不得而知，也不敢妄自猜測。

緊挨著廚房的是一個不大的房間，房間裡並排放著三個紙箱，看起來有些亂，還有點發霉的味道。

＊＊＊

此時，他想起了陳迪芬，想起她家雜物間牆上的那幅地圖，忍不住幽幽地嘆息了一聲。

葉大衛收回思緒，正打算抽身離開時，突然身後傳來沙沙的響聲。

他愣住了，思緒再一次回到了陳迪芬身上，他當初也是被儲物間奇怪的聲響吸引，然後才開啟門，發現了牆上的地圖。

難道同樣的奇蹟又發生了？

他忐忑地轉過身去，那陣沙沙的聲響變得越發清晰。

他的目光停留在雜物間的幾個箱子上面，沙沙聲便是從其中一個箱子裡發出來的。

他豎起耳朵，盯著沙沙聲傳來的方向看了許久，卻不敢確定那些聲音來自何物，一開始還以為是某種小動物發出來的，但很快他就推翻了這種猜測，覺得那應該是電流聲。

大約十幾秒鐘過後，箱子下的葉大衛，終於開啟了其中一個箱子。

一部看上去不太新的筆記型電腦躺在盒底，布滿了灰塵，應該是很久沒人用過了！在葉大衛的記憶中，這款牌子的筆記型電腦應該在幾年前就停產了。

他猶豫著開啟電腦，電腦螢幕也隨著沙沙聲時明時暗，好像是受到了某種干擾，閃爍著像心電圖一樣的波浪。

葉大衛將電腦從箱子裡翻出來，擺在桌上，用手輕輕拍了拍，突然傳來斷斷續續的人語聲，頓時把

第二章　漫長的黑夜

他嚇得一抖，但很快就穩住了，盯著螢幕，終於肯定那些人語聲是從電腦裡發出來的，只不過依然斷斷續續，聽得不是那麼清楚，於是清了清嗓子，壓抑著聲音問道：「是誰在說話？能聽到我說話嗎？你是誰，喂、喂、喂⋯⋯」

那陣斷斷續續的人語聲徹底消失，又變成了沙沙聲。葉大衛發現電腦螢幕還亮著，用手指敲了敲螢幕表面，那陣斷斷續續的人語聲再次響起。

「你好，我聽得不是很清楚，你那邊是不是網路不好？」葉大衛繼續嘗試跟對方交流，「我叫葉大衛，你應該不認識我，這間房屋的主人叫向卉，你們認識嗎？你是在找她，想要跟她說話嗎？」

對方好像也在說話，但夾雜著電流聲，葉大衛一個字也聽不清楚。葉大衛突然意識到，也許是自己這邊的訊號出現了問題，於是舉著電腦走出雜物間，來到客廳。

沙沙、沙沙、沙沙沙⋯⋯電流聲越來越嘈雜，葉大衛再次敲了敲螢幕，沒想到電腦後蓋居然脫落了，他望著沒有電池的電腦，一時間腦子短了路。

一部沒有電池的筆記型電腦，螢幕居然還能亮。葉大衛用自己有限的理解力，無論如何也無法解釋清楚是何原理。

這也太詭異了，該不會是傳說中的亡靈復活吧？他陡然間想起這件事，不禁自嘲地笑了起來。他是個無神論者，平時的工作，很多時候都會與死人打交道，見慣了死人，所以根本不會相信亡靈復活這些鬼話。

可是，一部沒有電池的筆記型電腦居然亮屏，而且還傳出斷斷續續的人語聲，實在太匪夷所思了。

026

這就跟掛在牆上的那幅地圖，可以溢位文字一樣，雖然詭異，卻實實在在地發生了。

他正把電腦翻來覆去地看，突然聽筒裡再次傳來沙沙的聲響，驚得他差點鬆手。這一次，他用一種冷峻的聲音問道：「我雖然不知道你是誰，但我能猜到你一定與這部電腦的主人向卉有關係。我是警察，有什麼事情你可以跟我說。」

電腦裡再次傳來似是而非的人語聲，可仍舊是斷斷續續的，還帶著沉重的呼吸聲，就好像有一陣颶風刮過。幾分鐘過後，電腦變得安靜下來。

葉大衛順手把電腦放在桌上，又在房屋裡翻騰起來，把抽屜一一開啟，希望可以尋找到一些有用的東西，可他沒想到，自己的一舉一動，此時已經被拍攝下來，而且清晰地傳到了警察局。

警察局的值班警員收到這段影片後，緊接著接到一個電話，打電話的人聲稱犯罪嫌疑人闖入了凶案現場，然後便掛了電話。

＊　＊　＊

「都散了，誰敢再鬧事，就跟我回警察局⋯⋯」在離向卉家大約一百公尺的位置，身著便衣的警察曹志宇，看到幾個小混混鬧事，本來喝了點酒，不想搭理，但又實在看不下去，這才湊了過去。

「警察叔叔，看樣子你喝酒了吧？要不要我們兄弟再陪你喝一杯？」

曹志宇這些年來一直如此頹廢，被小混混推了一把，站直一拳打了過去，然後就捱了好幾腳。他抓住其中一人的頭髮，狠狠地往地上撞去，怒吼道：「來呀，再來呀！」

第二章　漫長的黑夜

「沒事了，沒事了，我們兄弟鬧著玩呢。都散了、散了，別給警察叔叔添麻煩。」帶頭的小混混眼見曹志宇變成了怪物，不敢再把事情鬧大，招呼著幾個小嘍囉很快就散了。

曹志宇腦子清醒了許多，就在這時，收到了來自值班警員的訊息，他雖然剛好在附近，但也沒打算去湊這個熱鬧，只是似乎突然想起了自己警察的身分，於是轉身，朝著夜色深處嘆息了一聲。

葉大衛有種不祥的預感，似乎有一種強大的壓抑感正悄然向自己逼近。這是他做警察長久以來形成的第六感，而且這種感覺往往不是什麼好事。

他已經走到門口，但又回頭，順手把電腦藏進了雜物間。

萬籟俱寂，樓道裡也沒有燈光，兩個人影正從一樓和三樓上下，很快就要碰到了。可是突然之間，兩人收住腳步，豎起耳朵，眼神謹慎地觀望著四周。

片刻的寧靜之後，曹志宇率先移動腳步，三步併作兩步向樓上奔去。樓上的葉大衛也再次聽見了腳步聲，他在證實自己的預感之後，沒有退縮，反而迎了上去。他以為來者不善，至少跟凶殺案有關係，決定先發制人。

面對彼此，誰也沒有多言，直接就上了。

葉大衛飛身一腳踢向曹志宇，曹志宇雙手擋住，站立不穩，一連退後了好幾步。葉大衛趁機再次出手，死死地抓住對方的脖子，可又被鉗住了手腕，然後用力撇過臉去，右拳出擊，擊中了葉大衛下顎。

葉大衛頭昏眼花，不得不鬆手，還險些倒地，但他在倒地的瞬間，藉助慣性，一個一百八十度旋轉，牢牢地抓住了樓梯欄杆。

曹志宇好不容易找到機會占據主動，再次向葉大衛撲了過去，騎在他身上，雙手掐著脖子，將他死死地按在了地上。

葉大衛無法動彈，情急之下他使出了渾身力氣，打算將曹志宇的雙手從自己脖子上移開，卻沒有成功。此時的曹志宇瞪著眼睛，只有一個念頭，勢必要將殺人嫌犯制服。

葉大衛臉紅脖子粗，眼前一陣恍惚，就快要暈厥之時，突然使出渾身力氣，一聲咆哮，用膝蓋將騎在自己身上的曹志宇撞翻，又趁著對手失去重心之時，順著樓梯滾了下去。

曹志宇沒想到獵物還能再次逃跑，情急之下，拔出槍厲聲喝斥道：「站住，我是警察！」

葉大衛一聽這話就蒙了，原本還打算繼續制服犯罪嫌疑人，這會兒再也沒了繼續糾纏下去的心情，加上對方手裡有槍，只好轉身逃走。

曹志宇從背後瞄準了葉大衛的背影，但目標很快就消失了，不得不惱怒地罵了一聲，然後撒腿繼續追趕。

葉大衛沒想到自己居然被警察給盯上了，他以為再次回到凶案現場之前，已經仔細觀察了周圍的情況，但還是失算了。

莫非警察一直在暗中監控凶案現場？他目前只能這樣臆想，然後快步逃離現場，但剛剛被掐了很久的喉嚨還在發痛，加上步伐太快，氣流不順暢，胸口一陣疼痛。

曹志宇提著槍，循著目標離開的方向緊追不捨。很快，葉大衛就聽到身後傳來的腳步聲，他轉進右邊狹窄的巷子，然後躲在轉角處，打算等曹志宇的腳步聲過去後再走。

029

第二章　漫長的黑夜

曹志宇追了一段距離，發現失去了目標，不知該往哪個方向追，於是在原地轉了幾秒鐘，然後朝著前面有燈光的方向跑去。葉大衛聽見曹志宇的腳步聲漸行漸遠，這才鬆了口氣，靠在牆壁上，雙手摸著脖子，張著嘴，有節奏地喘息起來。

他沒想到自己如此謹慎，居然還能被警察發現，很想知道他們是如何在神不知鬼不覺的情況下發現他的蹤跡，並差點將他制服的。

不過，就在他咀嚼這些疑團時，突然感覺後腦勺有風聲，可等他反應過來時，還是慢了半拍，腦袋狠狠地捱了一下。

他趔趄著往前栽倒，但幸好對方力量不算太大，他才沒暈過去。

他原本還以為是之前追蹤自己的警察，沒想到襲擊自己的卻是一名女子。對方沒等他反應過來，再次襲來。他一側身躲了過去，然後反手緊緊地抓住棍棒，用力將襲擊者壓在牆上，動彈不得。

「妳……」葉大衛正要問她的身分，突然就看清了那張臉，驚訝地叫出了聲，「向卉，怎麼是妳？」

向卉聽見這人居然清楚地叫出了她的名字，也像被電擊了似的呆住了，跟他對視著，但緊接著怒罵起來……「你這個殺人兇手……」

「我沒殺人，我是被冤枉的！」葉大衛慢慢地鬆開了手，「妳別叫，聽我解釋！」

可是，等他鬆開手時，卻又被向卉用膝蓋猛地頂向了胯部，頓時痛得彎下腰，雙手護著胯部，臉色難受，卻不敢叫出聲。

向卉見狀，沒有半點遲疑，用木棍指著他，厲聲喝斥道：「有什麼話去跟警察說吧。」

葉大衛擺了擺手，痛苦地說：「我真不是凶手，凶手另有其人，但我看到了凶手⋯⋯」

向卉略微遲疑了一下，舉著棍棒，作勢要打下去的樣子，但又好奇地問：「你怎麼會知道我的名字？」

「說來話長，但我確實認識妳！」葉大衛喘息著，慢慢直起了身子，「妳叫向卉，是雲海市警校的學生⋯⋯」

向卉聽了這話，更是無比驚訝，冷冷地質問：「你到底是什麼人，怎麼會知道我的名字⋯⋯我知道了，你跟蹤我，你調查我。」

「我、我不是刻意要⋯⋯」葉大衛話未說完，突然一個身影出現在巷子盡頭，舉著槍向他們這邊逼了過來，同時大聲喝斥道：「我是警察，都不許動。」

葉大衛和向卉對視了一眼，向卉以為他想動歪腦子，於是也大聲警告道：「別動，既然你不是凶手，跟警察回去說清楚！」

葉大衛心想已經找到向卉，也是去跟警察說明白真相的時候了，於是坦然地說：「好，聽妳的！」

曹志宇剛才追了一路，沒發現目標，於是又原路折返，沒想到果然聽見了說話聲，於是循著聲音進了巷子，但沒想多了個女人。

他舉著槍口，質問向卉是什麼人。

「她叫向卉，是凶手真正要殺害的目標！」葉大衛搶著幫腔道，曹志宇和向卉似乎都愣住，但曹志宇

第二章 　漫長的黑夜

隨即驚問道：「妳就是向卉？」

原來，警方早已經從房主那裡弄到了租客的資料。向卉沒有否認。曹志宇隨即又把槍口指著葉大衛問：「你的意思是，你之前殺害的女子，並不是你的真正目標，向卉才是？」

葉大衛啞然失笑，忙解釋起來：「警官，你誤會我了，我不是凶手，我也一直在調查真凶⋯⋯」

曹志宇很明顯不信他的鬼話，輕蔑地問道：「你說你也在調查真凶？為什麼會調查真凶？這起案子跟你到底有什麼關係？」

葉大衛幾乎被問住，其實他想解釋所有的事情都因為向卉的存在，可他沒有更多的言辭，只好說道：「你要相信我，我那天晚上確實親眼見到了殺人凶手，而且有人把我進出凶案現場的錄影交給了警方，所以⋯⋯」

向卉和曹志宇聽他這樣說，自然更是吃驚，但向卉緊跟著問道：「你說你見到了凶手，他長什麼樣子，你當時又在什麼地方？」

這個問題自然也涉及了葉大衛的來歷，以及他為什麼要暗中跟蹤向卉、監視她的住處等等事宜，所以他三言兩語也說不清楚，只能嘀咕道：「說來話長，要不我們找個地方慢慢說！」

「我覺得可以，那就先跟我回警察局再說吧。」曹志宇掏出手銬晃了晃，要他自己戴上。

「不用了吧，我保證絕不會逃跑，一定配合你找到真凶！」葉大衛以一種半開玩笑的口氣輕鬆地說道，但曹志宇卻冷聲喝問道：「你以為都到了這個時候，我還有心情跟你開玩笑？自己戴上！」

向卉又舉起了木棍，但隨即被曹志宇喝斥道⋯「妳幹什麼，放下！」

向卉不得不放下木棍，又衝葉大衛吼道⋯「自己乖乖把手銬戴上！」

葉大衛不得不接過了手銬，戴上前舉著手銬自嘲地說⋯「以前都是我給人戴，沒想到現在輪到自己了！」

「別耍花樣，趕緊戴上！」曹志宇擔心他耍花樣，槍口一直對著他，可就在這時，突然一聲槍響，子彈正中他拿槍的手，手一鬆，槍掉在了地上。

葉大衛大驚，在第二聲槍響時，猛地撞開了曹志宇，子彈擊中牆壁，救了他一命。緊接著，他看到了站在巷子口的人影，那人拿著槍，邊開槍邊往他們這邊移動。

「小心！」葉大衛大聲提醒兩人，向卉見狀，撒腿朝巷子另一邊跑去。

葉大衛見向卉要走，這樣就更難解釋自己的身分了，於是衝她喊道⋯「妳別跑，我有話跟妳說！」

可是，槍聲淹沒了他的聲音，他只能眼睜睜看著向卉像陣風消失在巷子盡頭。曹志宇受了槍傷，滿手是血。葉大衛見狀，抓起地上的槍，朝著殺手連開數槍，最終將殺手逼退。

「快走！」葉大衛向曹志宇喊著，曹志宇在他的掩護下，一步步艱難地跑出了巷子。

第二章　漫長的黑夜

第三章 關鍵的證據

葉大衛在送曹志宇去醫院的途中，其實有很多機會可以離開，但他猶豫再三，最終還是沒有逃走。

幸好子彈沒傷到骨頭，只是傷了手臂，曹志宇很快就從手術室出來了。

葉大衛迎了上去，曹志宇很詫異地問了他為什麼還在。進了病房，待醫生離開後葉大衛說：「我不是殺人凶手，我為什麼要逃跑？」

曹志宇看著被吊起的手臂說：「你進出凶案現場的錄影就是證據。」

葉大衛反問道：「警方在現場找到監視器了嗎？」

曹志宇遲疑了一下，緩緩搖頭道：「確實沒有。看樣子你在回到現場時，已經充分了解周圍的情況。既然你聲稱自己並非凶手，那就說說當晚看到的情形吧。」

「我沒看清凶手的臉。」葉大衛直言，「當時屋裡關了燈，我看到有人進屋去，衝過去想救人時已經晚了。」

「給我個解釋吧。」

「什麼？」

第三章　關鍵的證據

「你當時為什麼會在對面房屋裡監視凶案現場？」

「實在是一言難盡。」

「沒關係，我有的是時間！」

葉大衛於是把自己第一次見到向卉，然後跟蹤她，並且在她家對面住下來的情況做了說明。「你的意思是，你看到凶手只是偶然？」

「也可以這麼說，只可惜讓凶手跑掉了。」葉大衛嘆息道，「曹警官，我真不是凶手，也不知道是誰錄下了我進出凶案現場的影片，但肯定是誣陷，所以真凶故意拍下了影片。」

曹志宇皺了皺眉，看著自己受傷的右手臂，輕描淡寫地說：「既然你不是凶手，那麼更應該跟我回警察局說清楚。」

「只可惜目前可以證明我清白的人跑掉了。」葉大衛指的是向卉，曹志宇卻說：「她根本不認識你。」

「所以她只是人證之一，如果能抓到真凶，就一切真相大白了。」葉大衛此言一出，曹志宇隨即輕笑道：「你這不是廢話嗎？如果能抓到真凶，警方還能如此被動？」

葉大衛沉吟了片刻才接著說：「我現在還不能跟你回去，我得找到向卉和真凶，這樣才能證明自己的清白。」

「不行，調查案件和凶手是警方的事，所以你必須先跟我回去。」曹志宇的口氣不容置疑，葉大衛卻說：「曹警官，對不起，我不能答應你，你還是安心養傷吧。」

葉大衛起身要走，曹志宇突然左手握槍，指著他背影，示意他別動。

「想開槍，隨便你！」葉大衛不慌不忙，倒是讓曹志宇陷入了被動，沉沉地嘆息了一聲，問：「你到底是做什麼的？」

葉大衛停下腳步，頭也不回地說：「抱歉，現在還不能告訴你，但總有一天你會知道，希望你相信我。」

「你不能就這樣走，如果你走了，就算沒有殺人，也永遠洗脫不了嫌疑⋯⋯」曹志宇在背後勸道，受傷的地方，突然一陣抽搐，迫使他放下槍，不得不又坐了回去。

「如果我是真凶，你和向卉恐怕早就死了」。葉大衛深沉地說，「看在我救過你，還把你送到醫院來的份上，希望你暫時可以放我走。」

「如果你有線索，一定要跟我聯繫！」曹志宇頓了頓，在紙上寫下了自己的電話號碼，葉大衛點頭道：「我答應你，一旦掌握新的線索，立即跟你聯繫。」

葉大衛出門的時候，正好看到幾名身著制服的警察迎面而來，他趕緊壓低帽簷，然後快步向樓梯口走去，餘光瞥到一張曾在望遠鏡裡見過的熟悉面孔，是一位勘察過凶案現場的警員。他發現此人似乎根本沒注意到他的存在，嘴角邊不禁現出一絲意味深長的笑容，然後匆匆離開。

前去病房看望了解情況的刑警隊長胡平生，在前腳剛踏進病房時，似乎想起了什麼，忙轉身往葉大衛走的方向追去。

葉大衛微微一回頭，便覺察到背後有人追了過來，於是快步穿過馬路，向著不遠處的市場小跑過去。

037

第三章　關鍵的證據

胡平生追到馬路邊時，正急著橫穿過去，卻被一輛突如其來的貨車擋住去路，司機被嚇得一個激靈，正罵咧咧，探出腦袋打算下車，卻被他出示的警察證給嚇得縮回了腦袋。胡平生繞過貨車，到達馬路對面，未發現葉大衛，轉身回到醫院，進入病房，盯著曹志宇問：「在我們進來之前，有人來過？」

曹志宇慌忙用笑容掩飾內心：「有啊，醫生護士一大堆呢。」

「我是說一個戴著帽子的男人。」胡平生大聲地說。

「戴帽子的男人？這裡的醫生和護士都戴帽子呢。」曹志宇揣著明白裝糊塗，胡平生回頭朝著門口看了一眼，皺起了眉頭。

***

葉大衛離開醫院後，穿過市場，回望著曹志宇所在的病房方向，思索著自己下一步該怎麼開啟突破口。關鍵問題是，向卉究竟躲在什麼地方？昨晚，他跟向卉見面時，沒來得及問她為什麼要在廣場殺人，是他最懊惱的事。

在他站立的位置，是一大片綠色的草坪。草坪邊緣，長滿了綠樹，陽光從枝椏間透射進來，正好落在他眼睛上。他情不自禁地伸手擋了一下，思緒再次回到了凶案現場，心裡想著向卉會不會再次回去，或者在某個隱蔽的地方監視著他。

想到這裡，他的思維再次轉回到了那個夜晚，默默唸叨著，凶手不是鬼神，絕不會來無影去無蹤，

038

那麼此人究竟是從什麼地方逃離凶案現場的？

葉大衛衝了個冷水澡，任憑水流將他包裹起來。閉上眼，向卉的面孔依稀浮現眼前，還有蒙面人衝自己開槍，向卉衝上去替他擋住子彈的一幕⋯⋯他不忍再繼續回憶，耳邊傳來一陣尖厲的槍聲，迫使他睜開眼，大口喘息著，喉嚨裡湧起一股酸澀的味道，嗆得他劇烈地咳嗽起來，又在心底痛苦地祈禱：「妳不會有事的，一定不會有事的！」

他蜷縮著身體，坐在浴室的地板上發呆，發誓一定要回去，如果向卉死了，他要親手為她報仇。但他也明白，如果不破案，自己是無法回到現實空間的。

所以，他冷靜了下來，決定全身心投入尋找真凶中去。

凶案現場背後是一片樹林，這是葉大衛之前忽略的地理環境。從這個角度，可以看到向卉房屋的後面窗戶。他記得那是儲物間的位置。

他圍著樹林轉了片刻，觀察著凶手那天晚上是如何繞過自己，悄無聲息地逃跑的。

可是，房屋背後根本沒有任何可以逃離的通道，除非凶手能飛簷走壁，或者長了翅膀，作案後從樓頂飛下去。

葉大衛苦笑起來，他發現自己在經歷這些事情後，異想天開的本領倒是提升了不少。

當然，也並非全無這種可能。

這個世界，凡事都有可能。就像他可以去另一個空間、遇到另一個自己一樣。

第三章　關鍵的證據

此時，兩隻鳥兒從樹林深處騰空而起，然後雙雙消失在清晨的天空。

凶手有可能一直藏在樓頂，等他離開後再逃離現場。葉大衛的目光落在三層樓頂上，有可能凶手一直躲藏在大樓的某個地方，拍攝了他進出凶案現場的錄影，然後將錄影傳給了警方。

可是凶手為什麼要這麼做，難道僅僅是為了誣陷他？他在這個世界與他人無冤無仇，這實在太不符合常理了。換一種說法，凶手既然帶著拍攝工具，那就意味著早知道會有人緊隨自己其後進入凶案現場，或者說事先就知道他這個人的存在。

葉大衛突然意識到自己可能早就被人監視了，而且早於凶殺案發生之前，想到這他不禁頭皮一陣發麻。這也是他目前為止能猜測到的最可怕的結果。如果事實成立，他的臨時住所早已經曝光了。

但是，接下來又出現另一個邏輯不通的問題：凶手為什麼沒跟警方透露他的藏身之處？

葉大衛百思不得其解，置身於並不太茂密的樹林，他的目光突然落到兩個像極了鞋印的地方。那兩個腳印擺明是男人的，又寬又長。他在腦海中對比看到的凶犯身高與腳印，推測出了個八九不離十。

他慢慢蹲下身去，用手指撥開覆蓋在另外一些鞋印上的枝葉，當三個菸蒂從枝葉之下暴露時，那種許久沒有出現過的激動心情，居然讓他情不自禁地叫出了聲：「太棒啦！」

他撿起其中一個菸蒂，發現中間位置被咬過的痕跡很深，覆在外面的黃包裝紙也破了，露出了淡黃色的、被煙熏過的白色纖維，吸菸的人好像不是在抽菸，而是跟香菸有仇，不然也不會一個勁兒地咀嚼。他對比另外兩個菸蒂，都是同樣的結果。

對葉大衛而言，今早在樹林裡的發現，絕對意義非凡，也許就是找到真相的關鍵性證據。他由此猜

040

想到了殺人凶手在天黑之前，可能早早地藏在了樹林裡，而且等待了一段時間，直到看見向卉房裡亮燈，才行動的。

葉大衛的目光停留在三樓視窗，在腦子裡將凶手在樹林等待，然後上樓行凶的全過程重演了一遍，又進入房裡，帶走了那臺舊式的筆記型電腦。

曹志宇當天就從醫院離開了，胡平生沒有讓他立即回去上班，而是讓他先回去休息兩天。他爭不過，只好表面答應，暗地裡卻想著繼續追查凶手。

葉大衛上樓梯時看到門口居然坐著個人，把他驚得倒退了半步，當看清來者居然是曹志宇時，不禁驚訝地問道：「你、你什麼時候來的？」

「來了一會兒，敲門你不在。昨晚一夜沒回？」曹志宇站了起來，拍了拍屁股上的灰塵，又詭異地盯著他的眼睛，「要不就是天還沒亮就出了門。這麼早，幹什麼去了？」

葉大衛卻疑惑地問道：「你怎麼知道我住這裡？」

「不是你自己說你住在凶案現場對面嗎？」

葉大衛想起自己昨天確實跟他說過這話。

「怎麼，不打算請我進去坐坐？」

葉大衛開啟門把他請了進去，見他剛進屋就四下打量起來，突然又想起凶手也許會在他家裡裝了監

第三章　關鍵的證據

聽器，於是把在樹林裡發現菸蒂的情況暫時埋在了心底。

「這個位置確實不錯。」曹志宇站在視窗，拿起望遠鏡觀察著對面，突然轉身看著他問：「現在可以告訴我，你到底是什麼人了吧？」

「我……你的手臂沒事了吧？」葉大衛答非所問，沒等他回答，隨即又摸著肚子說：「餓了，要不我們找個地方先填飽肚子，順便喝兩杯？」

曹志宇見他朝自己使眼色，也沒再繼續追問，配合地說：「也好！」

曹志宇帶著葉大衛來到了一處家常菜館，點了幾個小菜和啤酒。這款啤酒是葉大衛的最愛，他端起酒杯跟曹志宇碰了碰，然後一飲而盡，咀嚼著嘴說：「還是熟悉的味道，真好！」

「你不說餓了嗎？怎麼光喝酒不吃菜？」

葉大衛沒搭理他，而是笑著問：「知道我為什麼要叫你出來？」

「你那裡不安全吧？」

「對，我那裡不安全。」葉大衛在說這話時，看了一眼窗外。

「什麼？」曹志宇順著他的目光望出去。

「凶手早就鎖定我，然後拍下我進出凶案現場的錄影，所以我成為替罪羊，完全就是意料之中的事。」葉大衛臉色冷峻，憂心忡忡，從外面收回目光，落到曹志宇的臉上，「我擔心凶手在我房裡安裝了監聽器，所以有些話不能在屋裡說。」

042

曹志宇嚇了一大跳，但很快就恢復了正常表情，問：「這都是你的猜測，還是找到了監聽器？」

「我剛想到的，還沒時間去找，你就上門了。雖然還只是我的猜測，但絕對有這個可能。」葉大衛邊小口喝酒邊說，「這些猜測，都是有根據的，凶手算計我，讓我成了他的替罪羊。這些早就是事先預謀好的，如果凶手對我的情況不了解，沒有掌握我的一舉一動，他能做到這些嗎？」

曹志宇沉吟了片刻，緩緩舉起酒杯，面帶笑容說道：「很大膽的假設，我雖然不反對這種假設，但你能不能先跟我說說，你到底是什麼人？」

葉大衛沒有回答他的問題，而是看著他的眼睛，笑問道：「你還有話沒跟我說？」

曹志宇遲疑了一下，卻不置可否地笑道：「你不是一般人，我早猜到了。你說得對，我查了你的資料，但是很奇怪，一無所獲，就好像、好像你這個人並不存在，或者說是憑空而來。」

「那麼向卉呢？」葉大衛感興趣的是關於向卉的事情，曹志宇打了個響指，說：「你不已經知道她的身分了嗎？」

「很矛盾，她是警校的一名普通學生，什麼人會跟她有深仇大恨，非得殺了她不可？」葉大衛問到了點子上，曹志宇說：「向卉已經好幾天沒去學校，我找過她，可是沒線索。」

葉大衛輕揉著鼻梁，現出疲憊的神色。

「還是跟我說說你的事情吧。」曹志宇把話題轉了回來，「你是一個並不存在的人，所以我非常好奇。」

葉大衛聳拉著臉，腦子在高速運轉。他明白自己的處境，如果不能令對方相信自己的身分，那麼接

第三章 關鍵的證據

下來會更加寸步難行。曹志宇瞇縫著眼，似乎想從他臉上看出點什麼。

「你相信這個世界上有鬼神嗎？」葉大衛突然問，曹志宇不可思議地聳了聳肩，嘀咕道：「我不明白你的意思。」

「我知道你不相信這個世界有鬼神存在，因為我們都一樣，都是警察！」葉大衛說出這句話時，曹志宇的表情更亮了，打趣道：「你不是打算告訴我，你是祕密警察吧，所以你的身分保密，就連警察內部也無法查詢到關於你的任何資料。」

葉大衛無奈地說：「這就是我接下來要說的。你可以懷疑我的話，但我可以用人格擔保，我接下來要說的每一句話，百分之百真實。」

「好吧，洗耳恭聽！」曹志宇抱著雙臂，仰身靠在椅子上。他這個姿勢，表露了他的不信任。

葉大衛卻滿不在乎地笑了笑。「這個世界上，其實有很多事情暫時是科學也無法解釋的，但隨著時間的推移，一定能夠被社會接受。我不是什麼祕密警察，也不是這個空間的人，而是來自十年後的另一個空間，我所在的城市叫江州市……」

曹志宇似笑非笑地看著他，像一個認真聽故事的人。

他毫不理會曹志宇的表情，接著說：「這就是你無法查詢到關於我的任何資料的原因。現在我惹上了麻煩，所以我必須先解決麻煩，然後才能回到自己的世界。」

「我差點就信了。」曹志宇這話一點也不顯得突兀，反而很平靜，但他眼裡閃爍的光芒，證明他對這個話題很感興趣。

葉大衛沒有正面回答他的問題，笑了笑，說：「你的反應很正常，也很真實，很多人第一次聽到這種事，都不會相信。」

曹志宇不再說話，靜靜地盯著他的眼睛。

「在此之前，我曾經去到過另外兩個空間，一個是1982年，一個是1997年，經歷了一些無法想像的事情之後，才回到了屬於我生活的2019年。來到雲海市，是我第三次進入另外一個空間。我現在遇到了麻煩，必須先處理完才能回去。」

「《再生門》！」曹志宇脫口而出。

「什麼？」

「一部電影，正在上映。」曹志宇補充道，「不是我不相信你的話，只不過那些都只是出現在電影裡。當然了，我剛看過那部電影，很有意思的一部片，腦洞大開，透過一些技術，人確實可以去到另外一個空間，不過，在現實生活中，似乎並不可能。」

葉大衛輕聲嘆息道：「你說得對，這種事情發生在現實生活中的機率實在是太小了。」

「當我看完那部電影，也確實非常希望自己能去另一個世界看看，運氣好的話，也許可以遇上另一個自己。」曹志宇的話似乎帶有戲謔性質，但很認真。

葉大衛不置可否地說：「我也遇到過另外一個自己，他還幫過我。」

「真是越來越有意思了。」曹志宇終於忍不住大笑起來，看樣子他根本沒有真正相信葉大衛的話，

045

第三章　關鍵的證據

「你應該是個作家，想像力真豐富，比電影裡的構思還要大膽、離奇！但是，如果你的同事是為了救你而死，你想要救她，就只能回到她被槍擊的那一刻，而不是十年前的今天。」

葉大衛愣了愣，再次變得沉默起來。他在回味曹志宇的話。

「那麼，你在這裡遇到了另外一個你了嗎？」曹志宇收斂笑容，認真地問道。

「我不知道，也許曾經擦身而過，只是沒來得及說話。」葉大衛把話題轉移到了向卉身上，「對了，我剛剛不是說我的同事被殺了嗎？她就是向卉，她幫我擋了子彈。就是因為在這個空間遇到了另一個還活著的她，所以我跟蹤她，這才偶然撞見凶手殺人的事情。」

曹志宇緩緩揉著自己的太陽穴，他覺得自己糊塗了。客觀來說，他越來越感覺葉大衛好像並非撒謊，也不像是在編故事。

葉大衛沒有繼續說下去，其實他是想到了向卉當街殺人的事，不知道說出來會不會給她造成麻煩。

「你一定還有事情沒說，是關於向卉的？」曹志宇突然提起這件事，葉大衛沒想到他居然洞察了自己的想法，不得不反問道：「還記得幾天前發生在廣場的槍擊事件嗎？」

曹志宇點了點頭：「我沒有參與那起案子，但我知道，據說所有的監視器都壞了，好像同時約好了一樣。」

「我當時在現場，看到了凶手的臉。」葉大衛似乎鼓起很大勇氣才說出這句話，曹志宇張著嘴，無比驚訝地瞪著眼睛，驚詫地問道：「你是不是想說，你看到的凶手是……向卉？」

046

葉大衛眨了眨眼，證實了他的猜測。

「這、這怎麼可能，她可是警校的學生，怎麼會當街殺人？那可是知法犯法……我不信，絕對不可能……」曹志宇調查過向卉的檔案，她在學校的各項成績都很優秀，還想著將來也許可以成為同事。

「我也覺得不可能，因為她十年後是一名警察，如果按照時間線來推論，她不可能成為殺人犯，所以就只能是另外一種情況，她是被誣陷的。」

「就跟你被誣陷一樣？」

「對，我之所以會來到這個空間，跟以前一樣，一定是有些必然的事件連繫到一起，如今想來，向卉應該就是把兩個空間互相連繫起來的媒介。」葉大衛知道他還是很難相信自己的話，於是不得不把自己前兩次進入另一個空間經歷的事情原原本本地說給他聽，他臉上的表情時刻都像坐雲霄飛車似的變化著。

「霍金提出的平行空間理論，平行宇宙是指從某個宇宙中分離出來，與原宇宙平行存在著的既相似又不同的其他宇宙。」曹志宇緩緩念出這段話，讓葉大衛暗暗吃驚，「你剛才所說的一切，我是能夠接受和理解的，但這與真實事件發沒發生沒有必然的連繫，畢竟霍金的學說也僅僅還只是建立在理論基礎之上。」

葉大衛說了很多話，口乾舌燥，然後自斟自飲了一杯，又說：「要弄清所有的事，必須先找到向卉。」

「我會證明給你看。」葉大衛壓低著聲音，「所有我剛剛講述的事情，都是真實的，你信我或者不信我，結果都一樣。好吧，今天已經說得太多了，我現在要去找向卉，有消息會聯繫你。」

第三章　關鍵的證據

「警方也在找她，但毫無線索，根本沒人知道她藏在什麼地方。」曹志宇心平氣和地說，「如果你要我完全相信你，那就聯手吧。」

葉大衛凝視著他安靜的眼神，想看穿他真實的心思。

「我說過，我相信霍金的理論，但所有的理論都需要透過實踐來檢驗，所以我很希望你剛剛所說的話，是對霍金理論的一次偉大實踐。」曹志宇說這話時好像變了個人，「現在雲海市的警察都在滿世界找你，只有你跟我合作，我才能幫你，要不然你在這裡會寸步難行。」

這也正是葉大衛所擔心的，所以他極力需要得到曹志宇的信任，以及他的幫助。

「還有，你原來那個地方已經不適合繼續待下去，要趕緊換個安全的地方。」葉大衛本來一直緊繃著臉，這一刻他終於釋然，舉起酒杯，似笑非笑地說：「合作愉快！」

「那麼，你是否可以告訴我，應該怎麼做才能回到自己的世界？」曹志宇夾著菜塞進嘴裡，葉大衛若有所思地說：「槍擊，在特定的地方被槍擊。」

曹志宇想起他剛剛說過自己被槍擊後，才來到這個空間的事，雖然覺得不可思議，但這一次，沒有立即質疑他的話。

「但是現在情況不一樣了，之前是在江州市某個特殊的地點。」葉大衛坦言道，「這裡是雲海市，換了個地方，所以我必須處理完手上的事，然後再去江州市找那個地點。」

「你的意思是，如果能找到江州市，就能回去了？」曹志宇正說著，手機突然狂響起來，電話是隊長胡平生打來的。

048

「是,我這就回來。」曹志宇結束通話後,邊起身邊朝葉大衛說:「局裡叫我回去開個重要的會議,好像是查明了死者身分。你可以再坐會兒,我已經買過單了,有事隨時打我電話。」

葉大衛還想細問,但他已經火急火燎地出了門,看著他的背影消失在餐廳門口,他又自斟自飲起來,但突然想起剛才說了太多話,居然忘了把自己在樹林裡發現腳印和菸蒂的事情與他共享。

第三章　關鍵的證據

第四章 被「預測」的突發事件

兩人在餐廳喝酒吃飯聊天的時候，向卉像幽靈一樣跟了上去，向卉躲在不遠處的角落偷看他們。

葉大衛從餐廳出來的時候，向卉像幽靈一樣跟了上去，一直跟著他進了臨時住所，才發現他原來住在她租住的房屋對面。她想上樓去當面質問他一些事情，但再三考慮後，最終改變了主意。

她雖然還只是一名警校的學生，但已經具備了警察的資質。

「這個人不僅知道我的名字、我的身分，而且還知道凶手的真正目標是我⋯⋯」她在心裡暗自思忖著，「奇怪，對我如此熟悉的一個人，我怎麼對他一無所知，他到底是什麼人？」

她回到新的住處，開啟手機，看著自己和另一個女孩的合影，心裡冰冷不已。

「對不起，死的那個人應該是我，都怪我那天晚上沒能趕回來陪妳⋯⋯」向卉閉上眼睛，一想起因為自己而被錯殺的閨蜜，心裡就痛得無法自已。

可是，大錯已經鑄成，無論怎樣懊悔都無濟於事了。

她很清楚，凶手殺錯人，一定還在繼續找她，所以這些天來，她沒去學校，而是玩起了消失，目的是躲避凶手，同時追查真相。

第四章 被「預測」的突發事件

關上手機，她再次想起了住在自己對面的葉大衛。她記憶中從未跟此人有過任何接觸，他究竟是為什麼，又是如何找上自己的？還有今天和他在一起的那個警察，他們明明之前還交過手，為什麼又會突然坐到一張桌子上吃飯、喝酒？

無數的疑團，像雪球一樣在她心裡越滾越大。

＊ ＊ ＊

曹志宇回到警察局，才得知剛剛接到個舉報電話，有人透露了死者身分。

「死者叫陳莉，二十二歲，無業！」胡平生在會上說道，「這是半個小時前有人打電話提供的線索，但打電話的人好像要刻意隱瞞自己的身分，做了變聲處理。」

曹志宇緊跟著問道：「這個陳莉和房子租戶向卉究竟是什麼關係？」

「目前暫不清楚，需要進一步調查。」胡平生說，「向卉是雲海市警校的學生，能力很強，每年的考核成績都名列前茅，目前處於失蹤狀態，在這種情況下，有一點必須注意，這個人的失蹤，究竟是主動還是被動。所以大家接下來要做的，就是要先找到向卉這個人。」

曹志宇盯著投影畫面上葉大衛的身影，陷入沉思。

究竟是誰打電話報警？半個小時前有人打電話提供的線索，對破案定然是有幫助的！

此時的向卉也正在想，自己的這通電話，對破案定然是有幫助的！

一個小時前，向卉主動打電話給警察局，提供了死者陳莉的身分，這是她深思熟慮後的結果。她熟知陳莉的情況，是個孤兒，沒有任何家人，也清楚案件調查個城市，她覺得沒人比她更了解陳莉。在這

052

的流程，如果警方始終無法掌握死者情況，就會造成進一步調查相當大的困難。

「莉莉，我沒得罪人，更不知道什麼人要殺我，希望妳在天之靈，一定要保佑警察盡快抓到兇手。」向卉自言自語道，她本來還想著主動去找警方說明情況，但在看到葉大衛和警察坐在一起吃飯、喝酒的情景後，便又將這個想法藏在了心底，這才臨時改變主意，只是打電話給警察局提供了線索。

「有個情況我希望你們明白，犯罪嫌疑人沒再現身，這條線要繼續盯下去。還有就是案發後提供錄影的人，這個人的身分很奇怪，可他在傳輸過程中使用了代理伺服器，所以目前仍然沒有任何線索。」胡平生的目光落在身後牆上的投影畫面，畫面上是葉大衛定格的模糊照片。

「還有，廣場開槍殺人案有什麼線索？」胡平生問。

負責這個案子的民警說：「我們走訪了周圍的市民，也徵集了當天的目擊者，隨後畫了像，並分發到了各個單位，但遺憾的是，至今還沒有任何回饋。」

曹志宇食指輕敲著太陽穴，他在回味葉大衛跟他說過的那些事兒。關於平行空間，他所理解的平行空間，還有從葉大衛口中所聽到的平行空間，就好像全都是概念一般的詞語，沒有具體形象，自然也無法具化出它的樣子。

「曹志宇，想什麼呢？別整天無精打采的。」胡平生突然點名，想入非非的曹志宇慌忙坐正，尷尬地笑道：「我在想那天晚上衝我開槍的那小子呢。」

「想到什麼了？」

「那小子的身高和體型，跟監視器裡的這個人不太像。」曹志宇這話還真不是在替葉大衛遮掩。他雖

第四章 被「預測」的突發事件

然沒看清衝他們開槍的人，但隱約間也捕捉到了行凶者的身影，比葉大衛要高大魁梧。

胡平生若有所思地說：「關鍵是你沒真正看到凶手的樣子，所以暫時無法描畫人像。」

曹志宇贊同地點了點頭。

「現在雖然無法確認是什麼人拍攝了犯罪嫌疑人的錄影，但根據現場沒有監視器的情況，這些錄影的來歷很不正常，更奇怪的是，如果說是有人故意拍攝錄影，想汙衊這個人，那他為什麼要朝你開槍？」胡平生的這一席話，倒是引出了曹志宇心裡的疑慮：「胡隊，我也一直在想這件事，凶手為什麼要朝我開槍？」

其實，他是想問凶手為何要殺葉大衛。

那就只有一種可能，凶手一開始誣陷葉大衛殺人，後來乾脆打算直接殺了葉大衛，切斷警方的所有線索。

可是，這些猜測他暫時不能公開，雖然他相信葉大衛可能真的是被冤枉的。

他沒想到，當天晚上會突然接到葉大衛的電話。

天色已經很晚，曹志宇原本是打算睡覺的，但葉大衛的語氣很焦急，而且聲稱與自己的來歷有關。

他來到約定見面的地方，葉大衛已經提前到達。

「都快一點了，你叫我這個時間過來，希望是有非常重要的事。」曹志宇說這話時，忍不住打了個呵欠。

城市的燈火照亮夜空，夜空裡彷彿縈繞著一層五彩的薄霧。

葉大衛神祕祕地把曹志宇拉到一個黑暗的角落，又謹慎地四周看了一眼，這才壓低聲音說：「我知道你還沒有完全相信我的話，但我現在告訴你，白天跟你說的所有的話，沒有一句是假話⋯⋯」

「大哥，我說你這個時間叫我出來，就是為了跟我講這番話？」曹志宇不悅地回擊道，「我這不是早就信你了嗎？要是不信你，你現在還能站在這裡跟我說話？早把你關起來了。」

葉大衛無奈地說：「換成正常人，應該不會信我⋯⋯」

「我不是正常人，行了吧。」曹志宇揮了揮手，轉身欲走，「我頭痛，得補補眠，你也回吧！」

「別急著走呀曹警官，我的話還沒說完呢。」

「沒說完呀，那明天一早去警察局說吧。」曹志宇埋怨道，可話剛說完就被葉大衛攔住，一本正經地說：「先別急著走，我帶你去個地方。」

曹志宇睡意矇矓地說：「不去了！」

「馬上要發生一起凶殺案，如果你打算阻攔，想抓住犯人，最好馬上跟我走。」

葉大衛的話語和表情，令曹志宇很是吃驚，於是反問道：「你到底想說什麼？」

葉大衛重重地說：「經過我仔細回憶，突然想起一件事，就在今晚，一個小時之後，將會發生一起凶殺案。」

曹志宇先是愣了愣，但隨即笑道：「你什麼時候變成算命先生了！」

「請你務必相信我，我知道之前跟你說的那些話，你並沒有完全相信，但透過今晚這件事之後，你一

第四章　被「預測」的突發事件

定不會再懷疑我。」葉大衛信誓旦旦地說，「今晚發生的凶殺案，一名女子死亡，但凶手在十年後仍然逍遙法外，所以我希望今晚可以阻止他，同時救下一條性命。」

曹志宇直到聽見這些話，才盯著他的眼睛，狐疑地說道：「真的假的，你可別騙我！」

「大半夜的，我可沒心情消遣你！」葉大衛說著轉身便走，曹志宇遲疑了一下，盯著他的背影沉思了片刻，然後匆忙跟上。

廢棄的火車站，一條條長長的軌道，蛇形一般伸向遠方。一列早已停用的綠皮火車，車身上的油漆斑駁陸離。離軌道不遠處的樹林，月光透過枝椏，影影綽綽。遠處，便是城市的燈火。

葉大衛冷眼觀察著四周，感覺這裡和幾公里之外的城市，完全是不同的兩個世界。曹志宇半蹲著身子，一隻手緊緊抓住旁邊的鐵欄杆，兩隻眼睛在夜色中警惕地掃視。

「幾點了？」葉大衛問。曹志宇看了一眼時間，低聲應道：「離你說的時間還有十分鐘！」

只剩下短短的十分鐘，可此地荒無人煙，萬籟俱寂，連個人影都不見，更別說會有凶殺案發生了。葉大衛聽出了他話裡的不信任，也暗自捏了把汗，腦子裡浮現出關於這起案子的一些情況。

「今天下午開了個會，有人打電話反映了死者的情況。」曹志宇沉聲說，「死者是向卉的閨蜜，叫陳莉！」

葉大衛愣道：「有人打電話給警察局反映的情況？」

「但是還沒查到舉報者的資料。」曹志宇接著說，「我覺得這個舉報者很奇怪，他怎麼會知道死者的情況，跟死者有什麼關係？」

葉大衛也正在這麼想。

「會不會跟寄錄影到警察局的是同一個人？要是能找到向卉，很多謎底就能迎刃而解了。」

曹志宇頓了頓，又問：「向卉有沒有再找你？」

「如果她找過我，我還會在這裡跟你打啞謎？」葉大衛直言道，「我明白你在想什麼。放心吧，如果她真的找過我，我絕不會瞞著你。」

「她一時半會兒，恐怕是不敢再露面了。」曹志宇說道，葉大衛何嘗不這樣認為，突然眼前有什麼東西晃動，他慌忙一把拉住曹志宇，然後同時縮回了腦袋，只露出兩隻眼睛盯著不遠處的黑影。

曹志宇也親眼看到了正緩緩走來的人影，那個人影身材高大，肩上扛著個袋子，走路時搖搖晃晃。

葉大衛屏住呼吸，心情是既焦急又緊張。他極力想要看清楚那張臉。

「還真被你給說中了！」曹志宇低語道，「但是看樣子，凶手已經把人給殺了。」

「是的，這裡是拋屍現場，死者被切成了很多塊，身分無法確認。」

凶手十年後依然逍遙法外，第一現場也無法確認。

曹志宇不敢相信自己的眼睛，沒想到會真的發生了凶殺案，不禁咬牙切齒地罵道：「王八蛋，看你還往哪兒跑。」

葉大衛卻不這麼認為，他有重重顧慮。

那人把袋子丟在地上，又四周望了望，然後將袋子使勁推向鐵軌旁邊的小坑。

第四章 被「預測」的突發事件

葉大衛想起了當時的新聞報導，裝屍的袋子確實是在鐵軌旁邊的小坑裡發現的。

「走，抓人去！」曹志宇想要衝出去抓人，卻被葉大衛壓住，提醒道：「再等等，那小子還要找工具掩埋。」

果不其然，男子把袋子推向小坑後，又起身四周尋找起來，很快就尋到了一塊木板似的東西，將周圍的土塊、石頭、垃圾等全都推向小坑。

「動手吧，正好抓他個現行。」曹志宇再次催促起來，可就在這時候，男子好像發現了什麼，停下手裡的動作，扭頭朝他們這邊張望著。

葉大衛和曹志宇再次迅速壓低了頭，可這一次清楚地看見了犯罪嫌疑人的臉。那是一張國字臉，濃眉大眼，看上去並不像窮凶極惡之人。

怎麼有點面熟？葉大衛覺得那張面孔似曾相識，卻一時間無法想起究竟在何處見過。

男子沒發現異樣，很快又轉身繼續掩埋袋子。葉大衛招呼曹志宇起身，貓腰往男子方向走去。他很緊張，擔心自己顧慮的事情會發生。曹志宇更加緊張，心都快跳到嗓子眼。

在離男子大約十公尺的位置，曹志宇不知踩到了什麼東西，發出一聲清脆的響動，兩人慌忙站住，然後小心翼翼地看著男子，男子卻似乎毫無察覺。

「不管了，抓人吧！」曹志宇一聲怒吼，衝著男子的方向狂奔過去，但就在離男子差不多三公尺遠的地方，卻再也無法挪動腳步，好像被什麼東西給捆綁住了雙腿。

葉大衛眼前一片恍惚，眼看著就要衝到男子面前時，也無法再繼續前進，面前似乎有一堵牆，任憑他使出了渾身力氣，都無力穿破。

而此時，男子依然在掩埋屍體，好像根本就沒察覺到有人襲來。

「怎麼會這樣？」曹志宇眼睜睜看著男子掩埋了屍體，然後轉身看著他們的方向，眼裡還閃爍著冰冷的笑容，不久之後便邁開雙腿，悠閒地離去，頓時就急得大喊大叫起來…「你給我站住，站住！」

犯罪嫌疑人沒有停留，散步似的，漸漸消失在夜色中。葉大衛明白自己擔心的事情還是發生了，他瞪著眼睛，看著犯罪嫌疑人離去，無力地說…「算啦，這都是命！」

「你什麼意思啊？」曹志宇惱怒地吼道，還在努力想要衝破眼前那面無形的牆壁。

「所有的事情都有定數，不是你我想改變就能改變的。」葉大衛眼睜睜看著男子慢慢消失在黑暗之中，嘆息道，「其實我早就猜到可能會是這種結局……」

「那你說應該怎麼辦，難道我們什麼都不做，就這樣眼睜睜看著殺人凶手從眼皮底下逃走？」曹志宇像野獸一般怒吼著，眼睛血紅。

葉大衛無力地看著遠方。

「為什麼，為什麼殺人凶手可以逍遙法外，為什麼就算是親眼所見也無法抓他？」曹志宇咆哮之後，整個人變得非常無力，耷拉著腦袋，眼神落寞。

葉大衛不知該如何安慰他，只能道出了整件事的原委。

第四章　被「預測」的突發事件

「當年，因為殺人分屍手段太過殘忍，這個案子非常轟動，我也是從媒體報導中獲悉這件事的。」葉大衛回憶道，「但是因為犯罪嫌疑人在十年後依然逍遙法外，加上死者屍體被切割成了無數碎片，所以也無從知道死者身分，這個案子因此成為懸案。」

「可我們明明看到了凶手，為什麼無法把他繩之以法？」曹志宇依然在痛苦地呢喃。

「犯罪嫌疑人在十年後依然沒被抓住，這是既定事實，所以如果我們現在抓住犯罪嫌疑人，就是改了天意，過往的時間和事件一旦被改變，事件和空間線就會被打亂，整個時空也會被改變，從而會發生很多我們意想不到，後果可能更加嚴重的事……」

曹志宇坐在地上，雙手抱頭，揪扯著頭髮。

「這就是剛才為什麼我們雖然見過犯罪嫌疑人，卻無法將其抓捕的原因。」葉大衛沉吟片刻之後才接著說，「曹警官，我跟你一樣，何嘗不想將殺人凶手逮捕歸案，可有些事情是已經注定的，要想抓他，只能回到十年之後。」

曹志宇聽了這話，突然眼前一亮，抬頭問道：「你不是從十年後來的嗎？」

「對，這也是我的想法，我見過犯罪嫌疑人的樣子了，所以我如果能回到十年後，就能將凶手抓捕歸案。」葉大衛望著遙遠的夜空，眼神複雜，「奇怪的是，我好像在什麼地方見過凶手的樣子。」

曹志宇陷入了沉默，良久之後才突然開口說道：「兩年前，她失蹤了，活不見人死不見屍。我沒用，至今連凶手是什麼人都不知道，我每天晚上一閉上眼睛，就看到她渾身是血地站在面前，讓我救她，她說很痛、很痛……」

060

葉大衛看著他，從他眼睛裡看到了各種悲傷，還有被壓抑的憤怒。

「我這輩子就只剩下一件事，我要親手抓到那個混蛋，把他碎屍萬段。」曹志宇狠狠地罵道，片刻之後，又緩和了語氣⋯「她叫敏兒，是個很好的女孩，漂亮、溫柔、賢惠。我們在一起五年，她從來不嫌棄我沒錢、沒空陪她。我們還打算要結婚的⋯⋯」

葉大衛明白了他口中的「她」是誰，當然也明白了他為何剛才面對逃走的殺人嫌犯時，情緒會那麼激動。

「兄弟，我們有類似的經歷⋯⋯」他的思緒回到了那個夜晚。當他在講述申雲娜的事情時，就好像在講述一部曾經看過的電影，所有的言辭都顯得那麼平靜，沒有掀起絲毫漣漪。

曹志宇深吸了口氣，一字一句地說道：「兩年來，我做夢都想抓到凶手⋯⋯她已經成了我繼續當警察的動力，我要把世界上所有的殺人犯都送進監獄！」

「我比你幸運點吧，殺害雲娜的凶手已經伏法。」葉大衛拍了拍他肩膀，「世上無難事，只怕有心人。再狡猾的凶手，終究逃不脫法律的制裁。我相信你，一定可以抓到凶手，為你未婚妻報仇。」

在回去的路上，曹志宇對他說：「從現在起，有什麼需要我幫忙的，儘管開口！」

葉大衛啞然失笑：「兄弟，振作點，世界上沒有永遠的黑暗，所有的罪惡終將暴露在陽光底下。」

他用實際行動換取了曹志宇的信任，曹志宇再一次請求他回到現實空間後，一定要抓住今晚逃脫的殺人凶手。

第四章　被「預測」的突發事件

葉大衛回到住所，已經是半夜三點多，可他毫無睡意。他知道明天一早，就會有人報案，然後這個案子會產生轟動效應。

「兇手的樣子明明似曾相識，可是究竟在什麼地方見過？」他再一次一遍又一遍地問自己，大腦裡像放電影，把認識的和有印象的人幾乎全過濾了一遍，但就是無法記起此人的身分。

＊＊＊

曹志宇還在沉睡中，就被胡平生的電話叫到了兇案現場。

他到達現場時，死者的屍體已經被找到，法醫正在忙碌著。屍體被切割得七零八落，整張臉都被毀容。

真是慘不忍睹的一幕！曹志宇雖然已無數次到過現場，也見慣了屍體，但這一次仍然感覺有股氣流從喉嚨裡直衝上來，差點就嘔吐了。

昨晚的那種感覺，再次浮上心頭。他捂著嘴，把快要湧上喉嚨的氣流憋了回去，轉身看向四周。

他看到了一張熟悉的面孔，那雙眼睛也正看著他。他強擠出一絲笑容，心裡充滿了苦澀。

葉大衛擠在熙熙攘攘的人群中，在和曹志宇用眼神交流之後，悄然消失。曹志宇在正要離開時，卻被胡平生叫住：「這剛來，又去哪兒呀？」

「我出去透口氣！」曹志宇沉悶地說，胡平生在背後盯著他離開的背影，猜到他可能又想起了未婚妻，不免心疼地罵道：「臭小子，你到底什麼時候才能徹徹底底地走出來啊！」

062

曹志宇跟著葉大衛離開了凶案現場，葉大衛沒想到他會跟上來，不禁問道：「你不在現場幫忙，跟著我幹什麼？」

「有事、有事……」曹志宇輕聲嘀咕道，其實他昨晚回去後想了很久，覺得未婚妻的案子也許可以找葉大衛幫忙。

「什麼事，說吧？」

「還沒吃東西吧，走，我帶你去個地方！」曹志宇帶他來到一家看起來很不起眼的早餐店，才剛到店門口，就聞到了香味。

早餐店位於一棟兩層高的樓房下層，並排有兩家早餐店，二樓全都是住戶。曹志宇點了一些吃的，然後像難以啟齒似的說道：「我昨晚回去後想了一宿，有件事，想請你幫我！」

葉大衛邊吃早餐邊問：「說吧，什麼事？」

「我是想……你不是從 2019 年過來的嗎？我未婚妻的案子……兩年多以來一直沒有進展，能不能幫我……」葉大衛陡然明白了他的意思，停下手裡的動作，看著他的眼睛，見他不敢正眼看自己，沉思了片刻才嘆息道：「說實話，這個案子，我是一點印象也沒有。」

「那你應該能查到一些相關的……」

「我明白你的意思，但我確實沒有聽說過這件案子，而且媒體也沒有任何相關的報導……」葉大衛欲言又止，「如果我能回到現實時空，也許可以查閱警察內部系統，希望可以從中找到線索。」

第四章　被「預測」的突發事件

曹志宇眼神昏暗地說：「是啊，因為人失蹤了，又沒有其他線索，當年只是作為人口失蹤案立案。你也知道，每年失蹤的人口太多，死亡、綁架、拐賣⋯⋯在沒有線索的情況下，警方很難一一破案。」

「別灰心，如果我能回去，一定幫你！」葉大衛信誓旦旦地說，「我每次去到另一個空間，都是身不由己，要是可以隨心所欲，控制自己的目的地就好了。」

曹志宇似乎沒明白他的話，悶聲不響地看著他。

「就和昨晚我們親眼看到的案子一樣，要是能自由控制目的地，也許就可以去到你未婚妻出事的前一刻，親眼看到你未婚妻發生了什麼事。」

曹志宇驚喜不已，但隨即又變得有氣無力，「就算是知道發生了什麼事，但根本無力阻攔，如果不能改變結果，那又有什麼用？」

葉大衛何嘗不明白他的心情，如果自己真的能隨心所欲控制目的地，那他一定也會毫不猶豫地回去救下申雲娜。

曹志宇落寞地笑了起來，說⋯「趕緊吃吧，吃完早餐，我們繼續工作！」

「你不回現場了？」

「回去幹什麼，反正也抓不到凶手！」曹志宇無奈地說，「還不如幹點有用的事，比如說先幫你解決麻煩，讓你盡快回去！」

葉大衛忍俊不禁，說⋯「就衝你這句話，能認識你這個兄弟，值了！」

064

「記住這家早餐店的名字──路邊攤兒，以後可以常來！」曹志宇說這話的時候，老闆也笑嘻嘻地衝他說著感謝的話⋯「感謝朋友推薦，咱這路邊攤兒雖小，可也是十幾年的老店了，五湖四海的朋友，吃過的朋友都說好，歡迎下次再來！」

葉大衛喝了口湯，聽見老闆的話，突然腦子裡某根神經好像被什麼東西給猛地撞了一下。

「老闆，您這裡的東西可是百吃不膩，我只要有空，不管多遠都要過來呢。我在想啊，要是哪天您這店不開了，以後可就沒那個口福了！」另一位食客也跟老闆搭上了話，老闆臉上洋溢著開心的笑容，連連說著：「你們都是老顧客，放心，只要我還活著一天，這店就不會關門！」

店子裡充滿了歡聲笑語。葉大衛臉上卻布滿了陰雲，因為他猛然間想到一些事情。

「怎麼了？」曹志宇收回目光，發現葉大衛有些不對勁。

葉大衛放下筷子，認真地問⋯「你剛才說這家店叫路邊攤兒？全城僅此一家，別無分店？」

「對呀，就此一家，別無分店！」曹志宇疑惑地看著他問，「你這是怎麼了？」

「現在幾點？」

「上午九點過五分！」

「糟了！」葉大衛突然壓低聲音，緊張地說⋯「我不敢太確定，但事情可能是真的！」

曹志宇丈二金剛摸不著頭緒，隨即好像有點明白了他的意思，問⋯「是不是又有事要發生？」

葉大衛眼裡閃爍著驚恐的光，重重地點了點頭，緊張地說⋯「我記不太清楚時間了，但就是上午⋯⋯」

第四章　被「預測」的突發事件

馬上會發生一起爆炸，會死很多人！

「什麼？」曹志宇大驚失色，「你說路邊攤兒會發生爆炸，什麼原因引起的，你該不會是弄錯了吧？」

「是的，我記得很清楚，因為當年死了很多人，所以引起了重大反響，但我確實不記得是什麼原因引起的了。」葉大衛屏住呼吸，「怎麼辦，就算我們跟他們說，也可能沒人相信這裡會發生爆炸。」

曹志宇盯著他的眼睛，發現他並非開玩笑，於是什麼都顧不上，當即離座，大聲喊道：「所有人，請馬上離開這裡！」

「你、你幹什麼？」老闆被這個突如其來的聲音驚得退了半步，瞪著眼睛，像要吃人。

曹志宇為難又著急地催促道：「老闆，快離開這裡，趕緊離開這裡，這裡馬上會發生爆炸！所有的食客都盯著他倆，全是那種看戲的表情。曹志宇急了，不得不掏出警官證，嚴肅地說道：「我是警察，請所有人務必馬上離開，再不走就來不及了！」

「渾小子，警察又怎麼了？」老闆抬高聲音罵道，「好好的哪有什麼爆炸？別影響我做生意，你們還是趕緊走吧，以後也不許再來，這裡不歡迎你們！」

這個結果是葉大衛早料到的，他不得不拉住曹志宇，用眼神示意他別再勸說。

「不行，會死很多人的。」

「沒用的，你忘了我說的話嗎？這一切都是改變不了的事實⋯⋯」葉大衛湊近他耳朵說道，但隨即好像又想起了什麼，眼神更加惶恐，死死地拉著曹志宇，使勁搖頭道：「不可能，不可能。」

066

他不敢把話說完,曹志宇喘息著問道:「什麼不可能?快說呀!」

葉大衛回應著他焦灼的目光,惶恐地說道:「怎麼這樣……我突然想起,在這起爆炸事件中,還……還、還死了一個警察!」

曹志宇臉上當即就變了顏色,有些頹然地念叨著:「你說死了一個警察?不、不可能,絕不可能!」

葉大衛也希望是自己記錯,但理智告訴他,當年的爆炸事件,確實犧牲了一名警察。

「怎麼會這樣,怎麼會這樣?」曹志宇唸唸有詞,「我就是那個警察。我會死,我馬上會死……」

葉大衛突然把他往外推去,可他卻換了副口氣說:「是你說的,既然已經發生的事,那就什麼都改變不了,我走不走都會死……」

「不行,必須賭一把!」葉大衛雖然也堅定歷史無法改變的觀念,但此時卻不能眼睜睜看著曹志宇死於爆炸中,於是再次衝他怒吼道:「趕緊走,再不走就來不及了!」

曹志宇卻大力掀翻了桌子,厲聲吼道:「要爆炸了,會死很多人的,都給我趕緊走,離開這裡……」

葉大衛的感覺越來越不好,似乎有一股重大的壓力正隱隱向他逼來。

老闆見曹志宇居然掀翻了桌子,於是提著把菜刀,指著他吼道:「你、你幹什麼,別以為你是警察,我就怕、怕你!」

「你也給我滾,馬上滾……」曹志宇說著,便向老闆衝了過去,打算把他推走,可老闆力大,反而把他撞得倒退了好幾步,還險些摔倒。

第四章　被「預測」的突發事件

葉大衛見狀，上前去扶住曹志宇，然後使勁往外拽。

「趕緊走，真的會死很多人的。」葉大衛沙啞地叫嚷起來，試圖說服眾人離開，可有人甚至發出了哄笑聲，罵他倆是瘋子，還讓老闆把兩人給轟出去，別影響他們的食慾。

「滾蛋，少在這裡胡攪蠻纏影響我做生意，再不走我可對你們不客氣了。」老闆抓起菜刀威脅道，然後轉身又忙活去了。

曹志宇實在是忍不住，衝上去抓住老闆，試圖把人給拖出去，可被老闆雙手緊緊地掐住脖子，舉著菜刀，做出要砍下去的樣子。他臉色漲紅，不僅動彈不得，也無力呼吸了。

「放手，快放手！」葉大衛想要掰開老闆的手，曹志宇也還在固執地想要掙脫，可還沒站穩腳跟，突然就被一股巨大的力量掀起，整個人像樹葉一樣，輕飄飄地飛了起來，又重重地跌落在地。

剎那間，一股巨響震耳欲聾，巨大的火焰和煙霧騰空而起，將整棟樓震得搖晃起來。葉大衛和曹志宇躺在離樓房大約五公尺的位置，頭腦昏沉，眼前一片模糊。

「為什麼，為什麼你們都不信我？」曹志宇面對著爆炸現場，欲哭無淚。

葉大衛額頭上受了傷，滲出了血。曹志宇一步步走向爆炸現場，原本好好的牆體，被炸出了一個碩大的洞。他看到了老闆血肉模糊的屍體，還有不少食客的屍體。

葉大衛怔在原地，腦海裡浮現出報紙上那幅爆炸後的廢墟照片，斷壁殘垣，塵土飛揚……

068

第五章 平行空間實驗

曹志宇因目睹爆炸現場而受到沉重的打擊，萎靡不振。為了避免引起不必要的麻煩，葉大衛在消防車和警車快要到來時，拖著曹志宇離開。

葉大衛見曹志宇的狀態，想起自己之前目睹兄弟被殺時的情景，他很理解曹志宇，不停在他耳邊勸解。

「對不起，沒想到還是死了那麼多人。」葉大衛心存愧疚，但是這話卻引起了曹志宇更大的憂傷，他臉色凝重，痛不欲生地說：「不怪你，與你無關。全都怪我，怪我沒能說服他們離開！」

「你已經盡力了！」葉大衛無力地嘆息道，「還記得我說過的話嗎？已經發生的事，誰也沒法改變，所以這場爆炸，誰也沒法阻止！」

曹志宇陰沉著臉，喃喃自語道：「他們為什麼不信我，為什麼不離開？」

「信任是這個世界上很難很難的一件事，更何況要得到一個陌生人的信任。」葉大衛用曾經的經歷，換來了如今的感悟。

曹志宇卻依然搖頭道：「應該可以有辦法阻止的，也許我們只是還沒有找到辦法。」

第五章　平行空間實驗

「但願吧，如果將來有一天真的可以找到辦法逆轉過去，很多悲劇都可以避免了。」這也是葉大衛最想達成的目標，他想救很多人，阻止很多未曾發生的災難。

曹志宇大喊一聲後，恢復了往日的冷靜。

他們來到了曹志宇的家。曹志宇找了些消毒藥水和繃帶，幫葉大衛簡單處理了傷口，然後點了一支香菸，瞇著眼，任憑煙霧在眼前繚繞，陷入了良久的沉默之中。

突然，他站了起來，跟葉大衛說：「我的手機不見了。」

「可能掉在了爆炸現場了。爆炸發生之前的瞬間，我感覺腦子都是暈的，直到事情發生過後，我的記憶好像才慢慢復甦，才重新記起了很多事情。路邊攤兒的爆炸案，一共死亡十四人，還有十多人受傷。」葉大衛沉痛地說，「爆炸的原因，是因為煤氣洩漏⋯⋯當時，兩家小店，加起來好像有五個煤氣罐，爆炸後產生的威力相當於幾百公斤的炸藥。」

曹志宇在牆壁上狠狠地搥了一拳，信誓旦旦地說道：「我一定要幫你盡快離開這裡，回到你自己的世界！」

葉大衛此時卻在想另外一件事，曹志宇似乎突然也想起了什麼，盯著他的眼睛問道：「你不說死了一個警察嗎？為什麼我還活著？」

他說完這話，又興奮地說：「我知道了，我沒死，既然我沒死，是不是可以證明歷史是可以改變的？」

「我也不清楚為什麼會這樣，中間到底發生了什麼才改變了結果？」葉大衛瞪著眼睛說道，「我清楚地

記得死了一個警察，而且不是正在執行公務的警察，而是在早餐店就餐的警察！

「對呀，我就是那個在早餐店就餐的警察，按照你的說法，我應該已經死於爆炸中，可為什麼我還活著，還能好好地站在這裡跟你說話？」曹志宇的眼神依然興奮，「你的經驗不靈了，如果歷史真的可以被改變，我是不是可以救回敏兒了？」

葉大衛的思維也是一團亂麻，但他已然想到了另外一種可能性。

「我在想，是否還有別的警察死於爆炸之中？」

曹志宇因為這話而愣住，但隨即連連擺手道：「不會，不可能的，怎麼會這麼巧？如果有別的同事在場，我應該認識的。」

「你能保證雲海市所有警察你都認識？」葉大衛追問道。

曹志宇沉默不語了，他確實沒有把握，但內心卻依然不願意承認葉大衛的話。

「兄弟，我們都不要再猜來猜去，不管結果如何，等官方資訊出來吧。」葉大衛說，「傷亡人數，我猜很快就會公布。」

「但不一定會公布每個死者的具體身分。」

「是的，所以你最好明天回局裡親自看看。」

當晚，葉大衛在曹志宇家裡將就了一夜，就著兩碟小菜，一人抄起一瓶啤酒就喝開了。

葉大衛的目光落在櫃子上的相框上，曹志宇順手把相框取過來拿在手裡，端詳著依偎在自己身邊的

第五章　平行空間實驗

女孩，平靜地說：「這就是敏兒，我的未婚妻。」

「你們倆……很有夫妻相！」葉大衛誠摯地說。

「很多人都這麼說。」曹志宇笑道，聲音溫柔得如同春天的細雨，「敏兒還在時，總說這輩子最大的願望，就是嫁給我，成為我的妻子……」

葉大衛能感受到他內心的幸福，同時還夾雜著痛苦，但他現在卻把痛苦全都藏在了心底，把幸福寫在了臉上。

「她失蹤的那天晚上，我在加班，她說要去單位接我下班……沒想到就出事了。」曹志宇把照片摟在懷裡，「那晚過後，我再也沒能見到她。敏兒，妳到底去了哪兒呀？」

他的聲音裡又帶著一絲哭腔，眼裡雖然沒有淚水，表情也顯得如此寧靜。也許，他的淚水已經流乾。

此時葉大衛突然想起了申雲娜獨自去追捕罪犯的那個夜晚，從此以後，兩人天各一方。

「你未婚妻，她是做什麼的？」葉大衛又問道，曹志宇深沉地說：「記者，一個非常有正義感的記者。」

她很喜歡孩子，而且我們商量結婚後，也會很快要孩子的，沒想到……」

葉大衛不忍心再繼續這個話題，於是向他舉起了酒杯。他們喝了很多酒，不知什麼時候就迷迷糊糊地進入了夢鄉。

葉大衛睜開眼睛時，發現自己和曹志宇都躺在沙發上，而且是一邊一個，曹志宇的腳還放在他身上。

他推開曹志宇的腳，曹志宇也醒了。

072

「怎麼就睡著了！」曹志宇不好意思地揉著眼睛，看著眼前的一片狼藉，趕緊收拾乾淨，然後出門了。

在路邊的報攤上，他看到了關於昨天爆炸事件的報導，跟他想的一樣，確實沒有公布死者的具體資料。

當他的目光落到「死亡十四人」這個數字上時，腦子裡迴盪的是葉大衛昨晚告訴他的死亡人數，不是接近，而是一模一樣。

他的心情變得越發沉重，雙腿軟綿綿的，像踩在沙灘上。這一刻，對於葉大衛的信任度，雖然已經達到最高點，但也正因為這樣，他才無比擔心和害怕即將揭曉的答案。

曹志宇回到局裡，同事們陸陸續續上班，他直接來到胡平生辦公室，胡平生昨晚沒回家，一見他便問電話怎麼關機了。他說自己電話不知什麼時候丟了，但隱瞞了自己也在爆炸現場的事。

「早不丟晚不丟，丟的還真是時候。」胡平生不悅地質問起來，「昨天的爆炸事件，大家都去了現場，唯獨少了你，你跑哪兒去了？」

「我、我去了一趟外地。」曹志宇撒謊道，「去處理一件非常棘手的事，在路上準備給你打電話說一聲，才知道電話丟了。昨晚回來聽說了爆炸的事情，今天一早看到報導，才知道事情這麼嚴重。」

胡平生沒有繼續追問，而是丟給他一份檔案，讓他去核對一下死者的資料。

曹志宇求之不得，拿著名單回到座位上，快速瀏覽了一遍所有死者名字，卻沒發現一個認識的，但是當他把名字一個個輸入電腦時，其中一個叫「顧海」的名字，顯示出了警察身分。

073

第五章 平行空間實驗

此人是地方派出所的一名警員，而且剛從警校畢業，工作才兩個月，所以他不認識。

他本就懸著的心，此時懸得更高了，頹然地坐在那兒。辦公桌上的電話響了半天，可他好像全然沒聽見，動也沒動，直到有同事過來叫他，他才像從夢裡醒來，惶惶然向四周張望。

葉大衛離開曹志宇家後，獨自返回了爆炸現場。現場還沒有完全清理乾淨，一片廢墟。

他的心情很沉重，爆炸之後，最可憐的是遇難者的家屬。路邊攤兒的老闆是罪魁禍首，對瓦斯罐保管不力，可葉大衛恨不起來，因為老闆也死了，何況沒人願意看到這樣的悲劇發生。

就在此時，向卉也出現在爆炸現場，她藏身於葉大衛無法看到的位置，心裡想著他怎麼會突然來到這裡。

葉大衛踩在殘破的瓦礫上，走近被炸成廢墟的大樓，那一聲聲天雷般的巨響、一聲聲慘絕人寰的哭喊，依然在耳邊震盪。

「對不起，我還是沒能救回你們。」他的心在流血，面對無情的災難，可是無力改變，只能眼睜睜看著一條條人命從眼前消逝，無影無蹤。

向卉在不遠處看著他孤零零的背影，突然對這個男人有了一種異樣的感覺，雖然懷疑他跟陳莉的死亡有關，卻又感覺他並非是那種慘無人道、隨意取人性命的冷血者。

「妳叫向卉……」她又想起了第一次見面時他說的話，那種口氣，好像是一位很熟的朋友，又或者是久未謀面，但依然很熟的朋友。

葉大衛離開廢墟時，向卉正要跟上去，卻發現另一個舉著相機的身影，正對著他不停地按快門。

她看著葉大衛離開，然後悄然繞到偷拍人身後，一把抓住了對方手臂。

「妳幹什麼，別弄壞我的機器！」男子戴著眼鏡，試圖掙脫向卉，卻被向卉掐住了脖子。

「你是什麼人，為什麼要在這裡偷拍？」

男子推了推眼鏡，反問道：「妳是什麼人？我拍誰，關妳什麼事？」

向卉一時語塞，但隨即說：「我跟你偷拍的人是朋友，你說關不關我的事？」

男子似乎對她的話很懷疑，以一種審視的表情盯著她，問道：「你們真是朋友？」

「是！」向卉遲疑了一下，非常肯定地回覆道：「請你馬上刪掉所有照片，否則我對你不客氣。」

「我是記者！」男子面對盛氣凌人的向卉，不得不坦白了自己的身分。

「為什麼要拍他？」

「因為、因為我想針對這次爆炸事件，拍攝一組現場紀實照片。」

向卉稍稍鬆了口氣，但又反問道：「你沒騙我？」

「沒、真沒，這是我的記者證！」男子掏出證件，向卉看了一眼，這才信了他的話，放開了他。

向卉沒想到的是，這個記者轉身就打了報警電話，聲稱在爆炸現場拍攝到了之前凶殺案犯罪嫌疑人的照片，但值得慶幸的是，正是她出面，才阻止了這名記者繼續跟蹤葉大衛。

第五章　平行空間實驗

＊＊＊

胡平生得知情況後大驚，慌忙帶人趕往現場。

曹志宇被這個消息嚇得倒吸了一口涼氣，雖然不敢確定消息是否屬實，但又無力證明，只能祈禱那個人並非真是葉大衛。

胡平生從記者相機裡看到了葉大衛，懊惱不已，如此大好的機會，沒想到又被他給溜了。

「他為什麼會出現在爆炸現場？」胡平生在跟記者聊完後，自言自語道。

曹志宇忙道：「隊長，我覺得這個人很可能只是跟犯罪嫌疑人長得像，也許只是隨便過來蹓躂。」

胡平生搖頭道：「一個殺人犯，哪有閒心跑到這種地方來蹓躂？不是應該躲起來嗎？記者還說有個女人，聲稱是犯罪嫌疑人的朋友，那麼這個女人又是什麼人？而且還讓記者刪掉相機裡面的照片，太奇怪了！」

曹志宇也覺得奇怪，葉大衛在雲海市應該是沒有什麼朋友的，更別提是女性朋友了。

他急於見到葉大衛，只有見到他才能知道真相。除此之外，他還有另外一件更加重要的事情需要跟葉大衛見面。

＊＊＊

葉大衛剛回家沒多久，外面就響起敲門聲。他很警覺，小心翼翼地走到門後，直到聽見曹志宇的聲音，這才放鬆警惕，開了門。

曹志宇急急忙忙地進了屋，示意他把門給鎖上，然後才問他為什麼會突然又回到爆炸現場。

葉大衛很吃驚，還反問他是如何得知自己去過的。

「你呀，實在是太不小心了！」曹志宇抱怨道，「你知不知道，有人拍下你的照片，然後打電話報警了！」

「是我不小心，差點闖了大禍！」

葉大衛聽到這話，自然是極為吃驚的，當他從曹志宇口中得知詳情時，也為自己的粗心大意而自責不已…

「幸好現場有個女人擋住了記者，要不然你被跟蹤了都不知道。」曹志宇接著說，「奇怪的是，記者說那個女人聲稱認識你，而且說是你的朋友，你在這裡有別的女性朋友嗎？」

「女人？我朋友？」葉大衛很是驚訝，皺著眉頭沉思了片刻，突然眼前一亮，恍然大悟似的說道…「會不會是她？」

「誰？」

「向卉！」葉大衛雖然沒有把握，但估計自己的猜想沒錯，「我在雲海，除了跟向卉有過交集外，根本不認辨識的女人。如果真的是她，她一定在跟蹤我。唉，我怎麼這麼大意，被人跟蹤了居然都不知道，太侮辱自己的職業了！」

「向卉是警校學生，而且很優秀，跟蹤盯梢也是她的專業，所以你沒發現，是正常的。」曹志宇的神情稍微放鬆了一些，「透過這件事，說明她還在懷疑你，但她又是相信你的，要不然也不會攔住記者。得跟她面對面，好好聊聊了。」

077

第五章 平行空間實驗

「我何嘗不想跟她見面聊聊，可她也得給我機會。」葉大衛嘆息道，「真是防不勝防，看來我以後在雲海的行蹤，還得慎之又慎！」

曹志宇走到窗戶邊，四下看了一眼後，轉身說道：「你得馬上跟我出去一趟！」

「有事？」

「先別問這麼多，你得跟我去見一個非常重要的人。」曹志宇說，「這個人，也許可以幫你回到自己的世界！」

葉大衛不怎麼相信他的話，但仍然跟他出了門，上了一輛計程車。十來分鐘後，車子在一棟大樓前停了下來。

大樓門前掛了一塊牌子，上面寫著「雲海市聯合時空實驗室」。門口還有兩名持槍警衛，曹志宇出示了警官證後才進去。

「這個地方對外是研究VR技術的，我認識其中一位資深的物理學家楊教授。」曹志宇進門後邊走邊介紹，「楊教授德高望重，是國內首位最接近諾貝爾物理學獎的教授，待會兒見到他一定要謙卑，千萬不要亂說話。」

葉大衛沒有作聲。

「對了，還有一件事我差點忘了跟你說，爆炸中確實死了個警察，還在實習期，所以我不熟。」曹志宇說這話的時候聲音很低，「你是對的，我們什麼都沒有改變！」

葉大衛還想說什麼時，已經到了楊泰寧辦公室。他第一眼便感覺此人身上有股強大的氣場，雖然說話時彬彬有禮，但上上下下打量他的眼神，竟然令他有些緊張。

「太好了，太好了！」楊泰寧顯得十分激動，握著他的手久久沒有放開，「您是這方面的專家，還有什麼問題可以直接問他，希望可以幫幫他！」

「楊教授，這位就是我在電話裡跟你提起的葉大衛，他的情況您也已經大致了解了。」曹志宇介紹道。

楊泰寧終於從葉大衛身上收回眼神，放開手，示意兩人坐下，然後又不可思議地讚嘆道：「本來我是不怎麼相信你的經歷，但見到你後，我信了！」

「楊教授，恕我直言，您為什麼會相信我？」葉大衛問。

「直覺，非常奇怪的直覺！」楊泰寧說，「做了一輩子研究，雖然常年與實驗室的機器打交道，但我對人類的認知，卻並不比普通人少。」

這番話聽起來像是自嘲，卻惹笑了兩人。

「好了，言歸正傳，你是想讓我幫你回到現實空間去吧？」楊泰寧問，葉大衛鄭重其事地回道：「是的，我從2019年的江州市來到了2009年的雲海市，幾乎找遍了整個雲海的大街小巷，但沒人聽說過江州，我也沒能找到回去的辦法。」

楊泰寧得知他之前是因為遭到槍擊後才進入另一個時空時，也是大為驚奇，連連感慨道：「世界之大，無奇不有，這也是我畢生的信仰。沒想到我研究了一輩子進入時空的辦法，卻從來沒實現過。你的遭遇真是讓人驚訝。」

第五章　平行空間實驗

葉大衛沉重地說：「正是因為這樣，所以我才必須找到那個廢棄停車場，可是現在我連江州市都找不到……」

楊泰寧沉思了片刻後才說：「我想你一定是在進入時空的過程中，進入了另外一個分支。目前最科學的說法是霍金提出的黑洞和蟲洞理論，所以換一種說法，就是你在進入蟲洞後，如果走直線，就會去到另一個年代的江州市，可要是不小心轉了個彎，那就可能出現改變軌道的後果。」

「您的意思是我這次從江州市來到雲海市，是因為在空間轉換的過程中發生了逆轉？」

「也可以這樣說，不過這也只是理論上的解釋，在空間實際轉換的過程中，可能還會發生別的意想不到的變故！」楊泰寧順著他的話道，「我這一輩子，大部分時間都是在實驗室度過的，你是我見到的第一個經歷過時空隧道的真人。說實話，雖然科技已經非常進步，但目前仍然有很多事情是無法用理論來解釋的。」

「難道以前就沒有遇到過？」葉大衛問，楊泰寧的記憶彷彿被拉得很長，許久之後才說：「也不是沒有，不過僅停留在猜測階段。那是三十年前，我有個非常好的朋友，他叫彭軍，那時候才三十出頭。有一天閒著無聊，約著一塊兒去城郊玩，沒想到他就此失蹤，從此以後就再也沒見過他本人。奇怪的是，活不見人死不見屍，你說他能去哪兒？這件事就成了我心裡一輩子的疙瘩。後來，我偶然從一本來自國外的書上，了解到了關於時空隧道的知識，感覺彭軍就是進入了時空隧道。我相信他沒有死，一定還活在另一個空間，只是不知道該怎麼回來。所以從那時候起，我就慢慢接觸時空隧道，研究它，為它耗盡了大半輩子的心血……我希望有生之年還能見到他，跟他說說話……」

080

葉大衛和曹志宇都被老人的講述感動了。

「彭軍失蹤的地方就在城郊的火山口，我們那次去，也是為了看看那座已經沉寂了數十年的死火山。在我之後的研究中，我把精力都放在了那兒，經過無數次監測，從磁場反應來看，火山口也許就是『空間切換』的入口。」楊泰寧這番話令兩人更加吃驚，甚至面面相覷。

「我知道你們會覺得奇怪，為什麼火山口會有可能是『空間切換』的入口？」楊泰寧說話的時候，緩緩起身，走到身後的保險櫃前，扭動開關，開啟門後，取出一個筆記本，顫顫巍巍地翻開，只見扉頁上是《磁場引發空間突變》幾個剛勁有力的手寫字，「這本日誌，是我畢生研究成果的記錄，也是我對那座火山研究的記錄。」

葉大衛接過筆記本，只見上面寫滿了密密麻麻的文字，有些是他能看懂的，有些是他看不懂的。

「當然了，這些還只是理論上的東西，要想檢驗它是否正確，必須放到實踐中去，只有實踐才是檢驗真理的唯一標準。」楊泰寧在說這話時，眼神一直落在葉大衛臉上，葉大衛的目光卻在迅速瀏覽筆記本上的文字。

曹志宇似乎聽明白了楊泰寧的話，忐忑地問：「楊教授，您的意思是，要想證明您的理論是否正確，必須用真實的實驗去檢驗？」

「沒錯，但是有風險。當然了，所有的實驗都存在風險，而且還有可能是不可控的風險。」楊泰寧話音剛落，葉大衛便應聲道：「可以，教授，我接受實驗！」

「什麼，你？」曹志宇想阻攔他，「葉大衛，這可不是一般的實驗，是在火山口呢，風險太大了，弄不

第五章　平行空間實驗

「好會死人的。」

「是的，所以一定要認真、慎重考慮！」楊泰寧道。

「可⋯⋯」曹志宇欲言又止，被葉大衛打斷了⋯「教授，實驗隨時可以開始，不管什麼後果，我一人承擔！」

楊泰寧露出了欣慰的笑容，讚許地說：「年輕人，你很勇敢。相信我，因為這個人是你，所以實驗成功的機率很大。」

「為什麼？」曹志宇不解地問，葉大衛也很想知道這個問題的答案。

「因為每個人的身體都自帶磁場，所以每個人的磁場都不一樣，只有身處特殊的磁場，而且只有當你身體磁場和環境磁場互相發生作用，或者說是碰撞，正好這個作用和碰撞的力度又恰到好處，這樣才能實現空間的順利切換。」楊泰寧的解釋還算淺顯易懂，葉大衛和曹志宇都聽明白了。

但為什麼是葉大衛，楊泰寧還沒有給出答案。

「如果我成功回到 2019 年，然後又想來 2009 年，應該怎麼做？」楊泰寧沉吟了片刻，若有所思地說：「按照目前空間轉換的研究成果解釋，來路即是歸路！」

葉大衛不解地問：「您的意思是說，原路返回即可？」

「是的，連線兩個時空的媒介，必然是相通的。葉先生，正因為你是有過空間切換經歷的人，所以我

082

才說你參與實驗的話，成功的機會更大。」楊泰寧接著說，「不過，在確定合作實驗之前，你最好再好好考慮考慮。如果沒問題，我們得先簽一份協議！」

* * *

火山位於雲海市西南部，離城區大約二十公里，因為小地名叫阿拉蘇，所以火山口也被叫做阿拉蘇火山口。阿拉蘇火山在距今約四百萬年前曾有過兩次爆發，之後便一直處於沉寂狀態，成為一座死火山。雖然到達火山口的路十分難走，但偶爾也會有好奇膽大之人前往一探究竟，久而久之，便成了一個自然景點。在火山口最高點的石碑上，還寫著「阿拉蘇火山口」幾個顯眼的黑色大字。

葉大衛和曹志宇跟隨楊泰寧的科學研究團隊到達火山口時，站在山頂，被眼前的情景震撼到了，這座深直徑八十多公尺的火山口，氣勢磅礡，四壁石頭呈豎條狀及斜條幅射狀，呈灰黑色。

「太壯觀啦！」曹志宇大聲歡呼起來，張開雙臂，做出飛翔的動作。葉大衛也是第一次與火山口如此近距離接觸，那種震撼，實在無法用言語來形容，彷彿連呼吸都變得如此厚重。

楊泰寧感慨道：「老朋友，我們又來了！」六十多歲的他，已經不記得自己是第幾次來到這裡，面對熟悉的一切，內心的感觸卻不盡相同。

葉大衛看到了火山口的最低處，遍地亂石，似乎並沒有想像中的入口。

「別擔心，這座火山上一次爆發，還是在四百萬年前。兩個月前，我的學生還對此進行了測量，測過入口處的磁場，在亂石堆下面的右側位置，便是火山的入口。」楊泰寧似乎看穿了葉大衛的心思，

第五章 平行空間實驗

行了監測，內部沒有發生大的磁場改變，所以目前是相當平靜和安全的。」

「教授，您說安全就一定是安全的，如果可以的話，開始吧！」葉大衛臉上的表情，證明了他的極度自信。

「再等等，為了安全起見，在開始之前，還要最後再做一次監測，這一次，我親自下去！」楊泰寧的話令葉大衛無比感動，他緊握著教授的手，重重地說出了「感謝」二字。

「沒什麼好感謝的，你我今日的所作所為，是為了彼此成全。你們先就不要下來了，在上面等我訊號。」楊泰寧鬆開他的手，然後招呼自己的學生和同事做好準備工作，開始向火山口最低點的中心地帶出發。

葉大衛目送著教授等人順著軟梯慢慢向下移動，曹志宇幽幽地說道：「兄弟，恭喜你，如果成功，你就能順利回去了。」

葉大衛轉頭看了他一眼，笑著說：「放心吧，如果能順利回去，等我處理完手上的事，一定會再回來。」

「說句心裡話啊，好不容易回去了，就別再回來了吧。」

「怎麼，不歡迎我？」

「不是，別誤會，但這裡畢竟不是你的世界！」

葉大衛笑道：「感謝你的肺腑之言，還是那句話，你是個值得深交的朋友。」

楊泰寧的內心是激動的，畢生的心血如今就要付諸實踐，這可能是每個科學研究工作者的夢想。可他內心又是忐忑的，因為誰也不知道結果會不會如願以償。

擺好設備，偵錯好各種引數，然後啟動機器。

葉大衛突然微微嘆息了一聲。

「怎麼，有心事？」曹志宇問。

「你也知道，陳莉死亡的案子未破，向卉和我就還有嫌疑，我這一走……」葉大衛的擔心倒是合情合理，曹志宇卻說：「沒什麼可擔心的，你走你的，案子局裡會繼續。至於向卉，我相信很快就會找到她，到時一切就真相大白了。」

葉大衛頓了頓，繼續說道：「兄弟，臨走前，還有件事得跟你聊聊。廣場殺人案，我雖然親眼看到向卉開槍，可從她十年後的身分來看，她又絕不會是殺人犯，所以我拜託你一件事，如果找到她，一定要幫她。」

曹志宇似乎不太明白他這話是什麼意思。

「我之前跟你說過，向卉很可能也是被冤枉的，就像我被冤枉一樣。我清楚警察的做事方式，我離開之後，你要盡力找到她，才能使案情真相大白。如果你真的見到她，假如，我是說假如她反抗，盡量留她一條命。」葉大衛的聲音很低沉，曹志宇拍了拍他肩膀，故作輕鬆地說：「放心吧，你拜託的事，兄弟我牢牢地記住了。不過你也說過，歷史是不可能被改變的，所以不管發生什麼事，如果她真是你說的那個人，那她就一定會沒事！」

第五章　平行空間實驗

葉大衛也被曹志宇的邏輯給反駁得啞口無言，不禁在心底暗嘆道：「是啊，如果她真是向卉，那就一定會好好活著跟我見面。」

楊泰寧眉目緊鎖，各種數據在螢幕上快速劃過，他不僅要測試火山口的磁場有無重大變化，還要測試內部的熔岩係數和地殼的活動係數。

「教授，從目前各項數值來看，和之前的測試結果相比較，幾乎沒有變化。」其他人員在綜合數值參數後彙報，楊泰寧懸著的心慢慢放平，又親自把數值結果對比了一遍，然後愉悅地說：「不是沒有變化，而是更接近完美數值。看來這是最好的機會。」

葉大衛看到楊泰寧朝他們揮手的時候，便明白自己要回去了。

「兄弟，我送你下去。」曹志宇起身說道，葉大衛卻豪爽地說：「不用了，你就站這裡別動！」

葉大衛站在楊泰寧身邊，楊泰寧拿著數值要他看看，他卻只是瞥了一眼，笑著說：「教授，您是專家，您說了算。我看了沒有，也看不懂。」

「我可以理解成你對我很放心的意思吧？」楊泰寧也以玩笑的口吻說道，葉大衛似乎一點也不緊張，信心十足地說：「您說了，這次的實驗，是對你我彼此的成全，沒有信任的基礎了。」

「可你要明白一點，如果實驗失敗，對我來說，可能就是一次失敗的實驗而已，但於你不同，可能會付出生命的代價……」這才是楊泰寧最擔心的事，他覺得自己有必要說出可能的後果。

葉大衛卻連想都沒想便說道：「楊教授，您太過慮了。首先拋開我的目的不說，僅說您自己，您在這

個實驗上耗費了畢生心血，而我很幸運可以成為配合您完成實驗的人，如果能成功，對整個科學界，甚至全世界、全人類來說，都是一件極大的好事啊，所以說就算我付出點犧牲，那又算什麼？」

楊泰寧眼裡泛起點點淚光，傷感地說：「雖然我們僅僅只是第二次見面，但你對我如此信任，而且心懷天下，心胸如此坦蕩，令我汗顏啊。」

「好了教授，如果沒問題，那就開始吧！」葉大衛回頭看了一眼山頂上的曹志宇。曹志宇突然大聲喊道：「兄弟，希望我們後會無期！」

葉大衛鼻尖微微一酸，大幅度地揮了揮手，然後轉身朝楊泰寧說：「教授，最後再拜託您一件事，如果實驗真的不幸失敗，而我又失蹤了，您不用找我，也不必為我的死而有任何內疚。」

楊泰寧重重地拍了拍他肩膀。

實驗開始之後，葉大衛站在入口處，長長地吐了一口氣，然後屏住呼吸，衝楊泰寧點了點頭，穩重地邁出了第一步。

一股冷風撲面而來，深不見底的黑暗，像一張大嘴，牽引著他一步步向前走去。他本想睜著眼睛，好好記住每一個細節，可那股引力實在太過強大，似乎要將血肉和骨骼分離，最後強迫他不得不閉上眼。

很快，他又感覺自己的面孔似乎快要變形，然後整個人被一種無形的力量託著。他揮舞著雙臂，想抓住點什麼，可全身輕盈，完全使不上力氣。

第五章　平行空間實驗

「啊⋯⋯」葉大衛胸口發悶，發出一聲痛苦的慘叫。

突然，隨著一聲巨響，腦袋裡又傳來嗡嗡的聲音，嗓子裡湧出一股酸澀的味道，眼睛和鼻子裡似乎也有東西在不停地往外流。

第六章　生死營救

本來好好的天氣，突然陰雲密布，一陣山風吹過，將正在發呆的曹志宇驚醒。

葉大衛消失了，就像他來時一樣，無聲無息。

曹志宇眼前一片恍惚，他意識中的「消失」，連自己都不清楚究竟意味著什麼。

楊泰寧的腦子也是昏昏沉沉的，他親眼看到葉大衛走進入口，然後瞬間消失得無影無蹤。

那一刻，他腦袋裡開始嗡嗡作響，彷彿聽見一陣雷電轟鳴的聲音。

與此同時，監測儀器上的各種數值都在急速地發生變化，彷彿受到了強大的磁場干擾，很快數值到達最高峰。大約三十秒，數值漸漸回落，最終回到了正常的數值範圍。

終於，轟鳴聲消失，全世界變得安靜之後，楊泰寧的意識才歸於正常。

「這算是成功了嗎？」楊泰寧滿臉異色，喃喃自語道：「他走了嗎？真的走了嗎？」

「教授，我們成功了！」其他同事在檢查完監測儀器上的數值之後興奮得大叫起來，楊泰寧迅速瀏覽了一眼數值，眼裡噙滿了淚水，他飽經風霜的臉上，布滿了激動的笑容。

089

第六章　生死營救

曹志宇看到了楊泰寧衝自己揮手致意，一時間也沒忍住大喊大叫起來。

「成功啦，成功啦！」他聲如洪鐘，在火山口環繞，經久不息。

＊＊＊

葉大衛做了一個漫長的夢，在夢境裡，看到了很多奇怪的畫面，但是當他醒來，打算將這些畫面在腦子裡回放時，所有的記憶卻又都成了碎片。

他環顧四周，才發現自己身在一片陌生之地，周圍全都是怪石嶙峋，再一抬頭，天空像是一條藍白相間的狹長飄帶，橫亙於頭頂之上。

「這是什麼地方？」葉大衛罵出一句髒話，背後一陣發涼，想要站起來，卻眼前一黑，差點栽倒，再放眼望去，才發現自己正立於峽谷中央。

他回想起剛剛經歷的事，剎那間，楊泰寧、曹志宇的樣子重又浮上心頭。他用力拍打了幾下額頭，再次抬頭望向天空，只見一隻大鳥呼嘯而過，心裡頓時變得七上八下。

「成功了嗎？」他不敢確定，不知道自己是否已經回到現實世界，抑或是去到了另一個地方，或者說是否已經離開 2009 年。但是，他唯一感到欣慰的是自己還活著。當他轉過身去，看到兩米多高的洞口時，想起了楊泰寧送給他的那句「來路即是歸路」，想必這裡便是進入另一個空間的出入口了。

從峽谷走出去，用了整整一個小時。葉大衛蹣跚而行，口乾舌燥。當他終於走出峽谷，看到立於峽谷入口處「峽谷禁地，禁止入內」的提示牌時，一輛吉普車風風火火地從遠處駛來，車上匆忙下來三名男

090

子，一見他便圍了過來，質問他是做什麼的，究竟是如何闖進峽谷的。

葉大衛沒有回答他們的問題，而是反問這是什麼地方。他們詫異地盯著葉大衛，本來打算說謊的，但突然又改變了主意，「我是警察！」

「我⋯⋯我不記得自己叫什麼了，我只記得自己⋯⋯」葉大衛為了打消對方的顧慮，把他當成了瘋子。

三人聽了他的話，一開始面面相覷，但繼續追問他怎麼會闖入峽谷。

「我、我正在追捕犯罪嫌疑人的時候，不知道怎麼就、就暈了過去，醒來的時候，就已經、已經在峽谷裡⋯⋯」葉大衛臨時編造了謊言，「我真不記得自己叫什麼，怎麼到了這裡。麻煩告訴我，這裡到底是什麼地方？」

「江州大峽谷！」

葉大衛腦子一熱，驚喜地問：「你說這裡是江州大峽谷？」

「你真是警察？」

「什麼年分？」葉大衛答非所問，其中一人卻怪異地反問：「你既然是警察，那應該有證件吧？」

葉大衛愣了愣，上下左右摸了個遍，然後裝作無比遺憾地搪塞道：「哎呀，真不巧，證件不知什麼時候也給丟了！」

「編、接著編。我看你就是那個私闖峽谷禁地的犯罪嫌疑人，老實點，跟我們走一趟吧！」

葉大衛想了想，只好無奈地說：「行，我會跟你們走，但我現在真是頭暈，很多東西都不記得了，你

第六章　生死營救

們得告訴我現在是哪一年，什麼地方。」

「2019年，江州市的江州大峽谷！」其中一人沒好氣地說道，「不管你是不是裝失憶，待會兒我會給你長點記性！」

葉大衛心裡一樂，終於鬆了口氣。他知道自己回到了現實空間，於是心情大好，老老實實地上了車。

他自然是知道江州大峽谷的，因為經常發生地質災害，所以峽谷裡常年封閉，禁止外人闖入。而且也得知要從這裡走出去，需要花費不少時間，所以才打算利用吉普車帶他離開。

吉普車在坑坑窪窪的亂石路上顛簸，揚起的灰塵撲面而來，將前擋風玻璃都蓋住了。

可他很快陷入沉思，因為想起了向卉，還有當初向他們開槍的蒙面人。他不清楚自己此次回來會遭遇什麼，但有一點是非常清楚的，他希望向卉還活著。如果她因為自己而死，他一定會捨命追凶，將凶手繩之以法。

「徒弟，我回來了，妳還在家裡等著我嗎？」葉大衛在腦子裡一直重複著這句話，一路上都在注意觀察周邊的環境，很快發現車輛拐入了左邊的水泥公路，路況慢慢變好。他知道，也許很快就會到達目的地，如果再不離開，就沒有機會了。

「麻煩停車！」他喊道，司機踩下了煞車，扭頭問他幹什麼，他笑著說：「我到了！」

「什麼？」三人莫名其妙地看著他，他突然出手，三下兩下就將這三人全都打倒在地，然後用皮帶將

092

他們捆綁起來，扔在路邊，臨走前留下話道：「我真是警察，在執行緊急任務，現在必須徵用你們的車，先委屈你們，明天去警察局領車吧。」

他轉入了另外一條大道，路上來來去去的車輛風馳電掣般從身邊掠過。他看到了熟悉的路標，顯示前往市區方向還有二十公里。

他的內心像有一股巨大的潮水在放縱奔流，那股潮水在他身體裡已經沸騰了許久，終於要掙脫身體衝出來。

正當一切都挺順利的時候，一輛警車突然呼嘯著與他擦身而過，他慌忙垂下臉，但突然想起自己已經身在2019年，以及自己警察的身分，不免笑了起來。

周圍的一切都變得那麼熟悉，很快就到了城邊。他把車扔在向卉家附近的停車場，然後若無其事地走了。他不敢想像待會兒會是怎樣的見面，如果她還活著，他一定會毫不猶豫地衝過去跟她擁抱。但是，如果她死了……不，她不會死，她一定還活著！

他祈禱著，不知不覺間已經看到了她的家。遠遠望去，似乎一切都還是老樣子。這一刻，他的心情是平靜的。他鼓起勇氣，本想就這樣直接走過去，然後敲門，期待裡面很快傳來腳步聲⋯⋯

他正在這樣幻想的時候，門突然自己開了，向卉的身影映入眼簾。

葉大衛看到了活生生的向卉，心臟在怦怦亂跳，一時間竟然呆若木雞。終於，他壓抑著激動的心情，邁開腳步，打算朝她過去時，突然在她背後又出現另一個身影。

啊⋯⋯葉大衛張大了嘴，他的目光隨著那個身影移動著，腦子裡一片空白，雙腿再也不聽使喚。

第六章　生死營救

怎麼會……這是怎麼回事？葉大衛腦子裡浮現出無數個問號，可他很快就確定自己並沒有眼花。向卉和那個男人一起離開了家，兩人一路上有說有笑，顯得無比親密。

葉大衛縮回了身影，靠在牆角邊，感覺心臟快要爆炸了似的。他沒想到之前早就勾勒出來的種種畫面，被眼前的所見徹底取代了。他全身無力，為什麼會這樣，為什麼會這樣？一個聲音在他心底咆哮著，令他的情緒陷入了崩潰邊緣。

「砰、砰砰……」尖銳的槍聲再次將他拉回到現實當中，他鬆開緊握的拳頭，向著兩人離開的方向悄然跟了上去。

這裡是葉大衛之前偶爾會陪向卉去的菜市場，菜市場裡依然萬頭鑽動，各種難聞的味道混合在一起，刺激著人的味覺。向卉在買菜的時候，跟在她身後的男人，像她的保鏢，緊緊地貼著她，一刻也不離開。

葉大衛遠遠地看著，他從向卉臉上流露出來的笑容，看出她很開心。可是她越開心，他心裡便越是不好受。這種被別的男人取代身分的滋味，讓他心如刀絞。

不知不覺間，他又握緊了拳頭。大約半小時後，二人提著滿滿一籃子菜，沿著來時的路，往家的方向走去。

葉大衛不遠不近地跟在後面，要不是有個聲音一直在提醒他不得輕舉妄動，恐怕早就按捺不住衝了上去。

他親眼看到二人回到了向卉的家，很想做點什麼，一時間卻又無計可施，但如果什麼都不做，又實

在心有不甘。他逗留了好一陣，感覺自己從來沒有像現在這樣無助過。眼看著天就要黑了，在考慮該如何度過這個難熬的夜晚時，他決定回到自己的家。

他隨身攜帶的鑰匙不知什麼時候給弄丟了，但開門這種小事根本難不住他。他進屋後，發現一切都沒有變化，就連自己喝水的玻璃茶杯都還留在原來的位置，不禁讓他懷疑自己離開後，根本就沒人進來過。

但是，他很快就發現了端倪，因為冰箱裡面自己愛吃的那些食物都換成了另外的品種。

「好小子，還挺會享受！」他在憤怒之下，正打算將冰箱裡的食物取出來全都扔掉，但臨時改變了想法，又原封不動地關上了冰箱門。

他又走進臥室，發現所有的擺設也都沒動過位置，就連自己疊的被子，也跟離開前一模一樣，像是根本沒人睡過。

葉大衛轉身回到客廳，這才發現牆上最明顯的物品不見了。

「鏡子去哪兒了？」他東張西望，都沒看到鏡子的蹤影，仔細一想，這才明白可能發生了什麼事，不禁啞然失笑，嘆息道：「為了不讓我回來，可真是煞費苦心啊，看來我太低估你了！」

他在沙發上坐了下來，仰面躺著，閉上眼睛，思緒很快又回到了被槍擊的那天，然後又把整件事連起來，從頭到尾過濾了一遍，越想越氣，越氣就越想出了這口惡氣。

他輕揉著鼻梁，思考著下一步的行動，突然一躍而起，進屋後開啟最下面的櫃子，取出一部手機和一些現金，然後在卉家對面的飯店住了下來。

第六章 生死營救

葉大衛剛從另一個空間回來，加上發現自己的身分被人取代，身心十分疲憊，卻又毫無睡意。他躺在床上，抱著雙臂，瞳孔放大，像個木偶似的想入非非。

「他怎麼會來到我的世界？什麼時候、透過什麼方式來的？為什麼我一點也沒有察覺？」一個個疑團像針一樣，刺得他腦袋疼痛不已。

他想起自己去到1997年遇見另一個自己時的情景，那時候的小衛雖然是個混混，但在自己的說教之下，已經變成了好人。這一點，從小衛主動釋放那些被綁架的孩子可以看出來。

「他好像是說過想離開原來的世界，還說想讓我帶他來到2019年……」葉大衛回想起關於小衛的點點滴滴，還有小衛最後關頭陪他前往廢棄停車場，被龍炎及其手下槍擊的情景，突然從床上一躍而起，喘息著唸叨道：「我明白了，他是在趁我被槍擊的時候，仿照我的經歷，也神不知鬼不覺地加入了進來，然後跟我一樣遭到槍擊……他應該是和我在同一時間離開1997年的……」

葉大衛恍然大悟，可為時已晚！

今天，他從2009年回到2019年的世界，親眼看到陪伴在向卉身邊的小衛時，整個人都處於快要崩潰的狀態，他寧願是自己看錯人，但一切都已經變成事實。

這一刻，他不得不承認，自己太小看人性了。

「沒想到他最終還是跟了過來，不僅如此，還朝我放冷槍，逼走我之後，居然頂替我，成了向卉的師父……」葉大衛心裡掠過一萬句罵人的話，但這還不算最嚴重的，他緊接著想起了另外一件令他幾乎窒息的事情。

096

「他會不會已經頂替我,成了一名警察?」葉大衛的嘴唇在顫抖,整張臉都因為太過憤怒而變形。

他不敢想像,如果小衛果真頂替自己成了警察,那麼自己接下來該如何證明身分,如何回歸自己的正常生活?

他翻來覆去,冥思苦想,不知什麼時候就睡著了。可就算睡著,他的腦子也是非常警醒的,天空剛剛露出魚肚白,第一縷光線從窗戶射進來時,他便睜開了眼睛。

很奇怪,向卉沒有上班。葉大衛只看到了小衛。小衛開著車,獨自離開了向卉的家。

他攔下計程車,一直跟隨小衛來到警察局。雖然他已經想到了這種結果,但最終確認時,還是被自己的所見給驚得目瞪口呆。

當他看到幾名同事和小衛熱情地打招呼、寒暄時,心臟猛地抽搐起來。

那種揪心的痛苦,比他當初知道自己可能無法從另外的世界回來更甚。但是很快,他決定趁小衛和向卉不在一起時,去找向卉好好談談。

雖然他覺得自己這樣做可能會有些突兀,也覺得自己可能無法鼓起勇氣去跟向卉見面⋯⋯他一路上想了很多,可不管是結果、後果還是其中的因果,他都覺得必須讓向卉知道真相,即使這樣做可能會傷害到她。

＊＊＊

他絕不允許向卉被一個騙子、殺人犯欺騙。何況,可能是一輩子!

第六章　生死營救

向卉居然不在家，因為他敲了很久的門，都無人應答。緊接著撥打向卉的手機，電話響了很久，也一直無人接聽。

葉大衛有點失望，本以為是跟向卉見面的大好時機。他沒繼續逗留，而是回到旅館，打算等她回來，或者替她回電話時再去找她。

他把手機放在桌上，轉身面對窗戶，思忖著她現在到底去做什麼了。如果不是因為特別的事情，她早上應該會跟小衛一起出門去上班的。

可是，他足足等了半天，直到中午時分，仍然沒見到向卉的身影，她也沒回電話。

他隱約覺得有點不對勁，可是胡思亂想了許久，究竟哪裡不對勁，又說不上來。

他快要待不下去了，盡量安慰自己平心靜氣地再等等，興許向卉出外勤之後就回了警察局，下班的時候應該會回家的。

可是小衛也會跟她一起回來，到時候我該怎麼跟她見面？

葉大衛勸說自己不要胡思亂想，但全然由不得他，思緒像在天馬行空。

彷彿是一眨眼的工夫，天突然就變得陰沉沉的，然後下起了小雨，雖然才五點多，但天就黑了。

葉大衛是在迷迷糊糊之間被電話鈴聲驚醒的，他像觸電了似的，從床上彈起來，一把抓起電話，看到螢幕上閃爍的電話號碼，握著電話的手居然不由自主地顫抖起來。

他懷著忐忑激動的心情，重重地按下接聽鍵，本以為會聽到向卉熟悉的聲音，沒想到聽筒裡傳來的

098

卻是小衛的聲音…「好久不見啊大衛，我這樣稱呼你，你應該不會介意吧？」

葉大衛還以為自己聽錯，但看了一眼來電號碼，確定是向卉的手機無疑，這才怔了半晌，嚥了口唾沫，低沉地說…「讓她聽電話！」

「她？誰呀？」電話那頭傳來一陣怪笑，「哦，你是指向卉吧？不好意思，她正在廚房做飯，還讓我打電話給你，請你到家裡來共進晚餐。對了，是你們都喜歡的火鍋喲！」

葉大衛無力地放下電話，揉了揉鼻梁，然後又重新拿起手機，憋了口氣，淡淡地說…「我很快就到！」

他雖然不知道小衛是如何得知他回來的，但從小衛絲毫不驚訝的聲音，可以判斷出小衛早就知道他回來了。

不好，向卉可能有麻煩了！

葉大衛這樣想著，毫不猶豫衝出門，直接來到向卉家門口，正想敲門，卻發現門虛掩著，輕輕一推便開了。

向卉家的房子並不算大，站在門口，便看到了餐廳的兩個人影。葉大衛前腳剛踏進門，一股火鍋的香味便飄了過來，然後就傳來了小衛的聲音…「來了？飯剛做好，把門關上，過來坐下一起吃點吧。」

葉大衛關上了門，從他這個位置，除了能看到正在沸騰的火鍋外，再就是向卉的背影。可是向卉根本沒起身，這也太不正常了。他的目光迅速掃過整個空間，除了向卉，沒發現別的異樣。

099

第六章　生死營救

小衛笑容可掬地看著他一步步走到自己面前，然後才對向卉說：「怎麼，這麼久都沒見的老朋友，都不準備打聲招呼嗎？」

向卉在葉大衛的注視下，這才緩緩抬頭。四目相對，她眼圈卻是紅腫的。

「你把她怎麼了？」葉大衛強忍著憤怒質問道。

小衛緩緩地搖晃著紅酒杯，漫不經心地說：「小聲點，你的態度太不友好了，我們好心吃火鍋，別傷了和氣嘛。你應該一整天沒吃東西了吧。坐，今天的火鍋可是向卉特意為你準備的，還說是為了幫你接風洗塵！」

他特意強調了「我們」二字。葉大衛現在可沒心思跟他浪費時間，蹲下身，望著向卉紅腫的眼睛，壓抑著內心的焦躁，沉聲問道：「他把妳怎麼了？」

向卉埋著頭，依然默不作聲。小衛抿了一口紅酒，咂著嘴說：「一晃都好幾個月沒見了吧，我們好好意請你吃火鍋，你難道就一點面子都不給？」

「我現在要帶走向卉，你我之間的帳，稍後再算！」葉大衛說著就要拉向卉離開，小衛卻在一邊瘋狂大笑起來，然後瞅著滿臉慍怒，卻又敢怒不敢言的葉大衛，譏諷道：「我的好兄弟，好大哥，你可真是傻得可愛。你以為我請你來，僅僅只是為了請你吃火鍋？」

「你到底想怎麼樣？」葉大衛不明就裡。就在此時，向卉突然嗚咽著說：「我身上有炸彈！」

葉大衛猛然一驚，俯下身去，果然看到捆綁在向卉身上的炸彈，倒數計時顯示還有二十五分鐘。

100

「你、你還是人嗎?」葉大衛厲聲罵了起來,「向卉是無辜的,你為什麼要這樣對她?放過她,我的命隨你處置。」

小衛收斂了笑容,冷冷地問道:「放過她,你還會乖乖地聽話嗎?」

「我保證,我向你保證⋯⋯」葉大衛苦苦哀求,「你可以馬上殺了我,只要放過她!」

「你無法保證任何事情,現在最大的問題是,你就不應該回來!」小衛突然大怒,「你知道嗎?自從你回來的那一刻,很多事情就注定了,你、你們,誰都別想活⋯⋯你們都該死。本來她是不用死的,但這都是你們逼我的!」

他狠狠地踹了葉大衛一腳,葉大衛沒有防備,直接跪在了地上。

「不要啊!」向卉看在眼裡,痛苦地叫出聲,可勢小衛越見她這樣,裁是瘋了似的,又踢了葉大衛兩腳,還狠狠地罵道:「要不是你突然回來,我們本可以白頭偕老,都怪你破壞了這種美好和諧的關係。你們逼我撕破了臉,那就別怪我了⋯⋯」

葉大衛還能受得起這兩腳,心裡的痛比肉體的痛更甚。

「對了,給你看一樣東西!」小衛舉起手機,葉大衛從播放的影片裡,看到了自己白天在向卉家門口敲門的畫面,這才明白小衛為什麼這麼快就知道自己回來了。小衛得意揚揚地說道:「當初我跟你來到了這個世界,本來一開始只是為了逃避那場地震,但像我這麼聰明的人,怎麼會窩囊地過一輩子?我還年輕,你們這個世界的一切,我都還沒好好享受過,所以我不甘心混吃等死,於是我在得知你還沒回來之前,混進警察局,殺了武東,打算抹去關於你的任何線索,然後頂替你。但我在還沒完全做好準備的

101

第六章　生死營救

時候，你突然又回來了，我能怎麼樣？為了我的夢想，也為了幫你和你的搭檔報仇，我什麼都做了，所以我更加不甘心，只能一不做二不休，選擇殺了你⋯⋯」

葉大衛看著那張跟自己一模一樣的面孔，卻像吃了蚊子似的噁心。

「我頂替了你，取代了你的一切，你的房子，你的女人，你的身分⋯⋯」小衛的聲音變得越發冷酷，「可是我沒有一天舒心過。我沒有找到你的屍體，猜到你可能被槍擊後又去了另一個空間，所以很可能隨時會回來，而且回來後第一件事肯定來找向卉，所以我在門口裝了監視器。沒想到啊沒想到，這一切全都被我猜中了。」

「你卑鄙無恥！」向卉嘶啞著聲音罵道，小衛冷笑道：「這算什麼，我現在所做的一切，不都是這個社會教會我的嗎?」

「你從來都沒有在我的房子裡睡過，房裡的鏡子也被你拆掉了，你的所作所為，都是為了防止我突然回來找你？」葉大衛冷冷地問道。

「全對，自從你離開後，我就一直睡在這間屋裡。」

向卉懂了他的意思，立即反駁道：「師父，你別聽他的，我們沒有⋯⋯」

「你贏了，我輸了！」葉大衛嘆氣道，打斷了向卉，「放過向卉吧，這件事與她無關，我的命你拿走⋯⋯」

「我說了，我好不容易拿到的東西，怎麼可能輕易放手？現在只有你們知道我的真實身分，所以你們都必須死！」小衛滿臉獰笑，「不過，我不是不講情面的人，還有十五分鐘，如果你能夠在十五分鐘內拆

102

掉她身上的炸彈，我認輸。」

葉大衛看了一眼時間，紅色的數字還在快速跳躍。他二話不說，趕緊俯身去檢查炸彈，小衛卻又狂笑道：「還有個好消息差點忘了告訴你，你看看這是什麼？」

葉大衛扭過頭，看見他按了一下手機上的某個鍵，牆壁周圍突然也多了好幾個閃爍的點。

「整個屋子裡都埋了炸彈，而你就是解除炸彈的人，十五分鐘後，如果你無法拆除她身上的炸彈，所有的炸彈會同時爆炸，你們就只能去地獄繼續恩愛了⋯⋯」

小衛狂笑起來，葉大衛和向卉都被驚得瞠目結舌。

「還有，這部手機也可以控制炸彈，所以你也有得選擇，繼續選擇拆掉炸彈，或者過來搶走手機，都是你的自由！」小衛堅信自己已經掌控全局，所以每一個動作，每一個眼神，都充滿了勝利者的自信。

葉大衛壓力極大，但他盯著向卉的眼睛，斬釘截鐵地說：「別害怕，我會一直陪著妳，我們一定能活下去！」

「廢話真多，你們的時間不多了！」小衛揶揄道，倒數計時顯示還剩下十四分鐘。

「拆不了的，你快走，別管我了！」向卉聲音沙啞，帶著哭腔，「師父，還能活著見你最後一面，我已經很滿足了！」

「我本來以為妳替我擋子彈的時候已經死了。妳聽我說，我這次回來就是為了找妳，不能再讓妳受到任何傷害！」葉大衛小心翼翼地檢視炸彈線路的布局，「妳還年輕，還有很多事沒來得及去做呢，妳要是

103

第六章　生死營救

死了，我一個人活著也沒什麼意思。」

「師父……」向卉明白葉大衛的心意，她一直在等他的正面告白，雖然這一次也很委婉，但她已經很高興了，不禁流露出幸福的笑容，「師父，有你陪著我，我不怕死！」

小衛在一邊像看戲似的盯著兩人，誇張地叫嚷起來：「好感動啊。葉大衛，你現在知道我為什麼不願意離去，因為這裡有我愛的人，她是個好女孩。你不是說過，你就是我，我就是你，既然如此，為什麼我就不能代替你？」

「其實我們可以共存的！」葉大衛滿頭大汗，抓起桌上的刀叉，撥開了炸彈裡面錯綜複雜的線路。

「不可能，只要你活著，我永遠都只是你的附屬品！」小衛盯著計時器，時間顯示還剩下不到八分鐘。

「我不會離開的。我沒能救下雲娜的命，不能再放棄妳了！」葉大衛抹了一把額頭上的汗水，「別擔心，我們還有時間。」

「師父，是不是沒辦法了？你快走吧，別管我了……」向卉緊閉著眼，滾燙的淚水滴下。

小衛突然站了起來，笑瞇瞇地說道：「二位，我現在要走了，很高興認識你們。人不為己天誅地滅，希望你們不要怪我。等等炸彈爆炸的時候，那場面一定會非常壯觀，我會全部拍攝下來，等以後想你們的時候，就可以翻出來看看啦，哈哈……」

小衛搖晃著手機，轉身朝著門口走去。葉大衛扭頭掃視了一眼整個房間，目光死死地盯著小衛離開的方向，突然迅速將向卉壓在了身體下。

104

小衛剛開啟門，聽見身後聲響，還沒來得及回頭，突然一聲槍響，一顆子彈正中他握著手機的手，手機迅速向身後飛去。小衛一開始完全沒料到發生了什麼事，中彈後發出一聲慘叫，但很快就轉身往手機掉落的方向奔去。

葉大衛聽見槍響之後，在第一時間捕捉到了手機的落點，但同時也看到了小衛的身影。兩人幾乎同時去搶手機。說時遲那時快，葉大衛一腳踢向小衛的臉，小衛並未躲閃，手中反而多了一把槍，直直地對著葉大衛額頭，葉大衛呆了一下，意識到自己忽略了他身上的武器。

這時候，炸彈倒數計時顯示還剩下一分半鐘。向卉臉色蒼白，眼神裡流露出絕望。

當時的情形，根本容不得葉大衛多想，正想要避開槍口，或者將小衛手上的槍支搶過來時，突然身後傳來一陣雜亂的腳步聲。他知道援兵到了，頓時心頭大喜，趁著小衛分神之時，一手抓向小衛槍口，另一手想要抓他的脖子。

小衛開槍了，可子彈沒射中葉大衛。葉大衛躲了過去，門外荷槍實彈的警察也衝了進來。

小衛見狀不妙，朝著門口連開數槍，然後從另一扇窗戶逃之夭夭。

葉大衛見小衛逃跑，忙撿起牆腳的手機，然後扶起向卉朝著門外衝了出去，怒吼著：「有炸彈⋯⋯」

與此同時，他快速按下了所有的鍵，打算暫停倒數計時，沒想到一聲巨響，火光沖天而起，房屋被炸得七零八落。

葉大衛趴在向卉身上，幾點零碎的火光落在他背上，他脫掉外套，把向卉緊緊地抱在了懷裡，安慰道：「沒事了，沒事了，安全了，都過去了。」

第六章　生死營救

向卉回望著自己被大火包圍的家，再也說不出話來。救護車和消防車呼嘯而來，醫生和護士將在爆炸中受傷的警員抬上救護車，消防人員開始滅火。葉大衛和向卉面對著熊熊火光，目光交織在一起。

「師父，我以後沒地方住了！」向卉無力地說道，葉大衛輕鬆地說：「我家裡有多的鑰匙。」

向卉心裡暖暖的，把頭靠在他肩上，又問：「你什麼時候拆掉炸彈的？」

葉大衛訕笑道：「對不起，故意沒跟妳說，就是為了誤導他。」

原來，他在小衛離開前就已經拆掉炸彈，他比我想像中狡猾，故意說妳身上的炸彈可以控制屋裡所有的炸彈，所以在按下手機鍵時，向卉身上的炸彈才沒有爆炸。身上的炸彈後，倒數計時依然沒停下來，所以我猜到他在說謊。」葉大衛解釋道，「但我仍然被他誤導了，以為按下手機鍵，就可以阻止所有的炸彈爆炸，沒想到還是爆了。他從來就沒打算放過我們。」

向卉啜泣說：「剛才爆炸的時候，本以為我會死的！」

「我說過，我們一定會活下去。」葉大衛嘆息道，「都怪我太輕信他，還讓妳陷入如此危險的境地。」

「你信任誰了？」突然，馬正雲渾的聲音從背後傳來，葉大衛欣喜地回過頭去，笑著說：「馬局，您都帶來了，沒想到還是爆炸了。」

「怎麼，怪我打擾你們兩個，還是怪我來遲了？接到你的簡訊，我可是想都沒想，就把武警和拆彈員都帶來了，沒想到還是爆炸了。」馬正雲嘆息道，向卉疑惑地問道：「舅舅，你怎麼就突然來了？」

「馬局，您別誤會，我是說您的救援來得正是時候。」葉大衛感激地說，又苦笑著對向卉道，「來之

前，我就猜想妳有麻煩，以防不測，我發了條簡訊給馬局，同時開啟電話，馬局已經知道了剛才屋裡發生的一切。」

「那小子人呢？」馬正雲問的是小衛。

葉大衛無奈地說：「被他給跑了。」

「那麼多人，怎麼還能讓他給跑了？」馬正雲責怪起來，向卉忙幫襯說：「師父是為了救我，才會讓他給跑掉的。」

「我問妳了嗎？」馬正雲面色不悅，「妳說妳這腦子裡一天到晚想什麼，跟葉大衛都一起工作這麼多年了，知根知底的，還能把人給認錯啦？要是大衛不回來，妳⋯⋯」向卉確實也因為這個而感到愧疚，所以垂下了眼皮。葉大衛抹了抹被火烤得發熱的臉頰，說：「這件事不怪向卉。」

「好了，都別說了，看在你救了向卉的分上，這次我就饒了你，但你必須給我說清楚事情的前因後果，那個跟你長得一模一樣的傢伙到底是什麼人，你這些日子到底幹什麼去了？」馬正雲說罷正要離去，卻又轉身看著二人，「你上次就失蹤了好幾個月，回來後還騙我說不知道發生了什麼事，我還真信了你葉大衛，我說你小子怎麼就沒個實話？還有妳，居然跟一個外人串通騙妳親舅舅，看我回去怎麼收拾妳。」

葉大衛撓著腦門，打趣道：「局長，您看這火勢也越來越小了，您的脾氣是不是也該小點啊？」

「你少給我來那套，我再給你點時間，先把向卉給安置好，上班時間我在辦公室等你。」葉大衛和向

第六章　生死營救

卉目送著他的背影，苦笑笑道：「看來得跟局長說實話了。」

火焰在消防隊員的努力下，漸漸滅了下去，只剩下煙塵還在飄揚。向卉回到被火燒成灰燼的屋裡，想著兩個小時前還好好的家，頃刻間就被火焰給吞噬了，她的心自然極不好受。

她在屋裡到處翻找，可找了半天，也沒有找到一件完好的物品。葉大衛看著她失落的表情，卻不知該如何安慰她，只能勸道：「妳也累了，要不先找個地方休息吧。」

向卉卻搖頭道：「師父，你說剛才要是我不幸死了，你會哭嗎？」

葉大衛愣了一下，笑著說：「這不都好好的嗎？怎麼又胡說起來了？」

「我是說萬一！」

「沒有萬一，有師父在，妳不會有事的。」葉大衛故作輕鬆地說，又想起她替自己擋子彈的事情，她告訴他只是肩膀受傷，當時在醫院躺了兩個星期才出院，沒有留下後遺症。

向卉突然眼圈又紅了，但是慶幸子彈沒有擊中她的要害。

「別傷心了，師父應該早點回來的，」傷心地說道：「師父，對不起，我把他錯認成了你，我不知道會發生這種事……」

看著眼前這個長得一模一樣的人，不禁暗自嘆息道：「這個世界可真是奇妙啊，明明是一個好人，為什麼又要製造出另一個一模一樣的壞人呢？」

他這話指的是另一個自己，也指另一個當街殺人的向卉。

他突然想起身在2009年的向卉，

108

第七章 跨越十年的殺人案

當天晚上，向卉借住到了葉大衛家裡。

向卉進屋後，看到牆上的鏡子果然消失不見了，於是悲傷又愧疚地說了很多對不起之類的話。葉大衛這才明白自從他失蹤後，小衛就沒帶她來過家裡，而且每次都拿話搪塞她。

「師父，這兩天你出門一定要小心，他逃走了，身上可能還帶著槍！」向卉擔心地提醒道，葉大衛卻不以為意地說：「局裡已經安排全城排查，現在到處都是天眼，只要他還在江州市，就跑不了。」

「可我還是擔心，他那種卑鄙無恥的傢伙，最擅長背後放冷槍。」

「好了，我知道啦！」葉大衛反過來安慰她，「小衛對付不了我，很可能會對妳下手，應該小心的是妳。上下班的時候，妳必須跟我一起。」

「師父，你沒忘記自己說過的話吧？」向卉突然問，葉大衛愣道⋯⋯「什麼？」

「看你，這麼快就忘了！」

「給點提示吧，我說過的話可多了，哪能什麼都記得呀？」

第七章 跨越十年的殺人案

「你說以後都要陪著我，不會再離開我。」向卉在說這話的時候，滿臉嬌羞。

「師父確實是說過，那是為了安慰妳，讓妳有活下去的信心！」葉大衛打著哈哈說，很快又轉移了話題，「對了，我想問妳一件事，我在2009年的時候，看到一個人，跟妳長得實在是太像了，可是我不敢確定到底是不是另一個妳……」

「真的？」向卉一聽這話，立即變得興趣盎然，「快跟我說說，她長什麼樣？」

「不是說了嘛，跟妳長得很像。」葉大衛道，「妳跟我說說，2009年的時候，妳在幹什麼？」

「我呀，那時候我好像還在學校呢。」她若有所思，「對，我想起來了，那會兒我還在警校，還是學生。」

葉大衛又驚又喜，但他沒有表現出來，證實了自己遇到的那個人，一定就是另一個向卉。「那妳還記不記得那一年發生的事？」

她搖頭道：「除了記得警校的事，別的事一點印象都沒有了。」

「為什麼會這樣？」葉大衛很奇怪，「十年前的事情，應該不會全都忘記呀。」

「我也不知道發生過什麼事。唉，多可惜，其實我還蠻想見見另一個自己的。」向卉遺憾地嘆息道，

葉大衛卻說：「也不一定是好事，比如我，差點被他給害死，還連累了妳。」

＊ ＊ ＊

第二天一早，葉大衛去見馬正雲的時候，馬正雲還在觀看他昨晚跟小衛對峙時偷拍的錄影。這段影片，他已經反覆看了很多遍。

110

「這段影片上的人,很明顯就是你,你要我怎麼跟同事們解釋?」馬正雲為這件事頭痛了大半夜,但仍然理不出頭緒。

葉大衛其實已經考慮清楚,今天過來,其中一件很重要的事,就是跟馬止雲彙報自己的真實經歷。

「局長,在我跟您解釋這件事之前,您必須得保證一件事,必須無條件地信任我。」葉大衛的話令馬正雲皺起了眉頭,拍著桌子,不悅地指責道:「葉大衛,我說你什麼意思啊,現在是你向我彙報工作,如果說不清楚,這段錄影就會成為你的犯罪證據,還跟我講條件⋯⋯」

葉大衛想想也是,看著影片裡的人,誰都不會不信那個人就是他,所以故意長嘆了一聲,無奈地問⋯「您聽說過平行空間嗎?」

馬正雲愣住,臉上僵硬的表情,證明他確實沒聽懂葉大衛的話。

「這樣跟您說吧,我所經歷的事情,是現在科學還無法解釋的,但是、但是又已經有科學家提出了這種假設,只不過我將這種假設變成了事實!」葉大衛在說這話的時候,感覺自己也有些語無倫次,不得不補充道⋯「簡單點說吧,我不小心去了另外的空間,所以才暫時消失,但後來又找到辦法回來了。」

馬正雲突然笑了,笑得前俯後仰。

「葉大衛啊葉大衛,你當我這個局長是猴子吧?你這麼耍我,很好玩嗎?」馬正雲止住笑聲,換了副嚴肅的表情。

「我知道您不會信我,但有人可以替我做證。」葉大衛說,「我第一次去到另一個空間時,向卉一直在找我,後來陰差陽錯,我們居然聯繫上了,而您怎麼也不會想到,我們聯繫的方式是一張地圖和我家裡

第七章　跨越十年的殺人案

的那面鏡子。」

馬正雲喝了口茶水，敲著桌子說：「那你給我說說那小子是怎麼回事！」

「我正要說他。」葉大衛嚥了口唾沫，「他是我在1997年的空間遇上的另一個自己，也叫葉大衛，我在他的幫助下回到了現實空間，可沒想到他跟我來到了這裡，而且還打算殺了我，頂替我現在的身分，所以我在被他槍擊後又去到了2009年，幸運的是大難不死，後來在一位物理學家的幫助下回到了這裡……局長，我知道這一切聽起來太玄幻，一開始連我自己都不相信是真實的，但那都是我真真切切經歷過的事情，沒有一句假話，更不是胡編亂造。」

靜默的空氣在那一刻凝固，像橫亙在兩人之間的一堵牆。

「我被小衛槍擊時，向卉替我擋了子彈。」葉大衛接著說，「她是不是在醫院躺了兩個星期？那是因為子彈射偏了，而我就是在那時候再次去到另一個空間的。」

「你到底去過幾個空間？」馬正雲沉吟了許久才突然問，葉大衛忙說：「三個，三個空間，1997年，1982年，還有2009年。」

他在提起1982年時，突然就想起了蔣懷遠。

馬正雲聽說他在1982年的空間，將發生在過去的連環殺人凶手繩之以法時，比得知他去到另外的空間更要吃驚，無力地說道：「蔣懷遠當年確實消失了，但是沒人知道他去了什麼地方，沒想到……」

「是的，我也沒想到可以再次遇見他，而且他在那邊還殺了好幾條人命，我也是在向卉的幫助下，才掌握他的真實身分，在他想要逃離那個空間繼續續命時，粉碎了他的陰謀，讓他付出了血的代價。」

112

「他死了?」

「是的,再也不能殺人了。」

馬正雲陷入沉默,許久之後才緩緩說道:「活了大半輩子,這是我聽過的最離奇的事,原本以為只是出現在電影和小說中的情節,居然在現實生活中真實上演了。」

「昨天晚上的事情,謝謝您對我的信任!」葉大衛之所以這樣說,是因為他在給馬正雲發簡訊時,只是簡單彙報說有個跟他長得很像的人頂替了他,還說向卉很可能已經被綁架,沒想到馬正雲二話沒說便親自帶人去支援了他。

「我是向卉的舅舅,你把她搬出來,我能不信你嗎?」

「對不起,是我讓她不要對任何人講,擔心會引起不必要的麻煩。」

「也包括我?那你現在為什麼又要跟我講這些?是不是因為瞞不住了才不得不說?」馬正雲的三連問令葉大衛哭笑不得,又習慣性地撓著頭皮回應道:「馬局,您可不像是這麼小氣的人。再說了,我剛才跟您說了那麼多,您一開始不也不信我嗎?」

「我信不信你可不是憑你一張嘴,我要有充足的證據,我們可都是警務人員,如果破案都靠嘴,那就輕鬆了。」馬正雲反駁道,「這件事,我會替你保密,但你要答應我,以後絕不能無緣無故失蹤。」

「可我有時候真是身不由己,並不是我主動想失蹤的。」葉大衛一臉無辜。

「我管不了那麼多,要是你再敢突然消失,以後也不用再回來了,我會永遠封閉你的檔案。」馬正雲

情向卉都是知情的?她居然連我都瞞著。」

113

第七章　跨越十年的殺人案

正說著，向卉推門而入，看看兩人的表情，不禁笑道：「我還以為你們又在吵架呢，看來已經真相大白，沒事了吧？」

葉大衛衝她點了點頭，她明白馬正雲已經知道了所有的事，於是跟她撒起嬌來：「舅舅，你可不許責備他，他一點責任都沒有，完全是那個、那個人策劃了所有的事。」

「好了，我都知道了，出去吧，我跟大衛還有事情要說。」

「你說吧，我聽著就是！」她根本沒打算走，反而一屁股在沙發上坐了下來。馬正雲見狀，只好苦笑道：「整件事，因為發生爆炸，影響太大，你必須寫一封報告，不過不能提及什麼平行空間的事情。知道怎麼寫嗎？」

「報告好說，但有件事還得麻煩您幫忙知會一聲，幫忙證明我警察的身分，當時搶車，哦不，應該是徵用他們的車，是為了執行任務。」葉大衛坦白了自己在大峽谷襲擊安保人員，搶走汽車的事情，馬正雲罵道：「你小子，打人搶車，真當自己是地痞流氓？」

「我這不是……當時情況緊急嘛，他們不信我，我又著急趕回來……」馬正雲還想說什麼，向卉幫襯道：「師父急著回來，還不是為了救我。」

＊　＊　＊

向卉在廚房做飯時，葉大衛正在寫報告，突然抬高雙眼，目光落到電視螢幕上。

「今天上午，房地產大亨蔡元凱親自前往孤兒院大樓落成典禮現場，參加了剪綵儀式。據了解，蔡元

114

凱此前已經為孤兒院的修建捐資五千萬元，此次決定追加一千萬元，用於購買孤兒院的各種設施。」電視裡傳來播音員厚重的聲音。

葉大衛突然兩眼都直了，他死死地盯著那張面孔，久久沒回過神。

「怎麼啦，有什麼好看的？準備吃飯啦！」向卉從廚房出來，看到他在發呆。

他搖了搖頭，順著他的目光，盯著蔡元凱，奇怪地問：「認識？」

他搖了搖頭，又點了點頭。向卉更是疑惑。葉大衛盯著畫面，直到畫面轉換，這才眨了眨眼，自言自語道：「怪不得那麼眼熟，原來是他！」

「你真認識那個房地產大亨？」向卉再次追問道，他卻雙眉緊鎖，嘀咕道：「不可能呀，難道只是巧合？」

「師父，你著魔了嗎？」向卉轉身把菜端了出來，葉大衛突然說：「妳馬上讓人調查一下蔡元凱的資料，我要他從出生到現在為止的所有資料。」

「怎麼了師父，有什麼事不能先吃飯嗎？」

「妳先打電話安排下去吧，這事很急！」葉大衛催促道，向卉不得不進屋去拿正在充電的手機，傳訊息給同事。

葉大衛靠在沙發上，臉色陰晦，猶如滿天烏雲。

他腦子裡裝滿了蔡元凱的樣子，怎麼都覺得那應該只是巧合，可又實在是太像，讓他不得不認為那

第七章　跨越十年的殺人案

兩人應該就是同一個人。

「你的臉值多少錢？最近，一家神祕的機器人公司委託英國工程與製造公司 Geomiq，為新款機器人尋找最合適的真實人臉。只要你不介意未來有成千上萬的機器人長得和你一模一樣，就可以獲得近百萬元的『賣臉』收入。資料顯示，這家機器人公司已經在這款人形機器人上花費了近五年的時間，該公司計劃將此款機器人打造成能做飯、能打掃環境、能照護病人的功能性機器人。然而，並不是所有人都喜歡機器人長著一張人臉，九十四歲高齡的馬來西亞總理馬哈蒂爾便曾向媒體表示，在今年 7 月分的一場峰會現場，剛看到機器人索菲亞時，自己害怕到說不出話來，而馬哈蒂爾的感受，其實具有相當的普遍性。

「很大一部分人並不希望機器人過分逼真，這可能源於大腦活動的一種特殊機制——如果一個實體不夠擬人，那它的類人特徵就會顯眼並且容易辨認，但總有一天，我們要和 AI 機器人在這個世界上共存，減少恐怖谷現象是至關重要的。」

葉大衛的腦子，此時被這條新聞強制性地輸入了資訊，但他很快就關了電視。

向卉打完電話，坐下來跟葉大衛吃飯時，見他依然心事重重的樣子，於是又問：「師父，到底發生什麼事了，就不能跟我說說嗎？」

葉大衛放下碗筷，回應著向卉疑慮重重的目光，聲音低沉地問道：「妳覺得一個表面上風風光光的人，背地裡也許是殺人犯，這正常嗎？」

向卉愣道：「你不會是指那個叫蔡元凱的房地產大亨吧？」

葉大衛點了點頭。

116

「不會吧，他怎麼可能是殺人犯？你是不知道，蔡元凱雖然賺了很多錢，可他也做了不少慈善事業呢，媒體上經常有他的報導，他做的那些好事，數都數不過來。」向卉連連搖頭，自然是質疑葉大衛的話。

葉大衛嘆息道：「妳說得對呀，一個喜歡做慈善事業的房地產大亨，曾經居然是殺人犯，說出來誰也不會相信。」

向卉卻突然好像想到了什麼，瞪著眼睛問：「師父，你該不是在2009年遇到什麼事了吧？」

葉大衛沒打算繼續瞞著她，因為要破這個案子，還必須她幫忙才行，於是一五一十地說出了在2009年目睹的那起殺人案。

「我回來之後，聯繫過雲海市警方，他們告訴我，凶手好像人間蒸發，也沒有留下任何線索，所以案子至今未破。」葉大衛感慨不已，「當年那件案子非常轟動，因為死者的身體被切成了很多塊，而DNA資料庫裡也沒有匹配的資料，所以一直沒能掌握死者身分。凶手太狡猾，將所有能判定死者身分的證據都毀掉了，導致案子成為懸案。」

他在說起這個的時候，心裡難免悲傷，因為在跟雲海市警察局聯繫時，順便打聽了關於曹志宇的消息，結果得知他在十年前已經犧牲。

向卉冥思苦想了一會兒，卻自言自語道：「我對那個案子怎麼一點印象都沒有？」

「這也是我疑惑的地方，為什麼妳會沒有一點印象？」

「是啊，很奇怪，我為什麼只記得當年在雲海市警校的經歷，但忘記了經歷過的其他事情。」向卉努

第七章 跨越十年的殺人案

力回憶著，一無收穫。

「如果蔡元凱真的是殺人碎屍案的凶手，要抓他，恐怕不是容易的事啊。」

「如果證據確鑿，就算是天王老子，我都不會放過他。」葉大衛說，「這個蔡元凱，當年應該就是生活在雲海市，是後來才到江州市發展的，短短的十年時間，沒想到就成了一個道貌岸然的大慈善家。」

「關鍵是你怎麼找證據，難道你說在2009年親眼見到他殺人？不會有人相信你的。」向卉的話也是葉大衛所擔心的，所以他才要調查蔡元凱的人生軌跡，從中找到證據。

葉大衛在第二天把報告交給馬正雲時，馬正雲只瞟了一眼，便看著他的眼睛問：「別藏著掖著了，有什麼事就問吧。」

葉大衛沒想到自己的心事被一眼看穿，不得不厚著臉皮說：「薑還是老的辣，什麼都瞞不過您。」

其實他想問的是向卉在2009年發生過什麼事，才會導致她失憶。

馬正雲的表情很奇怪，疑惑地問：「為什麼突然要問這個？」

「因為一件發生在2009年的案子，牽連到了向卉，所以我需要找她了解情況，可她全都忘了。」葉大衛把陳莉被殺的事情和盤托出，馬正雲果然很吃驚，遲疑了很久才說：「沒想到你會在那邊見到向卉。如果不是你問起，我這輩子再也不想提那件事了。」

葉大衛很興奮，巴望著馬正雲，急於知道答案。

「你得先向我保證，今天我們之間的談話，不許跟向卉透露哪怕是一個字。」馬正雲提醒道，葉大衛

118

說：「我明白，所以我也對她隱瞞了她在 2009 年被牽連進命案的事，這也是我今天來找您的目的。」

馬正雲閉上眼睛，陷入了深深的回憶裡。

「那一年，向卉還在雲海市上警校，但是後來她突然被人綁架，被解救出來時已經昏迷過去，醒來後就失憶了。」馬正雲說。

「綁架犯是什麼身分，為什麼要綁架她？」葉大衛追問道。

「因為那時候我並沒在雲海工作，所以很多情況也不清楚。你剛才說 2009 年向卉被捲入一起離奇的命案，她被綁架是否會跟那起命案有關係？」

葉大衛點點頭說：「所以我還得回去。」

「真的打算回去？」

「是的，因為我回來時，案子沒破，向卉成為殺人案的重大犯罪嫌疑人，目前處於失蹤狀態，我必須回去解決這件事。」

馬正雲卻問：「還能回得去嗎？」

葉大衛點頭道：「應該可以，送我回來的楊教授是這方面的專家，他說可行就應該可行。」

「好，這次我會以官方形式批假。」

「但在臨走之前，我還有一件非常重要的事必須向您彙報，希望得到您的支持。」

「說吧！」葉大衛提起了蔡元凱的事，果然把馬正雲嚇到，臉色凝重地問：「你確定自己沒看錯？」

第七章　跨越十年的殺人案

「千真萬確，如果蔡元凱沒有孿生兄弟，那個殺人凶手絕對是他。」葉大衛信誓旦旦地說，「我當時想抓他，但沒能成功。這一次，一定不能讓他再逃跑了。」

馬正雲卻沉重地說：「這個人是赫赫有名的企業家，風雲人物，要抓他，必須有上級部門的批示。好吧，我答應你，只要你找到確鑿的證據，我馬上申請批捕令。」

「我正在找證據。」葉大衛說，「等處理完這件事，我馬上回去處理向卉的案子。」

就在這時，葉大衛的電話響了，向卉讓他馬上去檔案室。他猜想是蔡元凱的調查結果出來，急匆匆趕到檔案室，向卉已經在那兒等他，一見到他便說：「我已經看過關於他在雲海市居住的紀錄。」

葉大衛也快速瀏覽了一遍資料，這個結果太令他感到意外。

「不可能啊，怎麼會這樣？」

「我在想，有兩種解釋，一是你弄錯了，二是他偽造了個人資料。」向卉的話引起了葉大衛的思索。

「像他那種身分的人，有錢、有地位、有人脈，什麼事做不出來？」

「看來只能讓雲海市警察局協助調查了。」葉大衛合上資料，若有所思，「這個人非常狡猾，當年的拋屍現場沒有留下任何線索⋯⋯不對呀，我好像想到什麼了，得馬上聯繫雲海市警察局。」

葉大衛想到的事情，其實很簡單，因為當年不知道犯罪嫌疑人的身分，所以也無法明確被害人的身分，但是現在已經掌握了犯罪嫌疑人的線索，那麼根據這條線索反推，也許能查到被害人的資料，從而

120

確定凶手的身分。向卉聽他打完電話，讚嘆道：「還是師父厲害！」

「厲害什麼呀，這是目前唯一的出路，就看雲海市那邊能否根據我提供的線索，查明死者身分，最好是在死者的遺物裡找到犯罪嫌疑人的指紋或者DNA。」葉大衛在說這話的時候，突然看著向卉，暗自思忖道：「到底是誰綁架了妳？」

＊＊＊

葉大衛離開後，曹志宇記住了葉大衛留下的話，盡力去尋找向卉。可他四處打聽，都沒有任何關於她的消息。幾天以後，他再次去了警校，但學校說她打電話回來請了長假，不過具體說是什麼事這是曹志宇聽到的唯一與向卉有關的事，可即便如此，向卉還是像個影子，神龍見首不見尾。

當天晚上，他來到了向卉家裡，重返凶案現場，一切都是老樣子。他突然想起對面的臨時住所，站在視窗，向著街對面的房屋眺望，沒想會看到對面窗戶立著個人影，那個人影也正向這邊張望。

曹志宇腦子一熱，雖然腦子裡有個聲音敦促他追過去，但雙腿卻完全不聽使喚。對面的人影很顯然也看到了他，與他並立著，一動不動。大約十秒鐘過後，曹志宇慢慢恢復知覺，撒開雙腿，奪門而出。對面的人影見狀，也向著樓下飛奔。

曹志宇衝下樓時，人影也正好到達樓下，兩人隔著馬路相互對望。他極力想看清對方的臉，但天色已暗，只能看見輪廓，甚至無法分辨是男是女。

第七章　跨越十年的殺人案

很快，一場你追我跑的戰鬥拉開了序幕。曹志宇追了幾條街，從大街追到巷子，又從巷子裡追到大街上，最後還是失去了目標。他累得氣喘吁吁，彎腰喘息著罵道：「王八蛋，真能跑，屬兔子的嗎？」

他原路返回，來到葉大衛住的地方，開燈試圖尋找蛛絲馬跡。

果然，他的目光落到了一個淺顯的腳印上，用手量了量。緊接著，又發現一根細長的頭髮，聯想起向卉的模樣，便鎖定今晚的人是向卉無疑。

「她來這裡做什麼？」曹志宇很懊惱，怪自己連一個女人都追不上。

此時的向卉，剛剛從曹志宇眼皮底下逃脫，其實並未跑遠，而是躲在不遠處的黑暗中，目送他原路返回。她猜到曹志宇一定會回到自己剛剛去過的地方找線索，而且很快就能鎖定她。

曹志宇在房屋裡翻箱倒櫃，沒再發現其他線索。

「她一定是不知道葉大衛已經離開了這裡，如果大衛不再回來，接下來我該怎麼繼續調查？」曹志宇不是灰心，而是缺乏對未來的信心，嚴格來說，是他在未婚妻失蹤之後，一度陷入頹廢之中，已經很久沒有回歸一線，一時間竟有些不太適應如今的辦案方式了。

突然，手機鈴聲打斷了他的思緒，他接通了這個陌生號碼。

曹志宇聽到這個女人的聲音，很快猜到了對方身分，冷聲問道：「妳到底想幹什麼？」

「我知道你一直在找我，但我可以告訴你，我不是凶手，你不用在我身上浪費時間。」

「我不想幹什麼，只想找到殺害莉莉的真凶，洗脫自己的嫌疑。」向卉躲在黑暗中，想了許久才打這

個電話。

「那麼廣場開槍殺人的事情，妳怎麼解釋？」

「什麼廣場開槍殺人？」向卉好像突然想起了什麼，狐疑地說：「你什麼意思，我是廣場開槍殺人案的凶手？」

向卉沉默了一會兒，嘆息道：「看來是有人真想要置我於死地啊。」

「難道不是？有人可是親眼看見了妳殺人。」

「如果妳不是凶手，那為什麼不敢去警察局說清楚，妳可是警校的學生，應該了解政策，以為這樣可以躲一輩子嗎？」

「警察局？我現在不相信任何人，你跟犯罪嫌疑人走得那麼近，我不知道你們之間到底有什麼交易，但我親眼所見的一切，都讓我不得不對你們警察產生信任危機。」向卉頓了頓，又繼續說道：「如果你覺得錄影中的犯罪嫌疑人不是真凶，那麼最好的辦法就是找到真凶。」

曹志宇明白她的意思，不禁笑著說：「我可是警察呢，妳認為我為什麼要包庇一個殺人凶手？」

「我不知道，所以才不信任你們。」

「這樣吧，就我們兩個，找個地方見面，好好聊聊。」

「別耍花樣，我打這個電話，僅僅只是告訴你別再在我身上浪費時間，我不是凶手，廣場開槍殺人的不是我，也不知道到底是誰要殺莉莉⋯⋯」

第七章 跨越十年的殺人案

「妳錯了，凶手要殺的人很可能是妳。」

這也是向卉一直在擔心的事，她明白陳莉可能做了替罪羊，但她沉吟了一下，又說：「不管怎麼說，在找到真凶之前，我們是不可能見面的，你也別想花心思找我。我會繼續調查，有什麼線索的話，也許可以共享。」

「向卉，妳怎麼這麼固執呢，妳雖然現在還只是警校的學生，但妳將來……」曹志宇的話還未說完，電話那頭就傳來了忙音。

他舉著手機，發了會兒呆，惱怒地罵道：「愚不可及！」

兩天以後，是個晴空萬里的好天氣，對於立足於江州市的蔡氏集團來說，也是個大好的日子，因為該公司主導建設的全市最大商業綜合體將奠基。

葉大衛也沒想到好消息會來得如此之快，雲海市警方前一天傍晚已經回饋回來消息，透過葉大衛提供的線索，查明了死者身分，而且在死者屋裡一個非常隱蔽的地方，找到一張兩人的合影，以及蔡元凱的DNA。

昨晚三點，雲海市警方派來的警務人員已經到達江州，雙方碰面，決定在今天蔡氏集團的奠基儀式結束後逮捕蔡元凱。

上午九點，奠基儀式現場早已是人山人海，蔡氏集團的所有員工都到齊了，統一的著裝，加上琳瑯滿目的鮮花氣球，遠遠望去，就像是個盛大的聚會。

葉大衛和來自雲海市的警方此時正在車上嚴陣以待，蔡元凱講話的聲音正透過擴音器傳達出來，現

124

場人聲鼎沸，掌聲雷動。

「唉，他也許做夢都沒想到自己的罪行終究有一天還是暴露了，剛剛還在臺上講話，很快就會淪為階下囚，一個天上一個地下的感覺，實在是太刺激了。」向卉感觸連連。

葉大衛說：「他以為自己犯下的罪惡，也許這輩子都不會有人知道，殊不知天網恢恢，疏而不漏，瞞得了一時，也瞞不過一世。」

馬正雲親自指揮今天的抓捕行動，叮囑道：「奠基儀式結束後，蔡元凱會返回休息室休息二十分鐘，然後前往機場，所以你們必須在二十分鐘內將其控制，一旦他上飛機就麻煩了。你帶隊，待會兒直接從後門進去抓人，千萬不要大動干戈，能低調就盡量低調。」

剪綵結束後，蔡元凱頻頻揮手，然後在眾人的簇擁下離開。

「行動！」馬正雲下達了指令，葉大衛和幾名身著便衣的警員向著休息室方向走去，殊不知剛接近門口，外面四名身著黑色西裝，像是保鏢的男子便圍了過來。

「我們是江州市警察局的，有事要找蔡元凱。」葉大衛出示證件後，四人仍擋在門口不讓進去，他不得不抬高聲音，「我們是在執行公務，請你們讓開。」

「對不起，蔡總在裡面休息。」一男子說道。

葉大衛盯著他的眼睛，厲聲說道：「這是我最後一次警告，有個案子需要你們蔡總配合調查⋯⋯」

「沒有預約的話，蔡總是不會見你們的！」

第七章　跨越十年的殺人案

葉大衛準備帶人強行闖入時，門突然開了，屋裡傳來蔡元凱的聲音：「讓他們進來吧！」

葉大衛是第一次近距離與蔡元凱面對面，蔡元凱端坐在沙發上，蹺著二郎腿，瞭了葉大衛一眼，慢悠悠地問：「我的時間很緊，找我什麼事，說吧？」

「我是江州市警察局的，有個案子需要請你回去配合調查。」葉大衛直言道，但蔡元凱根本沒拿正眼瞧他，也沒挪動屁股，只是笑容滿面地說：「不好意思啊各位，我馬上得趕飛機，有什麼事你們可以跟我祕書預約。」

「對不起，你可能趕不上這趟飛機了，有幾位老鄉想跟你見見。」葉大衛說完這話，雲海市刑警大隊的民警走到了前面，朝蔡元凱說：「我們是雲海市警察局的，跟我們走一趟吧。」

蔡元凱眼裡閃過一絲異樣的表情，雖然轉瞬即逝，但沒逃脫葉大衛的眼睛。

「你們是不是搞錯了，我可是蔡元凱，如果有什麼事，讓你們局長親自來見我吧。」蔡元凱看了一眼時間，「對不住了各位，我得馬上去機場。」

「蔡元凱，你最好合作一點，我們也不想弄得滿城風雨。」葉大衛本想低調，誰知蔡元凱根本不搭理他，直接起身，做出要離開的樣子。

葉大衛見狀，不得不義正詞嚴地說：「你因為十年前一樁謀殺案，必須跟我們回去接受調查，帶走！」

「我看你們誰敢動我！」蔡元凱大怒，急於想要衝破阻撓。

門外的保鏢衝了進來，試圖阻止警察帶走蔡元凱，葉大衛不得不掏出槍怒吼道：「我們在執行公務，

126

「給我攔住他們,我必須馬上去機場……」蔡元凱話音未落,馬正雲突然現身,直視著他的眼睛,一字一句地說:「蔡總,你不是想見我嗎?我現在來了,可以跟我們走了吧?你是有身分、有地位的人,不想讓媒體高調報導今天的事情吧?」

蔡元凱冷冷地回應道:「馬局長,我們可都是老朋友了,我是什麼樣的人,你還不清楚嗎?想動我,沒有上級的批示,誰敢!」

馬正雲掏出一張紙,在他眼前晃了晃,說:「這就是你要的批示。」

蔡元凱有些傻眼,臉色陰沉,但很快恢復了正常表情,笑容可掬地說:「馬局長,你們到底是弄的哪一齣?是不是有什麼誤會?」

「你自己做過什麼,不會全都忘了吧?」馬正雲直言道,「放心,我們不會冤枉一個好人,也不會放過一個壞人。」

蔡元凱遲疑了一下,接著說:「讓我先打個電話吧。」

「不好意思,你現在不能打電話。」馬正雲阻止了他,「當務之急,應該讓你的祕書把班機取消。」

蔡元凱裝作無辜地笑了笑,又對祕書說:「幫我把班機改簽到今天下午。」

葉大衛嗤笑,在場的所有人都聽懂了蔡元凱的言外之意,但他沒有再點破,親自盯著蔡元凱從地下停車場上警車,然後才長舒了口氣。

誰敢阻撓,依法嚴懲!」

第七章　跨越十年的殺人案

「還想開溜，太天真了！」向卉剛剛目睹了蔡元凱的演技，一上車就譏諷起來，「像他那種道貌岸然的傢伙，不拿影帝實在是沒有天理。」

葉大衛笑道：「這次如果不能將他定罪，一旦出國，就很難再抓他。」

「安排好審訊了吧？」馬正雲問，葉大衛說：「都等著急了！」

蔡元凱確實是個難纏的傢伙，非常狡猾，要不然也不會在短短十年內取得如此大的成就。他一開始還想抵賴，但面對確鑿的證據，不得不垂下高傲的腦袋，很快就交代了犯罪事實。

原來，死者是蔡元凱的女友，但這個女人在世界上已經沒有了任何親人，所以被殺後無人認領屍體。

「那時候我很窮，她背著我跟別的男人好了，我辛辛苦苦賺錢給她，她卻拿我的錢去勾搭有婦之夫，我發憤圖強，才有了今天的成就，你說我是該恨她還是感謝她？對了，我很好奇，都過了這麼多年，你們是怎麼找到我的？」

葉大衛輕蔑地說：「天網恢恢，疏而不漏，你做過什麼，別以為神不知鬼不覺，老天都看在眼裡。」

「少跟我扯這些，我就想知道你們是怎麼找到？」蔡元凱的心態已經變得很平和，「我以為這件事不會再被人翻出來，早知道這樣，我就索性待在國外不回來了。」

「如果我說，我親眼看到了你殺人拋屍的全過程，你信嗎？」葉大衛這話帶著戲謔的口吻，蔡元凱盯著他似笑非笑的眼睛，突然大笑道：「小子，雖然我殺過人，但我為江州市做出了多大貢獻，你知道嗎？」

「你的意思是你的功可以掩蓋你殺人的罪?」

「我可以捐出我所有的錢,我的命值這個價錢……」

「法律是可以討價還價的嗎?」葉大衛冷眼相對,「你還是等著接受法律的制裁吧!」

第七章　跨越十年的殺人案

第八章 來自 1992 年的訊號

馬正雲是性情中人，雖然當了局長，但多年的刑警生涯，塑造了他剛烈如火的性子，即使已經不在前線衝鋒陷陣，骨子裡的烈性還是在的。對於蔡元凱殺人案的偵破，他給葉大衛記了頭功，但為了保守祕密，又不能公開請功，只是私人請葉大衛吃了頓飯。

當然，這頓飯，必須有向卉作陪。

「委屈你了，這杯酒我敬你。」馬正雲舉起酒杯，「蔡元凱可是隻大老虎，這個案子一旦公開，必定會引起全城轟動，這份榮譽，我暫時給你記著。」

葉大衛毫不在意，向卉卻搶著說：「那是當然，要不是師父，十年前的殺人案能破嗎？」

「是是是，大衛功不可沒，所以我說這筆功勞，我替他記著。」

葉大衛喝了口酒，陷入短暫的沉思中，片刻之後才說：「局長，蔡元凱落網了，我也向您證實了之前說過的話，您現在應該會信我了吧？」

「當然啊，早就信你了。」馬正雲爽朗地笑道，「透過這個案子了，我突然想到一些事情。你現在具備了自由出入其他空間的能力，在過去依然有很多懸案沒有偵破，所以我希望你可以利用這份能力，幫助我

131

第八章　來自 1992 年的訊號

們解決掉那些積案。」

葉大衛想都沒想便說：「這是當然，您不說我也會做，不過……」

「不過什麼？」

「吃完這頓飯，我還得先去一趟 2009 年。」

「怎麼又要回去？你說話不算數，我不讓你走。」

「我答應過那邊的朋友，一定要過去幫忙解決一些問題。」葉大衛語重心長地說，「如果我不過去，可能會死人，會傷害無辜的人。」

「好不容易回來了，為什麼又要走？萬一、萬一要是再也回不來了怎麼辦？」向卉本以為他不會再離開自己，沒想到這麼快就又要分開。

馬正雲其實知道葉大衛要去到 2009 年的原因，而且之前也接受過他的請求，答應幫他說服向卉的，今天的談話，只不過是在向卉面前演一場戲。

「對不起，我暫時還不能告訴妳我回去的真正目的。」葉大衛看著向卉沮喪和不捨的眼神，想起答應曹志宇的事情，以及必須趕回去幫 2009 年的她洗脫罪名的事，在心裡默默地說。

「好了向卉，大衛回去也是為了工作，是局裡交給他的任務。有個重大案子需要他回到十年前，等他完成任務，很快就會回來的。」馬正雲說著又舉起了酒杯，「大衛，一個人在外，一定要保護好自己，祝你一路順風！」

132

「還有一件事是我放心不下的⋯⋯」葉大衛說這話的時候,再次把目光轉向向卉。馬正雲心領神會,緩緩說道:「放心吧,不就是擔心頂替你的那小子嗎?」

「我不知道他藏在什麼地方,這一走,真擔心他又會回來找向卉的麻煩。」葉大衛為難地說,「他現在已經失去理智了,什麼事都幹得出來。」

馬正雲不以為意地說:「這個你就放心好了,我已經自有安排。」

「舅舅,你不會是打算讓我跟師父一起走吧?」向卉驚喜地問,葉大衛也疑惑地看著他,他卻說:「走是要走的,但不是跟大衛走。」

「那你什麼意思,除了跟師父走,我哪兒都不去。」

「在家裡我是妳舅舅,在局裡我是妳上司,不管我怎麼做,都是為妳好,妳就不能聽話一點?」

「我⋯⋯」向卉欲言又止。

「局長,您就先說說,打算怎麼安排向卉吧。」葉大衛打斷了她。

「這件事我考慮了很久,局裡與國際刑警總部有一項合作培訓計畫,大約一個月後,向卉就會代表江州市警察局去法國參加培訓。」

「我不去⋯⋯」向卉想都沒想便一口回絕。葉大衛卻高興地說:「這個安排不錯啊,法國里昂,大都市呢,聽說那可是個美麗的地方,妳這次過去,不正好順便看看外面的世界,散散心嗎?」

「這件事不是跟妳商量,而是命令。這次的培訓最短時間為期一個月,最長時間一年,大衛什麼時候

133

第八章　來自1992年的訊號

「回來，我會立即告訴妳。」馬正雲嚴肅地說。

葉大衛接過話，讚許道：「這個主意不錯，也讓我少了後顧之憂！」

向卉躊躇了半天，才極不情願地嘀咕道：「你們都安排好了，我還能拒絕嗎？」

「好，那就這麼說定了啊！」馬正雲道。

＊ ＊ ＊

葉大衛走的時候，沒讓任何人送他，尤其是向卉。

他是趁著向卉執行任務的時候悄然離去的，離開前只發了一條簡訊給她。等她看到簡訊時，葉大衛已經從江州大峽谷回到了2009年。

他沒想到這一次會如此輕鬆和順利，等他進入洞口，閉上眼睛，到睜開眼睛出現在火山口時，彷彿就是一瞬間的事。

2019年的天空萬里無雲，2009年的世界卻在下雨。他在離開火山口的時候不小心滑倒，擦傷了腳踝，本來是想直接去找曹志宇，但是現在只能先回到臨時租住房歇息下來。

躺在暗夜裡的床上，有種恍若隔世的感覺。當然了，從一個世界來到另一個世界，本來就是橫跨了兩個時空。

他明白自己的感覺，看起來虛幻，其實是極為真實的。這個時間點，向卉正看著他發給自己的最後一條簡訊，眼睛紅腫。

134

她拿起他放在桌上沒辦法帶走的手機，沒有鎖屏，開啟一看，螢幕上居然是她的照片。這一刻，她再也忍不住淚流滿面。

那張照片是前兩天，兩人在大街上閒逛時，他幫她拍的。

葉大衛在受傷的腳踝上擦了點藥，幾個小時以後已經感覺不到疼痛。也不知睡了多久，當他迷迷糊糊被尿憋醒時，突然，那陣熟悉的電流聲再次傳來。

他這才想起自己把從卉家裡帶走的電腦藏在了一個隱蔽的地方。他慌忙取出電腦，只見螢幕雪亮，閃爍著像心電圖一樣的波浪。

他盯著發光的螢幕，內心無比緊張。

「您好——」葉大衛的思維彷彿停頓，短暫的靜默之後，回覆他的依然是吹風似的「沙沙」聲。他頓了頓，又問道：「喂，有人嗎？能聽到我說話嗎？」

「是⋯⋯喂⋯⋯沙沙⋯⋯」

電腦裡突然就傳來斷斷續續的，還算清晰的人語聲，把葉大衛驚得幾乎窒息，但他強迫自己鎮定下來，又盯著螢幕看了半晌，確定有人在跟他說話時，這才重新坐正身子，瞪著眼睛，嚥了口唾沫，忐忑地問道：「你是誰，能聽到我說話嗎？」

「我⋯⋯沙沙沙⋯⋯」

葉大衛這次明顯聽到了說話聲，雖然很快又被「沙沙」的聲音淹沒，他使勁搖晃了幾下電腦，然後對

135

第八章　來自 1992 年的訊號

著螢幕大聲說道：「我聽不清楚你在說什麼，請再說一遍！」

但是，電腦突然靜默下來，沒有了一絲聲音。

葉大衛看著黑屏的電腦，又在鍵盤上胡亂地按了幾下，最後無奈地躺在床上。

「太奇怪了，明明沒有電，可為什麼螢幕還能亮？」他暗自思忖道。

毫無疑問，這一次，他確實聽見了人的聲音，而且有幾個字還非常清晰。電腦是在向卉的住房裡發現的，莫非電腦那頭說話的人是要找她？

葉大衛沒了睡意，雖然閉上眼睛，卻浮想聯翩，腦子異常清醒。身處黑暗之中，四周靜謐得如同深淵。他感覺自己像個氣球懸在半空中，輕飄飄的。

「算了，不想啦，還是好好睡一覺，明天去找找曹志宇吧。」他翻了個身，調整好睡姿，可沒想到剛過幾分鐘，放在桌上的電腦又傳來「沙沙」的聲響。

他被驚得翻身坐了起來，盯著閃爍著心電圖一樣波浪的螢幕，再也沒了睡意。

這一次，他對著電腦，沒先開口。還有一陣「沙沙」的聲音飄過，他的耳膜明顯感受到了輕微的刺激，就在他把電腦遠離自己時，突然傳來了清晰的說話聲：「喂、喂喂……」

葉大衛遲疑了一下，慌忙對著螢幕喊道：「喂，我能聽到你說話了，你到底是誰，要找誰？」

電腦那頭傳來一聲沉重的嘆息，緊接著有個低沉的聲音問道：「你是誰，我的電腦為什麼會在你手裡？」

136

葉大衛愣道：「你的電腦？你是這部電腦的主人？」

「是的，你手上的電腦，是我當年用過的。」對方的聲音依然低沉，「為什麼會在你手裡，請你把電腦還給她。」

葉大衛一聽這話，就更不淡定了，不安地問道：「雖然我不知道你在說什麼，但我可以幫你。」

「你想幫我的話，就把電腦還給我女兒，我找了她十多年，每天都在試圖跟這臺電腦聯繫，可始終沒有成功。」

「她叫向卉，我是他父親，我叫向宏濤……」

葉大衛已經猜到對方可能跟向卉有關，但他沒有直接提及向卉的名字，而是問他女兒是誰。

「你又是什麼人，跟我女兒是什麼關係？」

葉大衛壓抑著內心的興奮和緊張，故作鎮定地問：「我是向卉的朋友，但她現在遇到了麻煩，我也找不到她。你如果真是她父親，我希望跟你見一面。」

「她失蹤了？」對方的聲音充滿了擔心和失望，顯得更加蒼老，但很快就又說：「這十幾年來，我找她找得好辛苦。好心人，我求求你，求求你幫我找到她，她不能有事，我要和她說話……」

葉大衛突然覺得自己剛才的話太直接，也許是嚇到老人家了，於是換了副口吻說：「向卉爸爸，您別太擔心，向卉她也沒什麼事，就是跟別的朋友出門玩，暫時聯繫不上。」

「原來是這樣啊，太好了！」那個聲音也好像鬆了口氣，「我聽你聲音挺年輕的，應該怎麼稱呼你？」

第八章 來自1992年的訊號

「我、我叫葉大衛。」葉大衛沒有隱瞞，「有件事我很奇怪，這部電腦明明沒有電池，為什麼還能使用？你說你找了她十幾年，那麼這十幾年，你又去了什麼地方？為什麼會跟自己的女兒分開？」

「我叫向宏濤！」那個聲音緩緩地說道，「這十幾年來，我去到了一個陌生的地方，再也沒能見到我的女兒。我一直在找她，可始終找不到她。十幾年了，我沒有放棄，老天有眼，終於讓我再次聯繫上了。」

他的嘆息聲，讓隔著電腦的葉大衛也感受到了沉重的壓力，以及無盡的自責。

「我可以叫你葉先生嗎？」

「您可以叫我大衛！」葉大衛覺得以他的年齡，可以這麼稱呼自己，所以從開始的「你」變成了尊稱「您」。

「我不知道到底發生了什麼事，也曾經想回去尋找女兒，但我不知道她去了什麼地方，所以也不清楚該去什麼地方找她……大衛，你說你是我女兒的朋友，我相信你，你們的關係一定很要好吧？」向宏濤一口氣說了很多話，又問道：「是啊，十幾年過去了，她也應該長成大姑娘了。對了大衛，她現在怎麼樣，變成什麼樣子了，是做什麼的呀？」

葉大衛明顯可以感受到一個父親對女兒的關心，雖然仍有些不敢相信對方真是向卉的父親，但這種愛是無論如何也裝不出來的。他跟對方坦言了向卉當下的狀況，但隱瞞了她被捲入殺人案的事情。

「您還沒告訴我，為什麼這部電腦沒有電池也能開機？」

向宏濤「哦」了一聲，緊接著說：「我也不知道到底是怎麼回事。你手裡的電腦，是我十幾年前用過的。當年家裡發生變故後，我去到了另外一個陌生的地方，為了找到女兒，我幾乎每天都在試圖聯繫，

但是從來沒有聯繫上，後來有一次居然顯示聯繫上了，但是沒人說話，然後我就繼續嘗試聯繫，不分白天黑夜的聯繫，沒想到終於等來了你。」

葉大衛身處黑暗之中，聽著向宏濤叨叨絮絮的話語，並沒想打斷他。

「家裡發生變故的那一年，我跟老婆出了車禍。老婆死了，我也跟女兒失去了聯繫，而我醒來的時候，卻來到了一個陌生的地方。這些年來，我一直被困在這裡，我想出來找女兒，想找到導致我妻子死亡的凶手……」向宏濤似乎說不下去了，聲音突然哽咽起來。

葉大衛感受到他情緒的變化，安慰道：「我會盡快幫您聯繫到向卉……」

「謝謝、謝謝，非常感謝！」向宏濤聲音哽咽。葉大衛雖然無法看見對方，但也能猜測到他臉上的表情，以及他對自己說「謝謝」時的樣子。

「十七年過去了，一晃就過去了十七年……」向宏濤一直重複這個年分，葉大衛問道：「您的意思是，您跟向卉分開的時候是 1992 年？」

「是的！」向宏濤的答案讓葉大衛很是吃驚。果然，他接下來的話好像一把利劍劈向葉大衛，「但是當我醒來的時候，發現自己身在另一個地方，我不知道發生了什麼事，更加奇怪的是，後來我才發現自己不僅來到了另外的地方，而且還來到了十七年前。」

「十七年前？也就是 1975 年？」葉大衛腦袋裡轟隆一聲炸開，戰戰兢兢地問。

「是的，我當時去到了 1975 年，但是十七年過去了，現在我是在 1992 年的空間跟你聯繫，如果我記得沒錯，你那邊應該是 2009 年。」向宏濤的意思是，兩人正在相隔十七年的兩個空間對話。

第八章 來自1992年的訊號

葉大衛做夢都沒想到，居然還有另外的人也遭遇了跟自己一模一樣的事情，一瞬間腦子放空，向宏濤接下來在電腦那頭又說了很多話，但他一句也沒聽見。

許久之後，他終於被向宏濤的聲音拉回到現實空間。

「大衛，你怎麼了，是不是我的話嚇到你了？」向宏濤的聲音充滿了擔心，「對不起，我不該對你說這麼多，肯定是嚇到你了。一開始，我也不相信自己身上竟然會發生如此離奇的事，但後來我慢慢接受了，繼而開始尋找回到女兒身邊的辦法，可⋯⋯」

葉大衛揉著微微有些疼痛的額頭，在聽說了對方的遭遇後，一時間感同身受，差點就沒忍住也把自己的遭遇和盤托出，但最終還是把那些祕密暫時憋回了肚子裡。

「那時候，我女兒才三歲，三歲啊。這麼多年，她一個人是怎麼過來的？我不知道這輩子還有沒有機會見到她，還有沒有機會找到害死我老婆的凶手⋯⋯」向宏濤在說這話的時候，突然電腦裡又傳來「沙沙」的雜音，葉大衛沒聽清他後面的話，一時心急，以為是網路出了問題，慌忙起身走到窗戶邊，但眼看著電腦螢幕漸漸失去光亮。

「喂、喂喂，您還能聽到嗎？」突然的失聯，讓葉大衛陷入短暫的不安和恐慌之中。

一開始，他不知道這種感覺究竟來自何處，後來才意識到，是擔心再也無法跟向宏濤聯繫上，就跟自己當初突然去到另外一個空間，跟現實世界完全失聯之後的心情一模一樣。

這個世界是有趣的，但有時候可能發生讓人出乎意料的事，有些事情在你的控制範圍之內，但還有很多事是你無法控制的。

140

「因為每個人的身體都自帶磁場，所以每個人的磁場都不一樣，只有你身體磁場和環境磁場相互作用，或者說是碰撞，正好這個作用和碰撞的力度又恰到好處，這樣才能實現空間的順利切換。」

根據楊泰寧的理論，並非每個人都有機會去到另外的空間，所以能夠實現空間切換的個體，都是獨一無二的存在。由此，葉大衛把這個理論連結到了向宏濤身上。

「如果向卉知道她父親還活著，會是什麼樣的心情？」據他對向卉的了解，她從小被舅舅馬正雲養大，但從未跟他提及過自己的父母。他做夢都沒想到向卉的人生經歷，居然會有如此悲慘的一幕。

長夜漫漫，已近午夜。葉大衛沉沉睡去，在睡夢裡居然好像又聽見了電腦裡傳來的「沙沙」的聲音。

當他翻身坐起，立即就被眼前的黑影驚得睡意全無。

黑色的槍口，頂在了葉大衛的額頭上。葉大衛完全沒有反應，半躺在床上，張開雙臂，盯著黑暗中的那張無法看清的臉，冷冷地問道⋯「誰？」

「你又是什麼人？」那個聲音聽上去如此沉悶，好像不是從嘴裡，而是從鼻腔裡發出來的。

葉大衛有些疑惑，對方既然拿槍指著他，肯定知道他是誰。

「雖然我不知道你是誰，但你殺了我女朋友，我這次來找你，是要殺了你幫她報仇！」持槍者手裡的槍口頂得葉大衛往後縮了縮，「告訴我，你為什麼要殺了她，你到底是什麼人？」

葉大衛大致明白了怎麼回事，問道⋯「你是怎麼找到我的？」

第八章 來自 1992 年的訊號

「你最好老實回答我的問題，我可是很沒有耐心的！」持槍者加重了語氣，全身的力氣都聚集到了手上，似乎隨時想要扣下扳機。

葉大衛揣摩著對方的心思，他覺得此人並非想要他的命，於是冷冷地回道：「我沒有殺人，你女朋友不是我殺的，所以你就算殺了我也沒用。」

「警方都釋出了你的影片，你還敢狡辯？」持槍者惱羞成怒，但依然壓抑著自己的聲音，一把抓住葉大衛的衣領，「我給你最後的機會……」

「你到底是什麼人，我想知道你是怎麼找到我的？」葉大衛再次問起這個問題，對方似乎遲疑了一下，冷笑道：「反正你說不說都是死，告訴你也無妨。我叫徐天堂，莉莉遇害之後，我一直在等警方破案，但都過了這麼久，遲遲沒有進展，我不得不親自出來追查凶手。我在警方公布的影片中見過你，猜到你一定會回到凶案現場檢視，所以我一直在附近監視，好不容易發現了你，可沒想到你卻失蹤了一段時間。幸好我沒有放棄，我相信老天有眼的話，一定會讓我再次逮到你。果然，沒想到就在今晚，你終於再次現身了。」

葉大衛沒想到自己早就被盯梢了，他盯著面前這張依然掩映在黑暗中的面孔，嘆息道：「我做夢都沒想到，自己竟然會淪落到如此地步，不僅警察一直在找我，還有你和死者的一位朋友都在找我，看來我這次是插翅難逃了。」

「你到底為什麼要殺莉莉？」男子再次厲聲質問道，葉大衛反而舒了口氣，緩緩地說：「如果你真認為我是殺人凶手，那你就開槍吧。」

142

「你剛才說的莉莉的朋友,她又是什麼人?」男子愣了愣,突然轉移了話題。

葉大衛很好奇他既然是死者的男朋友,怎麼會不知道向卉的存在,不禁反問道:「你真不知道那個叫向卉的人是誰?」

「少廢話。」男子手裡的槍再次緊了緊。

「說來話長,不過,如果你真想知道的話,最好把槍收起來,坐下來好好聽我說。」葉大衛的話好像起了點作用,自稱徐天堂的男子往後退了半步,拖了把椅子坐下,但槍口依然對著他。

葉大衛坐在床頭,正想開燈,卻被制止。

他緩緩說道:「我沒有殺人,你找錯人了。我是被誣陷的,凶手另有其人……當天晚上,我衝過去的時候,人已經死了,我看到了凶手,但凶手已經逃跑,而我進出現場的錄影不知怎麼就落到了警方手裡,但我知道一定是有人故意拍下了影片,然後誣陷我成殺人凶手……」

他把當晚的情形一五一十,詳詳細細地描述了一遍,徐天堂卻搖頭說:「我不信,你說你監視向卉,但你為什麼要監視她?」

「這個……」葉大衛最擔心的問題還是被問到了,但他是不會告訴對方真話的,於是撒謊說向卉是他朋友,他暗戀她,跟她表白過,但被拒絕了。不過他不死心,所以才在對面離她最近的地方住下來。

「沒想到被捲入了一起凶殺案,現在自己也莫名其妙成了凶手。」葉大衛裝作很無辜的樣子,沮喪和傷心之情溢於言表,又感慨道:「這就是全部的事實,沒有半句假話。你愛信就信,不信可以隨時向我開槍。」

第八章　來自1992年的訊號

徐天堂半天沒說話，彷彿也陷入了沉思中。

葉大衛已經大致看清了他的臉，那是一張輪廓分明的面孔，顴骨瘦削，天庭飽滿，直視他的時候，隱隱現出一絲冰冷和殘酷。

以他對此人的觀察，徐天堂並不是普通人，並且不是第一次拿槍。

可這個突然出現，而且持槍指著自己的，到底是什麼人？

葉大衛隱隱感覺此人身分複雜，但這短暫的交流，又無法分清敵我，只能以靜制動。

徐天堂終於放低槍口，盯著葉大衛的眼睛，以一種異常沉重的口吻說：「其實我也不信你是凶手，而且對面大樓裡根本沒有監視器，到底是什麼人錄下了你進出凶案現場的影片？這個人也許就是真凶。」

葉大衛沒想到眼前這個突如其來的男子，居然也注意到了這一點，忙不迭地說：「看來還是有聰明人。不過我認為那些警察應該也注意到了這一點，所有的證據都是編造的，是赤裸裸的誣陷，不知道為什麼他們還是把我當成了凶手。」

「如果我是警察，大概也會這麼做。」徐天堂接過話道，「那些警察，在還沒找到其他有效證據的情況下，對外釋出了關於你的影片，只能是一個目的，蠱惑真凶，讓真凶以為警方已經鎖定了你，得意忘形，露出馬腳。」

葉大衛回應著眼前這個心思縝密的傢伙，覺得此人確實是個很難纏的對手，如果他這時候想要殺自己，恐怕自己很難脫身。

144

不過，從眼前來看，這個人對自己似乎暫時沒了惡意。所以他笑了笑，贊同地說：「雖然我不知道你是做什麼的，但你的推理很是讓我佩服。」

徐天堂嘴角微微抽動了一下，晃了晃槍口，繼續低沉地說道：「莉莉是我最愛的女人，但是我工作太忙，很少有時間陪她，她有些什麼朋友，我也不知。那天，我因為工作要出差一週，本來約好去機場接我的，可沒想到她會突然出事。我真應該多抽點時間陪陪她的！」

葉大衛看著目光深情、悲傷的徐天堂，本想安慰幾句，誰知他卻說道：「你不用安慰我。莉莉已經走了，接下來我這輩子唯一要做的事，就是找到兇手，替她報仇。」

葉大衛於是便沒再安慰他，而是說：「看來我們有共同的目標，那麼是否意味著我們可以聯手？」

誰知徐天堂死死地盯著他的眼睛，過了許久才說：「但是我並沒有完全相信你。」

葉大衛卻一笑，無所謂地說：「看來你非常不容易相信人。」

「這個世界，太容易相信人，並不是好事！」徐天堂站了起來，轉身走向窗戶邊，「如果讓我知道你敢騙我，只要一次，我就會毫不猶豫地開槍。」

「沒問題，但願你到時候能打準一點！」葉大衛明白他接受了自己聯手的建議，重又緩緩躺下，「不好意思，如果沒什麼事，請回吧。我很累，你留下聯繫方式，等我睡醒了再來找你。」

「不用你找我，我會來找你的！」徐天堂說話間，已經把槍收起來，走向門口。當他正要開啟門的時候，在完全沒防備的情況下，門突然被撞開，他身體飛起，向著正後方重重地摔了過去。

第八章　來自 1992 年的訊號

躺在床上的葉大衛根本不知道發生了何事，當他聽到撞門聲時，已然覺察到不妙，迅速起身，卻被高高飛起的徐天堂擋住了視線，頓時大駭。

就在那一瞬間，槍聲大作，子彈在屋裡亂竄，像在瘋狂地舞蹈。

徐天堂跌落到地上時，腰部撞上堅硬的地面，痛得他齜牙咧嘴，但還沒來得及發出聲，子彈便飛了過來。

他就地一滾，躲開了子彈，然後拔出搶來，準備還擊時，卻被子彈擊中槍柄，手一鬆，槍掉在地上。

葉大衛看見了襲擊者，剛翻身滾落到床下，子彈又朝著他飛了過來。

他順手抓起床單，奮力扔了出去，子彈射中床單，棉絮碎落，雪片一樣在黑暗中飄散著。

他看到了離自己不遠的徐天堂。

殺手正朝著徐天堂走過去，徐天堂所處的位置已經無法藏身。

就在這千鈞一髮之際，葉大衛的目光落到了徐天堂被打落在地的槍上，他來不及多想，抓起近前的椅子扔了出去，可正要抓起手槍的時候，被殺手發現了，換來的又是一梭子彈。

葉大衛不得不向著另外一個方向移動身形。

徐天堂雖然受傷，但也看穿了葉大衛的心思，他突然飛身向著殺手撲了過去。殺手這時候正全力對付葉大衛，沒料到會被突然襲擊，被撞倒後偏離方向，情急之下開了兩槍，但都沒擊中目標。

葉大衛趁此機會，終於拿到了槍，然後扣動扳機，子彈向著殺手飛過去的時候，殺手躲過子彈，奪

146

門而出,但是在即將逃離前卻又停下腳步,回頭衝著葉大衛露出了詭異的笑容,然後很快就消失在了茫茫夜色之中。

最後時刻,葉大衛看清楚那張面孔的時候,頓時就被驚呆了。他瞪著眼睛,無力地念叨著…「怎麼會是她?」

原來,他看到的人,正是自己做夢都想見到的向卉,沒想到今晚卻差點死在她手上。

葉大衛轉身回屋,卻發現徐天堂不見了,桌上留下一張名片。

他獨自躺在床上,腦子裡全是向卉的身影。從第一次見到向卉當街開槍殺人,再到後來被向卉襲擊,兩人之間的短暫談話,再加上今天的槍擊事件,他覺得他第二次接觸的向卉,和第一次、第三次看到的向卉,好像並非是同一個人。

葉大衛輾轉反側,難以入眠,在經歷了這些事情後,他覺得自己的處境變得更加蹊蹺和詭異了。

第八章　來自 1992 年的訊號

第九章 關鍵證物

十年前，另一片天空，烏雲籠罩。

葉大衛在回到2009年的當晚，就陷入了情緒低落的狀態，本想好好睡一覺，沒想到會遇到徐天堂，還有極力要取他性命的向卉。

但他很快走出了陰影，決定去見曹志宇，雖然他早已知道曹志宇會死在2009年，一時間實在是沒勇氣去見他。他無法在明知結局，而自己又無力改變的時候，還必須微笑著去面對。這種痛苦，只有經歷過的人才懂。

曹志宇正要出門去上班，一開門看到葉大衛時，驚訝了許久，才終於相信自己的眼睛，把他請進屋裡，既興奮又匪夷所思地說：「如果不是大白天看到你，還真以為自己在做夢。」

「本來昨晚就想來找你⋯⋯」葉大衛欲言又止，曹志宇問：「你昨晚就回來了？」

「是，但發生了一些特殊的事情，所以⋯⋯」

曹志宇打斷了他，好像想起了什麼，緊鎖著眉頭問：「你說襲擊你的人叫徐天堂？」

「等等，你等等⋯⋯」

第九章　關鍵證物

葉大衛給了他肯定答覆。

「徐天堂，這個名字你是第一次聽說，但在警察局可是大名鼎鼎。」曹志宇的話令葉大衛異常吃驚，隨即問他怎麼回事。曹志宇嘆息道：「如果是同一個人，那我們遇到的麻煩可就比想像中要大得多。」

「難道徐天堂是警察局的常客？」葉大衛問，曹志宇苦笑道：「要是常客就好了，不過雖然不是常客，但早已上了雲海市和國際警方的黑榜，只不過暫時還沒有掌握他確鑿的犯罪證據，所以一直沒有採取行動。」

「你是說，那個叫徐天堂的人，早就被警方盯上了？」葉大衛覺得自己有些糊塗，「他稱自己是陳莉的男朋友，找我是為了調查殺害陳莉的真凶……表面看來，他不像是十惡不赦之徒。這人到底犯了什麼事？」

葉大衛把徐天堂的名片遞給他，他看了看，說道：「沒錯，就是這個地址。徐天堂是『暗網』組織的人。」

「『暗網』？」葉大衛腦子裡閃現出自己所了解的關於「暗網」的一切資訊，不過那都是透過網路搜尋引擎獲取的。

「『暗網』殺手組織在全球犯下多宗命案，早就進入了國際警方的視野，經過調查，發現該組織在國內的大本營就在雲海市，雲海警方和國際警方也早就建立合作關係，成立了祕密調查組。幾個月前，根據國際警方提供的線索，韓國警方在首爾逮捕了一名疑似『暗網』組織的中層人員，此人為自保，跟警方合作，提供了幾名組織人員的側寫，其中一人代號叫Ｘ，經過警方調查，確定此人正是徐天堂。因為警方還不清楚徐天堂在組織中的身分，為了釣到更大的魚，所以目前按兵不動，沒有採取任何行動。」

曹志宇的話令葉大衛又驚又喜，但同時又陷入了更大的擔心，如果徐天堂真是『暗網』組織的人，那

麼陳莉的死亡，恐怕比他想像中要更複雜和恐怖。

「對了，你跟我來！」曹志宇開啟電腦，然後登入警察局內部系統，調出了關於徐天堂的資料，葉大衛一眼就認出了此人，十分肯定地說：「就是他！怪不得從他開槍的身手來看，不像是新手。」

「你說遇到了向卉，她朝你們兩人開槍，這個我還真想不明白了。」曹志宇若有所思地說，「向卉是認識你的，而且是警校的學生，她怎麼可能會朝你開槍？你會不會看錯了，她的目標或許是徐天堂？」

葉大衛腦子裡也剛剛浮現出了這個念頭，但很快搖頭否定。

「算啦，這個問題暫時擱置，我認為接下來，應該好好調查一下徐天堂、陳莉的死，我認為跟她這個所謂的男朋友有著莫大的關係。」曹志宇指著電腦上的資料，「天堂科技公司，徐天堂是法人，幾個月以來，警方調查過該公司的帳目，並沒有發現問題，表面上看，是一家正規合法的私人企業。」

「有跟他正面交鋒過嗎？」

「沒有，『暗網』組織可不同於一般的黑社會組織，根據國際警方提供的資料，我們懷疑該組織還有很多不為人知的祕密，所以為了不打草驚蛇，才一直沒有正面採取行動。」曹志宇目光深沉，盯著徐天堂的照片，「有些事情，我們警方不方便去做，但是為了獲取更多數據，我認為可以採取更多手段……」

「你的意思是？」葉大衛看著他，曹志宇說：「你雖然在你的世界是警察，但在這裡不是。當然，我不是縱容你做一些違法的行為，你現在不是跟徐天堂已經認識了嗎？我覺得可以藉此機會接近接近他，這個是不犯法的。」

葉大衛突然想起了在樹林裡發現的菸蒂，一個大膽的主意浮上心頭。

第九章　關鍵證物

＊　＊　＊

葉大衛在天堂科技公司門口被保安攔住，他說要見徐天堂，可沒有預約，所以沒被放行。

「我是你們徐總的朋友，而且救過他的命，找他有非常重要的事，如果今天見不到他，後果會非常嚴重，你能承擔這個責任嗎？快去告訴他，我叫葉大衛。」葉大衛連唬帶騙，保安不得不去打了個電話，然後才放他進去。

葉大衛乘坐電梯直達頂樓，徐天堂在電梯口等他，見面後說：「沒想到我們這麼快又見面了。」

「不好意思，沒有預約，就直接過來了。」

葉大衛進了徐天堂的辦公室，碩大的房間，窗明几淨，一塵不染。一張辦公桌，幾張沙發，還有背後靠牆的書架，書架上擺滿了厚厚的書籍。整個房間的裝飾風格看起來很簡約，處處透露著儒雅之氣。

「看來徐總是有學問的人。」葉大衛從書架上收回目光。

徐天堂笑道：「附庸風雅罷了。房間太空，總得擺上一些物品填充嘛。」

「徐總過謙了，就算是附庸風雅，也比舞槍弄棒的好。」葉大衛此言一出，徐天堂聽出其意，隨即大笑不止，然後言歸正傳，問他的來意。

「無事不登三寶殿，我發現了一些東西。」葉大衛開門見山，拿出了在凶案大樓後面樹林裡發現的菸蒂。

徐天堂接過裝著菸蒂的透明袋，端詳了一會兒，瞇著眼睛問：「凶手留下來的？」

「我只能說很有可能。」葉大衛道,「我先於警方一步找到,想起跟徐總的約定,所以就幫你送來了。」

徐天堂繼續打量著菸蒂,臉色冷峻地說:「如果真是凶手留下來的,透過DNA手段,也許可以確定凶手身分。」

「我就知道徐總有辦法。」葉大衛眉開眼笑,「看來我這一趟沒白跑,如果徐總這邊有結果了,麻煩盡快告訴我一聲。」

「這是當然,我們有共同的目標。」徐天堂收起菸蒂,「昨晚匆匆而別,還未請教葉兄是幹什麼的。」

葉大衛苦笑道:「本來幹著一份苦差事,現在淪為警方的通緝犯,成天像老鼠一樣東躲西藏的,哪還敢回去上班。」

「對呀,我都忘了這件事,案子過了這麼久,那些警察卻連一點線索都沒有,真不知道他們在幹什麼。」徐天堂抱怨起來,葉大衛順著他的話說:「是啊,我跟你一樣,指望不上警察,只能自己出手了。」

曹志宇在一天之後就拿到了菸蒂的DNA驗證結果,失落之情很快取代了期待和興奮,他端著那張沒有結果的材料紙看了半天,終於沉沉地放下,然後閉上眼睛,緩緩地揉著鼻梁,又輕輕地嘆息了一聲。

在他面前桌上的紙張末尾,清楚地寫著幾個刺眼的字:無法採集!

「無法採集,什麼意思?」傍晚時分,葉大衛被曹志宇叫到外面的一家飯館,得知結果後也是一臉懵懂,「沒有匹配到符合的人,還是DNA庫裡沒有錄入?」

153

第九章　關鍵證物

曹志宇聲音低沉地說：「沒有錄入的機率太小了，那邊給我的準確解釋是，在菸蒂上沒有採集到DNA。」

葉大衛一時間更是陷入了迷糊之中，沒有採集到DNA是什麼鬼？他在現場發現的菸蒂，一定是有人抽過的，而且在抽菸的過程中，還非常用力地咀嚼了菸蒂，怎麼可能沒留下DNA？

「這就是最奇怪的地方，正常人的話，只要他吸菸，就不可能不留下DNA，但是目前是這種結果，根本無從解釋……」曹志宇抿了口啤酒，「我在想，留下菸蒂的人，可能想辦法抹去了菸蒂上的DNA，故意布下迷魂陣，把我們引入死胡同。」

葉大衛抱著雙臂，挺著腰桿，環顧了一眼四周，接過他的話說：「如果換作是我，大可以將菸蒂帶離現場，那就沒必要抹去DNA痕跡了，這樣做，是不是太多此一舉了？」

「唉，太複雜了！」曹志宇嘆息道，又問他徐天堂那邊的情況，葉大衛搖頭道：「還沒消息，如果有消息，他一定會聯繫我。」

「假如他的結果跟我們的結果一樣，那還好說，如果不一樣……」

「那就是他在故意隱瞞什麼。」葉大衛說，「但這種可能性極低，他不像是那麼愚蠢的人，如果他真有問題，那麼結果一定也跟警方的檢測結果一模一樣。」

「那就拭目以待吧！」曹志宇嘆息道，又問：「有沒有向卉的消息？」

「我一直在找她，可她好像影子一樣消失了，如果她不想主動露面，我們似乎拿她毫無辦法。」葉大衛說的是實話，以他對向卉的了解，雖然在現實中有舅舅馬正雲罩著，可她骨子裡流淌著異常倔強的血

154

液，總是勇於衝鋒陷陣，個人能力在女警中也是相當突出的，所以如果她想藏起來，很難被輕易找到。

曹志宇嘆息道：「她敢打電話給警察局說出死者陳莉的真實身分，已經能夠說明她不是凶手了，可是她為什麼還不敢現身？」

「我覺得不是她不敢現身，而是可能發現了什麼。」

「什麼意思？」

「陳莉死在她家裡，而且很可能是代替她被人殺害，她又恰好不在家，所以她有嫌疑；其次，她不現身的原因，很可能是為了保護自己，躲過凶手的耳目，我估計她現在也在暗中調查凶手的身分。」

「你就這麼了解她？」曹志宇示意他吃菜，葉大衛拿起筷子，卻又放下，緩緩說道：「如果能再次見面，我一定有辦法說服她。」

當他說出這句話時，腦子裡卻又浮現出她當街殺人，以及那天晚上闖入家裡朝他和徐天堂開槍的情景，「莫非她已經查到了什麼，那天晚上闖入我住的地方，難道真的是為了殺徐天堂？」

「這個很難說啊，得找她當面對質才行。盡快把她找出來吧，也許她才是整個事件的癥結所在。」曹志宇招呼服務生過來買單，「徐天堂那邊有什麼消息，及時跟我聯繫。」

「等等！」葉大衛叫住了他，他問：「還有事？」

葉大衛躊躇了片刻，說：「你委託我的事情，我問到了。」

曹志宇坐正身體，眼裡閃爍著渴望的表情。葉大衛緩緩點頭道：「回去之後，我們聯合雲海市警察

第九章 關鍵證物

局的同僚，逮捕了已經成為地產大亨的蔡元凱……雲海市警察局的同僚也幫忙查詢了你未婚妻失蹤的案子。」

「有、有結果嗎？」曹志宇的表情變得異常複雜，葉大衛沉聲說：「可能要讓你失望了！」

「我就知道是這個結果。」曹志宇無力地垂下了眼皮。

「不過請你放心，雲海市警察局的警察說了，他們不會放棄調查。」

葉大衛目送著臉色低沉的曹志宇離開，又獨自喝了杯啤酒，心事重重地望著飯館外面匆匆而過的人影，在心底嘆息道：「向卉啊向卉，妳到底躲在哪兒呀？要是不想師父這麼為難，那就盡快現身吧。」

夜色已經將雲海市包裹起來，街燈全都亮了，散發著奪目的光芒。

葉大衛想起了那臺筆記型電腦，心想要是見到向卉，該不該把她父親還活著的消息告訴給她。他躊躇了一會兒，正要起身離開飯館的時候，突然有個人影在他面前坐了下來。

他一抬頭，看到那張面孔時，頓時就無法呼吸了，慌忙四下張望，然後重新坐下，沉聲問：「妳怎麼來了？」

他在說這話時，喉嚨裡好像堵著什麼東西。這是人最正常的反應，雖然不是恐懼，但滿含著擔心和緊張。

「你不是一直都想見我嗎？」這是向卉的原話，帶著調侃的口吻。葉大衛這才認真打量了她一眼，見她安然無恙，不禁如釋重負，輕笑道：「真是想什麼就來什麼。妳膽子倒是挺大的，敢來這裡找我。」

「越危險的地方越安全。」

「妳是在跟蹤我嗎?」

「我跟蹤了你很久,只不過你一直沒發現。」

「好不容易面對面坐在了一起,是不是打算跟我說點什麼?」

「我發現了你的一些祕密。」向卉突然說,葉大衛笑了笑,鎮定自若地說:「每個人都有祕密,所以我也有關於妳的祕密,也許比妳知道的關於我的祕密更爆炸。」

「那麼,交換吧。」

「可以,妳先說!」

「男士優先!」

「女士優先!」

「可以喝杯酒嗎?」向卉雖然是在問他,可並非是為了徵得他的同意,而是自己倒了一杯。

她仰頭喝下半杯啤酒後,然後就一直盯著葉大衛的眼睛看著,葉大衛啞然失笑:「不用猜了,妳說了,我自然會說。」

向卉緩緩搖晃著啤酒杯,似乎還在猶豫什麼。

「沒關係,儘管說吧,這裡只有妳我兩人,不會有第三個人知道我們之間的談話。」葉大衛聳了聳肩,主動跟她碰杯,然後一飲而盡。

第九章　關鍵證物

「你去了一家叫天堂科技的公司！」向卉碰杯之後並沒有喝酒，而是脫口而出這句話。她死死地盯著他的眼睛，如火如炬，令他的眼神無處躲藏。

葉大衛回應著她的目光，終於在她的注視下點頭承認：「是，我的確是去了那家公司。」

誰知，接下來輪到向卉眉目低垂了，她把目光轉移到另一個方向，久久沒有言語，陷入了沉默之中。

葉大衛端詳著她的面孔，腦子裡不由自主浮現出了身在2019年的向卉，跟眼前這人相比，十年過去，似乎並未變樣，只是目光之中，顯露出一絲青澀。

「我想問妳一件事。」葉大衛從浮想聯翩中回到現實，「兩天前的晚上，妳在什麼地方？」

「為什麼這麼問？」

「直接回答我的問題吧。」

「我在睡覺！」她的樣子不像是撒謊，葉大衛的腦袋高速運轉起來，說道：「但是很奇怪，那天晚上我見過妳。」

向卉愣道：「別開玩笑了，我記得很清楚，一整晚都沒出門。當然，除非我有夢遊症，做了連自己都不記得的事。」

「那是我眼花了，或者有人假扮成妳……可是，那又太像了。」

「反正我沒見過你，隨你怎麼想。」

葉大衛嘆息道：「那可能真是我眼花了，那天的事情，還要多謝妳。」

158

她不明所以地看著他，他解釋道⋯「在爆炸現場，有人偷拍我，是妳幫我趕走了他。」

「不是為了幫你，只是不想你落入警方手裡。」她輕描淡寫地說，「我知道你不是殺害莉莉的兇手，所以才來找你。」

「為什麼要幫我？」

「不客氣，一個小記者而已。」

葉大衛欣慰地笑了起來，他覺得眼前這個向卉，和十年之後的向卉一樣冰雪聰明，不禁又笑道⋯「感謝妳對我的信任，想必妳已經有了兇手的線索。」

「你現在跟警方合作，知道的肯定比我多，共享一下資訊吧。」向卉反過來找他交換條件，他卻反問道⋯「妳今天過來找我，不會只是為了跟我說這些而已吧？」

「好吧，告訴你也無妨，天堂科技公司有問題，你可以順著這條線調查。」

「什麼意思？」

「妳認識徐天堂？」

「不認識！」

「有些事情我暫時不便明說，因為我也沒有十足的證據，需要靠你自己去找線索。」

「那為什麼讓我調查他的公司？」

「你不已經在調查了嗎？」向卉的話阻止了葉大衛的繼續追問，「算啦，你也別想繼續套我的話，我目

第九章 關鍵證物

前只能跟你說這麼多，如果你查到什麼線索，我們會再見面的。好了，告訴我你的祕密吧。」

「其實，我想告訴妳的事，跟妳告訴我的一樣，我也發現天堂科技公司有問題。」

向卉聳了聳肩，沒有再糾纏。

「那我應該怎麼找妳？」

「我會來找你的。記住，千萬別想跟蹤我。」向卉在葉大衛的注視下，在桌上放下了什麼，然後泰然自若地起身離去。

葉大衛的目光落到向卉留在桌面的隨身碟和一張卡片上，還想問些什麼，但她的身影已經消失在門口。

此時，天幕已經徐徐拉上，華燈初上，洗去了白日的喧囂，夜光變得柔和。

葉大衛找了一家網咖，在一群年輕人中間坐下，開啟電腦，插上隨身碟，然後點選滑鼠，螢幕上現出一些密密麻麻的文字，以及幾張照片。

照片上有徐天堂，還有徐天堂出現在公開場合的鏡頭。文字則是天堂科技公司的介紹。

「以智慧科技研發為主⋯⋯」葉大衛念出了聲，「近年來發展勢頭迅速，在人工智慧研發上取得了不俗成績，主打產品是一系列的家用AI產品，將不少家庭主婦的雙手從繁雜的家務中解放了出來⋯⋯」

葉大衛又把這三文字瀏覽了一遍，喃喃地說道：「好像沒什麼問題呀！」

他靠在那兒，一隻手撐著下巴，心想向卉為什麼要他看這些。

翌日一早，葉大衛出現在天堂科技公司，當他再次見到徐天堂時，徐天堂正在打電話。

他朝著葉大衛點了點頭，很快就結束通話，笑著說：「我正想找你呢，你就來了，看來我們倆是心有靈犀啊！快請坐，這是剛泡好的茶，先喝一杯再說……」

葉大衛剛進門就聞到了茶香，也不客氣，嗅著香氣，飲了一杯茶水，讚嘆道：「好茶！」

「沒想到葉兄也懂茶，這可是我特意定製的……」徐天堂說完，又瞇著眼睛，滿臉陶醉地說：「一棵老茶樹，每年的產量在十公斤，算是極品中的極品了！」

葉大衛放下茶杯，想起向卉提供的關於天堂科技公司的資料，於是故意說道：「徐總真是年輕有為啊，你看咱們年齡差不多，你卻已經做出了一番事業，而我還處於人生的迷茫期啊。」

徐天堂大笑起來，擺了擺手道：「慚愧，混口飯吃而已！」

「徐總太謙虛了！」

「對了，你今天來找我，是為了之前的事吧？」徐天堂好像突然醒悟過來，言歸正傳，從抽屜裡取出一份材料，推到葉大衛面前，「這是DNA的結果，昨晚剛出來。」

葉大衛讀不懂他眼神的含義，只好自己瀏覽起來，本來已經做好心理準備，但是當看到「無法採集」四個字時，也還是瞪大了眼睛，怔了兩秒鐘過後，裝作非常驚訝地問道：「怎麼回事，『無法採集』是什麼意思？」

徐天堂臉色冷峻，緩緩搖頭道：「我也覺得奇怪，為什麼是無法採集？」

161

第九章　關鍵證物

「好不容易找到的線索……為什麼會這樣？」徐天堂嘀咕著，起身走到窗戶邊，雙手叉腰。葉大衛面對他的背影，從這個角度望出去，正好和窗戶的欄杆重疊，儼然構成了十字架的形狀。

葉大衛從徐天堂這裡離開時，和進來時一樣，到處打量起來，可他目光所及，除了透露出來的科技感外，並無特別之處。

此時，在大樓正對面的另一棟樓裡，透明的落地玻璃前，向卉正舉著望遠鏡，跟隨葉大衛的身影緩緩移動目光。

等葉大衛消失之後，她又抬起望遠鏡，天堂科技公司的大樓在她眼裡呈現出一個巨大的圓，外牆在陽光下閃爍著點點光亮。

她很久之前就到了這裡，可發現從外面根本無法看見大樓裡面。

她的思緒隨著葉大衛的離開，也飄了起來。記憶把她帶回到了多年前的某一個時刻，那些畫面如此凌亂，越是想看清楚，卻越是變得模糊。

＊　＊　＊

2019年。

向卉剛出外勤回來，開啟電腦，螢幕上現出了她和葉大衛的合影，葉大衛表情誇張，一隻手還想擋住鏡頭。她想起了當時用手機拍攝這張照片的情景，不禁笑了起來。

盯著葉大衛搞怪的笑容，她陷入了良久的沉思中，這時突然有人從背後走來，她慌忙開啟網頁，將

162

她的視線轉移到手機上,翻開葉大衛這次臨走之前發給她的簡訊,又仔仔細細地看了起來。

「好徒弟,當妳看到這條簡訊的時候,師父又要離開了,之所以沒讓妳送我,一是怕影響妳工作,二是怕妳又哭。長話短說吧,不要擔心師父,保重身體,心情愉快,師父很快就回來。」

向卉在葉大衛離開後,不知道已經看了這條簡訊多少遍,雖然每一次的心態都不一樣,可至少知道葉大衛回來的日子越來越近。每當這樣想時,她的心情也就變得越來越好。

葉大衛不在的時候,她除了每天的正常工作外,還私下調查另一個葉人衛的下落,她嘴上答應馬正雲不碰這個案子的,但手上可沒閒著,而且透過對比全市的鷹眼,之前在火車站發現一個像極了小衛的人,不過在跟車站派出所考核之後,確定此人並非小衛。

「師父,給我點提示吧。」她睜著眼睛,仰面靠在椅子上,一張臉突然湊了過來,嚇得她立即坐正身子,回頭看到吳永誌,頓時露出了不悅的表情。

吳永誌手裡端著一杯咖啡,笑臉盈盈地遞到她面前,說:「特意給妳買的,新開的咖啡店,味道不錯,應該對妳的胃口。」

向卉接過咖啡,卻說了一句:「無事獻殷勤……」

「哎哎,打住,趕緊打住。」吳永誌制止了她,「狗咬呂洞賓……」

向卉邊喝咖啡邊說:「確實還不錯,比之前那家味道純正多了!」

第九章　關鍵證物

「那是，老闆是我朋友，以後妳過去報我的名字，打折。不，免費，記我的帳！」吳永誌誇誇其談，向卉笑著說：「真的嗎，那我可就不客氣了。」

「當然，我什麼時候騙過妳！」吳永誌拍著胸脯，向卉又問：「說吧，找我什麼事？」

吳永誌像老鼠一樣，警惕地向四周瞄了一眼，把近旁的椅子拉過來坐下，然後小心翼翼地說：「跟妳打聽一件事！」

「有話快說！」

「在過去的日子裡，我發現妳好像對我隱瞞了一個驚天祕密。」

向卉盯著他問：「我有什麼祕密好隱瞞的？」

吳永誌又四周瞄了一眼，低聲問：「是關於妳師父的！」

向卉心頭一震，屏住呼吸，極力保持平靜，反問：「我師父怎麼了？」

「妳看啊，幾個月前，妳師父突然失蹤，又突然回來，然後又突然失蹤……」吳永誌一連用了幾個「突然」，「也沒聽說過有什麼重大任務或者祕密行動啊，所以妳可別跟我說妳師父他執行重大的祕密公務去了。」

向卉放下咖啡，問道：「那你以為他幹什麼去了？」

「我要是知道，還能來問妳？」

「我也不知道！」

164

「妳怎麼可能不知道，跟我透露一點，滿足一下我的好奇心吧，我保證大知地知妳知我知……」吳永誌舉手發誓的時候，被向卉一把拉下了手臂，不快地說‥「說實話吧，你又不信我。」

「我信妳，當然信妳啦！」

「那好吧，我就實話告訴你，我師父他確實是執行祕密任務夫了。」

吳永誌愣了愣，翻著白眼說：「不跟我說實話沒關係，可妳也不能騙我。」

「誰騙你呀？算啦，反正你也不信我，就當我沒說！」向卉不經意間關了桌面，螢幕上現出了她跟葉大衛的合影，正想關掉，卻一下子被吳永誌給逮住，不懷好意地笑道‥「別呀，我也想葉警官了，讓我多看一眼唄。」

向卉還是俐落地關掉了電腦，然後又自顧自地喝起咖啡來。吳永誌見她眼前飄浮著一層淡淡的陰影，不免壞笑著問‥「怎麼，想妳師父啦？」

向卉沒出聲，喝咖啡的時候還故意發出噴噴的聲響，就像吃麵條似的。

吳永誌做出要離開的樣子，卻被向卉給叫住‥「你真想知道啊？」

「算啦，妳既然不相信我，不想跟我說實話，我也就不問了。」

吳永誌好像看到了新的希望，慌忙又坐下，連連點頭道‥「我保證不跟任何人講！」

向卉於是湊近他耳邊，低聲說‥「其實我真不知道師父幹什麼去了，如果你很想知道，不如親自去問局長吧！」

165

第九章　關鍵證物

吳永誌遲疑了一下，很快明白自己被她給耍了，不悅地站了起來，嘆息道：「我騙妳的，咖啡店老闆根本不認識我！」

「那以後咖啡還免費嗎？」向卉在他背後大聲問，他頭也不回地應道：「浪費了我的咖啡！」

吳永誌離開後，她的思緒再一次飄到了另一個時空，在那裡，彷彿看到日思夜想的人，正在朝自己緩緩揮手。

「你這個大騙子！」

「妳也騙了我，我們扯平了！」

＊＊＊

天堂科技公司的大樓，被五顏六色的燈光裝點，淹沒在了整個城市的燈火之中。

身著保安服、戴著帽子和手套、蒙著面的葉大衛，此時正站在天堂科技公司裡的一個巨大的房間中，面對著琳瑯滿目的AI模型，他瞬間就被震撼到了。

他盯著那些跟人臉似乎毫無差別機器人面孔，突然想起電視上曾經播報的那條新聞：「總有一天，我們要和AI機器人在這個世界上共存⋯⋯」

沒想到在那條新聞出現的十年前，已經有人在研製AI機器人了，而且看起來機器人已經如此成熟。

他盯著AI機器人看了許久，還用手去觸碰了其中一張面孔，那雙眼睛突然眨了一下，隨後還發出了聲音：「先生您好，請問有什麼需要幫忙的？」

166

葉大衛被驚得倒退了好幾步，慌忙環顧四周，發現沒給自己惹來麻煩後，才責怪自己太魯莽。除了AI機器人，還有一些類似實驗器材的設備，雖然不明白是做什麼用的，但也由此推定身處的空間是實驗室。

葉大衛是從正門刷卡進入大樓的，而那張卡，則是向卉離開時留給他的。

整棟大樓裡似乎都沒人，很是怪異，進來之前還擔心會被人發現，現在想來，是自己多慮了。他環視著身邊空空蕩蕩的一切，也沒有發現任何監視器。這同樣是令他感到驚訝的地方，一棟無人值守的大樓，並且沒有任何監視器……

葉大衛退了出來，來到徐天堂辦公室前，輕輕一推，門便開了。

他開始有一種強烈的不正常的感覺，可已經進來了，而且在沒有任何發現的情況下，他是不會輕易離開的。

雖然是在夜晚，可因為周圍大樓的亮化工程，有不同的光線從四面八方射進來，所以徐天堂的辦公室並不顯得那麼黯淡。

葉大衛關上門，躡手躡腳地在房間裡巡視起來。他來過這裡兩次，對房間裡的一切還算熟悉，在不經意的打量之下，已經迅速掃描了所有的角落，沒有任何發現。

可是，他依然覺得這個房間裡還有其他祕密，只是自己肉眼看不見。

他走到徐天堂的辦公椅上坐下，然後轉過身去，目光自然而然就落到了書架上，想起徐天堂說過的那些所謂「附庸風雅」之類的話，於是從中抽出幾本書隨意翻閱起來，其中有一本還是全英文版。

第九章 關鍵證物

葉大衛把取出的書放回到原位，又沿著書架來回移動，當他的手指停留在其中一本書上，正想要抽出來時，卻感覺到一絲不對勁，也許是因為這種怪異的感覺，他稍微用了用力，但書本卻紋絲不動，直到再次順時針轉了轉，書架這才突然徐徐向兩邊分開，露出一個透明玻璃盒，而盒子中央，躺著一個像是隨身碟的東西。

祕密就在這裡！

葉大衛無比興奮，伸手就要去取出隨身碟，但突然之間警笛聲大作。

他來不及多想，掀開玻璃盒，取出隨身碟，然後朝著門口飛奔而去。

可他萬萬沒想到的是，剛開門，一個人影從天而降。情急之下，他正打算反擊，誰知對方手裡的槍響了，子彈雨點般落在他周圍，要不是他躲閃及時，此時可能已經被射成了篩子。

葉大衛躲到辦公桌後，槍手停止了射擊，但他感覺危險正一步步向自己逼近。他側耳傾聽著，然後抓起椅子，說時遲那時快，朝著門口的方向扔了過去，槍聲再次響起，子彈全都射到椅子上，椅子落地時支離破碎。

趁此機會，葉大衛飛身撲向槍手，一把抓住對方握槍的手，卻猛然瞪大了眼。

向卉！

在他面前，正拿槍對著他的人居然又是向卉！

葉大衛傻了眼，一時間居然失去了反應能力。

可是，向卉咧嘴笑了。

葉大衛凝視著那張笑臉，張了張嘴，沒說出話來。

向卉突然再次扣動扳機時，卻只發出咔咔的聲響，好像卡住了似的。

「向卉，是我啊！」葉大衛終於發出了聲，可換來的卻是一陣猛揍，被一腳踢中胯部，頓時痛得他蹲了下去，然後又被一拳擊中下顎，整個人仰面倒地。

葉大衛頭暈目眩，再無反擊之力，他被向卉抓起一條腿，拖著往外走去。他感覺自己的身體在和地面摩擦，眼前一片恍惚，滿腦子空白。

「師父，你怎麼了？是我呀，向卉……」一個熟悉的聲音不經意間在耳邊響起，剎那間，彷彿有一股熱水在身體裡奔流。可他依然無法動彈，全身上下都不聽使喚。

「砰、砰、砰……」突然，幾聲槍響，徹底將葉大衛驚醒。他真切地聽見了槍聲，而且近在咫尺。不僅如此，他還感覺自己的身體被放下了，抬眼望去，眼前卻一片模糊。

他奮力爬起來，朝著牆邊移動過去，用力揉了揉眼，這才看見有兩個人正在互相開槍射擊。

子彈在眼前飛舞，他的心臟在狂跳。

終於，他慢慢平靜下來，想要逃離這個地方。可是，當他看清楚不遠處正在開槍射擊的兩張面孔時，便徹底不淡定了。

第九章　關鍵證物

第十章 AI機器人

向卉!

兩個向卉!

葉大衛瞠目結舌,那種驚恐和絕望的眼神,把他的表情定格在此時此刻。

兩個長得一模一樣、穿著一模一樣的女人,就這樣在葉大衛面前互相開槍對射,而他則像個迷了路的觀眾,不明白眼前類似夢魘的畫面,孰真孰假。

但是,他的思維漸漸明朗起來,在心裡忖度著⋯⋯一定有一個是真人,另外一個則是假冒的。真的那個是交給自己隨身碟的向卉,而假的那個則是當街開槍殺人的向卉。

一瞬間,他的思維又變得無比通透,彷彿在雲海市遭遇的種種困惑,都將迎刃而解。

兩個向卉越戰越激烈,最後都打光了子彈,槍戰變成了肉搏。

葉大衛順著牆壁慢慢站了起來,看著兩人像影子一樣在眼前晃來晃去,他發現自己雙腿發麻,幾乎很難移動,要不是撐著牆壁,恐怕連站穩都很難。

171

第十章　AI機器人

兩個向卉拳腳相加，發出一陣陣狂怒之聲。葉大衛拖著麻木的雙腿往電梯口慢慢移動。突然，身後傳來一聲痛苦的慘叫。

殺戮很快就停止了。勝利者撇下倒地的人，朝著他大踏步走來。葉大衛的心提到了嗓子眼，但這種未知的心態很快就發生了改變，因為這個向卉從自己身邊走過去時丟下了兩個冷冷的字：「快走！」

對方並沒有對付他，結果已經很明顯。葉大衛懸著的心落地，朝著向卉離開的方向喊道：「我走不動了，快幫幫我！」

可向卉根本不搭理他，他又回頭看了一眼趴在地上的那個向卉，大聲問道：「到底怎麼回事？」

葉大衛清楚地感受到大地在顫抖，他也被一股巨大的衝擊力掀翻在地，當他掙扎著起身，回頭看見正熊熊燃燒和濃煙滾滾的大樓時，想著自己差點被炸死，心裡瞬間湧過一萬句「草泥馬」。

他們順利地逃出了天堂科技公司的大樓，但前腳剛踏出門，突然一聲巨響，火光沖天而起，緊接著又傳來接二連三的爆炸聲……

向卉此時也正看著燃燒的樓層，卻神態冷漠，似乎那一切完全與己無關。

「是妳放的炸彈？」葉大衛問身邊的向卉，向卉卻只是無所謂地笑了笑，隨即轉身離去。葉大衛剛把目光從燃燒的大樓頂端收回來，不遠處便傳來了警笛聲。

向卉在前面不緊不慢地步行著，葉大衛不緊不慢地跟在後面，又問道：「她死了嗎？」

「你很關心她嗎？」向卉終於回了一句，他不解地問：「她到底是誰呀，怎麼跟妳長得那麼像？」

「她是我的複製品!」

「複製品?什麼複製品?」葉大衛突然再次想起了那條關於AI機器人的新聞。

這時候,幾輛警車從他們身旁呼嘯而過,淹沒了他的聲音。葉大衛回頭朝著剛剛駛過的警車望去,問道:「妳怎麼也來了?妳是怎麼知道我在那裡的?」

「我不來的話,你不就死了嗎?」向卉這話算是回答了他的問題,可又沒給出他想要的答案,所以他攔住了她,直視著她的眼睛:「跟我說實話,妳是不是一直在監視我,而且早就知道我要去天堂科技公司。妳到底還有什麼沒告訴我的?」

「想要知道答案,那就跟我走吧!」向卉漫不經心地繞過他,繼續直接往前走去。

他們在大街上繞來繞去,沒想到她最後帶著自己來到了另外一棟舊式大樓前,然後上五樓,用指紋開啟了門鎖。

「一直藏在這裡?」

向卉開啟冰箱,丟給他一瓶啤酒,自己順手拿了瓶果汁,開啟後喝了一口才說:「你從徐天堂那裡拿到了什麼?」

葉大衛進屋後,環視著整個屋子,發現房間並不大,但收拾得挺乾淨,狐疑地問:「這些日子,妳就一直藏在這裡?」

向卉面向窗外,喝著果汁。葉大衛從側面打量著她,想起現實空間的向卉,差點就沒忍住把一切事向卉面向窗外,喝著果汁。葉大衛喝著啤酒,壓抑的心情稍微舒暢了些,「不過應該是見不得人的東西。」

「我也不清楚!」

第十章　AI機器人

情都說出來。

「妳還是先跟我說說，剛才的爆炸是怎麼回事吧。」葉大衛很想知道這個問題的答案，「為了得到這個東西，我可是差點丟了命。」

他拿出從天堂科技公司帶走的隨身碟擺起來，向卉看了他一眼，幽幽地說：「如果不是我及時趕來救你，你現在還能坐這裡跟我說話？」

「也對，我還真應該感謝妳救了我的命！」葉大衛訕笑道，「這個隨身碟裡面，應該藏著一些機密內容，有電腦嗎？」

向卉找來一臺筆記型電腦，葉大衛插上隨身碟，卻顯示內容加密，根本無法開啟，頓時就傻了眼：「早猜到徐天堂那麼狡猾的人，果然不會輕易讓我得逞。」

「讓我試試吧！」向卉說著就在鍵盤上敲擊起來。

葉大衛注視著她的十指在鍵盤上飛舞，露出不可思議的表情，隨後讚嘆道：「沒想到妳的電腦技術也這麼厲害，看來警校教給妳很多東西。」

向卉沒出聲，嫻熟地點了幾個鍵，很快就解開密碼，螢幕上閃現出一張照片。

葉大衛湊過去，瀏覽著照片，突然就怔住了，回頭跟向卉對視了一眼，又看了看照片後，疑惑地問道：「可不可以給我一個合理的解釋？」

向卉卻收回眼神，再次轉向窗外。深邃的目光，像是陷入回憶之中。

174

葉大衛繼續瀏覽照片，幾十張照片，各式各樣的人，有男有女，看不出有什麼關聯。

「你不是想知道為什麼天堂科技公司會爆炸嗎？」向卉主動提及此事，葉大衛把目光轉向她，她又頓了半响，接著說：「那個跟我長得一模一樣的人，其實她並不是人。」

「我的意思是她並非人類，而是天堂科技公司，比照我的樣子生產出來的AI機器人。」向卉的聲音十分平靜，「AI機器人是靠智慧系統來控制所有的行動，剛才的爆炸，也是因為有人啟動了她體內的自動爆炸系統……」

「妳說她是AI機器人，真的是AI機器人？」

向卉點點頭：「就是常說的機器人，但又與機器人不完全一樣。」

葉大衛捋了捋混亂的思路，追問道：「有人啟動了她體內的自動爆炸系統，妳的意思是，每個AI機器人都相當於一顆遙控炸彈？啟動系統的這個人……難道是徐天堂？」

向卉並沒有否認，而是盯著電腦上自己的照片說：「本來我也是不清楚的，但在陳莉被殺之後，我開始調查究竟發生了什麼事。最後根據掌握的線索，終於查到了天堂科技公司……」

葉大衛更是丈二金剛摸不著頭緒，所以也無法將她說的話與現在發生的事情連繫起來。

「事情還得從多年前我進入警校時說起。我在進入警校之前，為了通過考試，接受了一項體能測試的培訓班，在培訓期間，培訓班以招募『志工計畫』，要進行一項偉大的科學實驗為由，採集了我們的面部、視網膜和血液等各項身體內的基因資料，然後進行配對……」向卉的思維停頓了片刻，「後來，也不知是誰聽說我們的基因資料被培訓班轉賣給了國外的公司。其實當時參與培訓的人都感覺到了不對勁

第十章 AI機器人

地方，不過因為什麼事都沒發生，所以也沒引起我們的警覺。直到幾個月前，陳莉遇害之後，我為了洗脫自己的嫌疑，經過調查，一步步找到了當年培訓班的負責人，最後查到了天堂科技公司，以及徐天堂這個人。」

葉大衛大概明白了向卉的意思，故事的走向雖然超出了自己的想像，可向卉接下來的話更令他吃驚。

「還記得幾個月前發生在大街上的槍擊案吧？那個被殺的男人，便是培訓班當年的負責人，也就是轉賣我們基因資料的人。」

葉大衛腦子裡很快浮現出在大街上目睹向卉開槍殺人的那一幕，當然，還有殺手離開前鬼魅的一笑。

「比照我的樣子製造出來的AI機器人，是個殘暴的殺手⋯⋯不過她現在已經死了。」

「妳的意思是，所有的事都是徐天堂搞出來的？徐天堂表面上經營的是一家科技公司，背地裡卻在研究殺人AI科技。」葉大衛簡直不敢相信自己的耳朵，他跟徐天堂接觸過幾次，表面上可看不出來此人居然隱藏得這麼深，不禁驚嘆道：「太恐怖了，就像天方夜譚。可他為什麼要殺害陳莉，而且是在妳的屋裡？」

「我在想，應該是莉莉發現了什麼，所以才被滅口。至於為什麼會在我房間裡，我不知道，也許只是因為巧合，或者說，是為了陷害我⋯⋯」

「為了陷害妳⋯⋯」葉大衛嘆息道，「陳莉不是徐天堂的女朋友嗎？」

「那是徐天堂告訴你的吧，但陳莉從未跟我說起過有男朋友的事。」向卉搖頭道，「所以徐天堂一定在說謊。」

176

「他為什麼要說謊騙我？」

「這個問題你應該去問他。」

「大樓都炸了，徐天堂還能現身嗎？如果真是徐天堂製造了陳莉的死亡，他的目的到底何在？按理說，他在妳屋裡殺人，陷害妳一個人是有道理的，但為什麼還要拍下影片，連我一起給陷害了？」

葉大衛的話遭到了向卉的嗤笑：「這個問題，還是應該去問徐天堂，但是別忘了，你現在也是犯罪嫌疑人，警方好像正在通緝你吧？」

葉大衛笑了笑，漫不經心地說：「我根本就沒有殺人，警方應該是相信我的……也可能很多人不信我，但至少曹警官是信我的。」

「都過了這麼久，警方難道什麼都沒查到？」向卉又問，葉大衛說：「應該已經查到了什麼，但他們沒有向我透露。雖然我已經跟警方達成協議，聯手破案。」

「我們也可以聯手。」

「我們不已經聯手了嗎？」

「我是說，」向卉道，「也許我們可以藉助警方的力量，找出真凶！」

葉大衛在了解真相之後，內心除了對真相的恐懼之外，更多的則是感慨，因為就算是十年後的世界，雖然全球很多國家都在布局 AI 產業，可真正能走上臺面的並不多，而那些 AI 產品，更多只是用於生活和普通的工作中。

他想起了那條向全球徵集人臉製造 AI 機器人的新聞，實在不敢想像這些殺人 AI 機器人如果用於戰

第十章 AI機器人

場，將會帶來多麼毀滅性的災難。

就在兩人說話的時候，他們的身影，出現在一面碩大的電子螢幕上，而且聲音也從擴音器裡清晰地傳了出來。

在電子螢幕前的椅子上，一名男子正抽著雪茄，煙霧在眼前繚繞著。他的另一隻手端著杯紅酒，紅酒在杯中呈現出像鮮血一樣的深紅色。

他緩緩搖晃著酒杯，又深吸了一口雪茄，最後將紅酒全都倒進嘴裡，紅酒流經喉嚨時，發出了汩汩的聲響。

房間裡的光線黯淡，電子螢幕上反映的紫光落在他臉上。

男子按了一下桌上的遙控器，電子螢幕上的畫面立即變成了另外的情景⋯天堂科技公司的大樓在爆炸聲中搖搖欲墜。隆隆的爆炸聲和熊熊的火光，將他的臉映成了紅色。

雖然他臉色看上去如此平靜，可他握著雪茄的手卻在微微顫抖。

「嗚嗚嗚⋯⋯」一陣輕微的呻吟，打擾了他的雅興，他朝著身後那個被綁在椅子上的人影看了一眼，嘴角邊現出一絲輕蔑和陰冷的笑。

「別浪費時間了，就算喊破喉嚨，也沒人會來救妳。」他繼續抽著雪茄，一臉享受和陶醉的表情，然後走到自己的獵物前，盯著那雙眼睛，用手指捏了捏那張蒼白的臉，笑瞇瞇地說⋯「大家都說，真的假的分不了，假的真不了，可我改變了這一切。如果把你們放在一起，恐怕連你們自己都分不清楚究竟誰真誰假吧？」

178

房間裡飄蕩著狂笑聲，還有獵物痛苦的呻吟。

＊＊＊

曹志宇和同事們趕到爆炸現場，看著幾乎被全毀的天堂科技實驗室，腦子都是蒙的。自然而然，他第一時間便把爆炸事件跟葉大衛連繫了起來，心想這傢伙怎麼會把事情鬧得這麼大。

然而，他更加擔心的是，有爆炸，便很有可能在爆炸之前發生過衝突，既然發生過衝突，那他本人有沒有事？

「現場毀壞得太嚴重了，根本沒留下任何可疑的痕跡。」負責現場痕跡勘察的專家正在向胡平生彙報，「也沒有找到屍體和監視器。」

胡平生手裡拿著個殘破的AI機器人腦袋，又問其他人：「天堂科技公司的負責人有沒有聯繫上？」

「沒有，能想的辦法都用上了。」

胡平生一回頭，發現曹志宇消失了。曹志宇在現場轉了一會兒，很快便趁著人多的時候離開了。他要去找葉大衛，弄清楚究竟發生了什麼。

葉大衛從卉那裡離開後便直接回去了。其實，對於今晚發生的事情，他是存在太多疑問的，比如徐天堂為何會輕易讓他把隨身碟帶走。這太不符合常理。

除此之外，他進入天堂科技公司之後，也沒有發現任何監視器，所以他才能輕易拿走隨身碟，作為一家以研製AI技術為主的高科技公司來說，這個紕漏就相當於存在網路漏洞。而徐天堂是如此精明的一

179

第十章　AI 機器人

個人，是絕對不會犯這種低階錯誤的。

可是，問題究竟出在哪裡？

說起向卉，他想起了一件事，他了解的向卉，在電腦方面雖然不是白痴，可也高明不到哪兒去。他記得向卉的電腦好幾次當機之後，都是叫來專門的技術人員幫忙處理。

一連串的疑問襲來，令他感覺如同置身迷霧中。

但是，他又想起向卉曾經失憶過，會不會她本來電腦能力很好，但在失憶後，把那些都忘了？

他靠著自己的冥思苦想和揣測推理，想讓這一切合理化，卻越發糊塗了。

夜色已深，葉大衛昏昏沉沉正要進入睡眠中，耳邊卻忽然傳來敲門聲。這麼晚了，會是什麼人？

他十分警惕，躡手躡腳地走到門後，敲門聲還在繼續，但同時傳來了曹志宇的聲音。

他鬆了口氣，撓了撓頭皮，開啟門，問他這麼晚了還來幹什麼。

「你問我，我還想問你呢。」曹志宇不快地反駁道，「搞出這麼大動靜，你睡得著嗎？」

葉大衛明白他話裡有話，隨口問道：「你去過現場？」

「沒去過能來找你嗎？」曹志宇一屁股坐下，無奈地說：「漫漫長夜，反正我也睡不著。」

「那你就好好跟我解釋清楚吧。」曹志宇沒有迴避他的目光。

「這件事……爆炸的事情，與我無關……」葉大衛把今晚發生的事一字不漏地說給他聽後，曹志宇的臉上布滿了不可思議的表情，又如鯁在喉，躊躇了半天才問：「隨身碟在什麼地方？」

「向卉手裡，她說還需要再研究研究，根據裡面的照片繼續尋找線索。」葉大衛在說這話時，又想起了關於向卉在電腦能力上前後判若兩人的事，不禁嘆息道：「天堂科技公司絕對有問題，可是現場發生了嚴重爆炸，我猜你們也沒找到任何有用的線索吧？」

「我來找你就是為這件事。」曹志宇說，「現場毀了，徐天堂聯繫不上，我猜測，這很可能就是他的陰謀，毀滅證據，讓警方抓不到把柄。」

「現在的問題是，你和向卉都是陳莉被害案的犯罪嫌疑人，而且你們今晚是私自闖入天堂科技公司，如果讓你們去警察局做證，那你們所說的話哪還有什麼法律效力？」曹志宇的疑慮也正是葉大衛擔心的，「當然，我是相信你的。可沒有證據，除了我，恐怕沒人會相信你是清白的，更不會有人相信你是從未來世界過來的。」

葉大衛忍不住笑了，曹志宇不悅地說：「虧你還笑得出來，我現在還擔心另外一件事，如果這些都是徐天堂的陰謀，你和向卉闖入天堂科技公司的事情，他會不會和之前陳莉被殺，你突然出現在現場一樣，把整個過程都錄了下來？」

「可我沒有發現任何監視器。」

「虧你還是從 2019 年回來的，怎麼現在就糊塗了？」曹志宇嘆息道，「一家以 AI 研發為主的公司，他要是想偷錄個什麼東西，除了錄影之外，就不能有更高科技的手段嗎？」

「這倒也是！」葉大衛沒有否認，曹志宇接著說道：「幾個小時以後，天就亮了，會發生什麼事，拭目以待吧。」

第十章　AI機器人

葉大衛反過來安慰他⋯「沒事，兵來將擋，水來土掩，徐天堂再怎麼狡猾，我就不信他還能上天。」

「你說得對，再狡猾的獵物也鬥不過高明的獵人！」曹志宇說，「但是徐天堂已經盯上你了，你可得更加小心，記得你之前說過這個地方已經曝光。」

「放心，就算已經曝光也無所謂，我後來檢查了整個房間，並沒有發現監視器。」

「好吧，你自己小心，我先撤了。」

葉大衛把他送到門口，關上門，躺在床上，卻再也睡不著。他覺得自己是清醒的，思維卻一團亂麻。徐天堂和向卉，這兩人身上的祕密太多太多，可好像沒有一個祕密是他暫時能輕易破解的。

我到底該不該對向卉坦白自己的來歷？

這個問題在他腦子裡翻來覆去地折騰了很多次，但重點不在於她能否相信自己，而在於他對這個空間的向卉了解太少，尤其是在經歷今晚的事情後，更不敢再輕易相信她了。

出神的葉大衛，是被突如其來的雜音拉回到現實世界的，他幾乎是一躍而起，從抽屜裡取出電腦，盯著閃爍的螢幕，抑制不住興奮，果斷地主動跟對方打招呼。

那邊先是傳來短暫的「沙沙」聲，緊接著就聽見了向宏濤的聲音⋯「喂，大衛，你在嗎？是你嗎，大衛？」

「是、是我。」葉大衛極力保持平靜的心情，但還是有些結巴。

「太好了，終於又連上了！」向宏濤在電腦那邊長嘆了一聲，「這些日子，我無數次聯繫你，但一直沒

有連上，還以為今後再也無法聯繫上了！」

葉大衛盡量壓制著聲音問道：「您還好吧？」

「還好、還好。對了，你說我女兒她遇到了麻煩，現在麻煩解決了嗎，你找到我女兒了嗎？」向宏濤的聲音變得急促起來，葉大衛遲疑著說：「還沒有完全解決，但是基本上已經沒什麼事了。」

「那她人現在在什麼地方，我想跟她說說話。」

「她現在上警校呢，平時都是住校，而且最近要考試，所以時間很緊，基本上都不允許出校門。」葉大衛為了不讓向宏濤得知女兒居然在唸警校，自然是十分開心的，嘆息道：「女兒長大了，有出息了，我也老了，有生之年，如果能跟女兒再見上一面，就算馬上死，也能瞑目了。」

向宏濤得知女兒居然在唸警校，自然是十分開心的，嘆息道：「女兒長大了，有出息了，我也老了，有生之年，如果能跟女兒再見上一面，就算馬上死，也能瞑目了。」

「您跟向卉一定會有機會再見面的⋯⋯」葉大衛其實也不知道該如何安慰對方，他們能否再見面，誰能知道？但是緊接著，他知道要想弄清楚向卉身上的祕密，必須得了解過去發生的一些事情了。

「我記得您之前跟我說過，1992年您家裡發生了變故，所以您才會去到十幾年前⋯⋯」

「是的，那時候向卉才三歲，一晃就過了這麼多年，我是日思夜想，希望這輩子還能有機會再見見她。」

葉大衛重重地點頭道：「向卉最近遇到的事，確實有點棘手，但是您別擔心，很多問題都已經解決，只剩下最後收尾。有些問題，我想得到您的答覆！」

183

第十章　AI機器人

「能跟我說說是什麼事嗎?」向宏濤急促地問,葉大衛回覆道:「對不起,暫時還不能告訴您發生了什麼事,我只能保證向卉安然無恙。」

「你能這樣說,我很開心。好吧,有什麼問題,你就問吧。」

葉大衛於是說道:「我想跟您打聽一個人,他的名字叫徐天堂,不知道您是否認識或者聽說過?」

電腦那頭陷入短暫的靜默。

「我不認識這個人,也沒聽說過這個名字。」向宏濤的答案,令葉大衛有點失望,但他隨即又問道,「我女兒遇到的麻煩,是不是跟這個叫徐天堂的人有關係?這個人是幹什麼的,他到底對我女兒做了什麼?」

一連串的發問,體現了作為一個父親對女兒的擔心。

葉大衛體會到了向宏濤焦灼的心情,但他也明白如果說出實情,對方一定會更加著急,所以盡量緩和口氣,平靜地說:「其實事情沒您想得那麼嚴重,您不認識這個人也沒關係,我只是隨口一問。她是警校的學生,將來會成為一名真正的警察,而且她的個人能力非常高,沒人可以輕易危及她的人身安全,這一點,您儘管放心。」

「我怎麼放心得下啊!」向宏濤嘆息道,「大衛,我請求你一件事,雖然我不清楚你跟我女兒的關係,但我能感覺到你不是個好人,你要跟我保證,絕對不能讓我女兒有事。」

「我答應您,一定會保護她的安全。」

「你要發誓!」

「我發誓，我會拿我的命去保護向卉。」葉大衛信誓旦旦地說，「就算……就算付出我的性命！」

向宏濤彷彿輕鬆了不少，長嘆道：「我相信你，你一定會保護好我女兒的。」

* * *

變天了！

雲海市的天變成了深灰色。

這是葉大衛早上起床，站在窗前，看到的天空的顏色。

第二天，街頭巷尾談論的話題，自然是昨晚天堂科技公司大樓的爆炸事件，可是除此之外，一條網路影片引發了更為強烈的「地震」，短時間內便轉發了十萬次以上。

只不過，資訊閉塞的葉大衛，暫且還不知情，等他明白過來怎麼回事時，已經身在警察局。他不是自己主動投案，而是被幾名警察破門而入，戴上手銬帶到警察局的。

此時，他面對坐在桌子另一側的曹志宇，百思不得其解。

「這是什麼地方，不用我多說了吧？」這是曹志宇極富官方色彩的開場白，葉大衛此時已經被解開手銬，攤開雙手，問：「這就是你對待朋友的方式？」

「你還是先看看這個吧。」曹志宇把筆記型電腦推到他面前，影片是入堂科技公司爆炸的場面，緊接著便出現葉大衛的特寫，但他覺得奇怪的是，居然沒有向卉的畫面。

第十章　AI機器人

葉大衛的臉色瞬間就變了，但也很快就明白發生了什麼事，無奈地說：「果然是道高一尺，魔高一丈！」

曹志宇收回電腦：「你還挺上鏡的。」

葉大衛苦笑道：「看來徐天堂把所有的事都算計好了。」

「所以我不得不把你給弄進來，不過這不是我個人的意思，你應該能理解！」曹志宇話裡有話，葉大衛點了點頭，說：「這是輿論的力量，迫使你們不得不做的事，我懂！」

「對不起，為了救你，我失了言！」曹志宇的話令葉大衛陷入迷糊中，「我已經把你的事情跟隊長說了，隊長原本是不信的，沒辦法，我只能找來了楊泰寧教授。」

葉大衛正感覺自己腦子短路，門突然開了，進來的是胡平生。

胡平生迎著葉大衛的目光，直接走到他面前坐下，臉色謙和地說：「你的事情我都知道了，他們兩人說服了我。但是很抱歉，以這種方式把你請來，實在是迫不得已。其實，雖然有志宇的證詞，還有楊教授的解釋，我到現在仍然無法完全接受。不過，你也得理解像我這種普通人，放在誰身上，誰都會以為你在說大話，或者是在說謊騙人。志宇要不是親眼所見，我想也不會輕易相信你吧。」

葉大衛見胡平生確實已經知道了所有的事，不禁嘆息道：「既然你們都已經知道了，那也省得我費口舌再解釋。」

「但是陳莉的遇害，還有昨晚的爆炸事件，都沒有確鑿的證據能證明你是清白的。」胡平生又說，「現在所有的證據，反而都指向你。」

186

「這是誣陷，赤裸裸的誣陷，你們必須相信我，我跟你們一樣，也是警察！」葉大衛沒忍住站了起來，雖然反駁的語氣很激烈，但聲音並不高。

曹志宇插話道：「你別激動，這些隊長都知道，雖然不能立即證明你是清白的，但也不能證明那些事都是你做的。」

「是的，所以我們要演一場戲，好好給徐天堂看看。」胡平生平視著他的目光，「這個人非常狡猾，而且身分不簡單，我想志宇都已經跟你說了吧。」

「我知道，他可能是『暗網』殺手組織的負責人。」葉大衛順了順氣。

「所以這個人相當危險。我知道向卉也參與了昨晚的事情，她現在人在什麼地方？」胡平生又問，葉大衛說：「她也是無辜的。」

「我知道，她是警校的學生，將來還有可能會成為我們的同事，所以我得幫她。」

「你打算怎麼幫她？」

「只要你告訴我她的位置。」胡平生說，「我們要大張旗鼓地把她抓回來，而且還要讓媒體曝光。」

「這樣的話，徐天堂就會以為自己的計畫得逞，從而放鬆警惕，我們就有了可乘之機。」曹志宇接過話道，葉大衛思索了片刻，說：「但我有個條件！」

「什麼條件，說吧！」

「絕不能讓她知道我的真實身分！」葉大衛重新坐了回去。

第十章 AI 機器人

＊ ＊ ＊

向卉開啟門，見到門外的葉大衛時，似乎一點也不驚訝，但是當看到站在他身後的警察時，隨即露出了驚訝的表情，狐疑地盯著葉大衛，一言不發。

「我全都向警察坦白了，我們是被誣陷的，所以我跟妳現在都要回去接受調查！」葉大衛平靜地說完這話，讓到一邊，然後警察來到了她面前。

向卉沒有任何反抗便跟警察走了。網路上很快就出現了她被抓的照片。

而此時此刻，徐天堂也正在瀏覽她被抓的消息，臉上洋溢著高深莫測的笑容。

葉大衛和向卉來到警察局，胡平生給了兩人單獨相處的機會。

「對不起，我這樣做，也只是為了保護妳。」葉大衛指的是自己親自帶警察去抓向卉這件事，向卉沉悶了片刻才說：「我們本來就是被誣陷的，回來說清楚也好。」

「妳能這麼想就最好了。」葉大衛輕鬆地笑了起來，「而且妳是警校的學生，應該非常清楚警察的辦案方式，逃避原本就不是最好的辦法。」

「他們相信你嗎？」

「雖然不完全相信，但也沒有不信的證據。」葉大衛說，「所以根據疑罪從無的原則，他們是沒辦法定罪我們的。」

「那我們是不是馬上就可以離開？」

188

「即便是這樣，那也得按流程辦事，我已經接受詢問，接下來是妳。沒關係，妳就實話實說，警察是絕對不會冤枉妳的。」

接下來，他把昨晚偷偷潛入天堂科技公司被拍攝下來的事情告訴給了向卉，向卉恍然大悟，嘆息道：「徐天堂也真夠狡猾的，居然來這一手，看來是打算將你我陷害到底啊！」

「這次沒有妳。」

「什麼？」向卉很驚訝，葉大衛說：「這次的影片中沒有錄下妳，只有我進入大樓的畫面。」

「為什麼會這樣？」

「我也不清楚為什麼會這樣。」葉大衛說，「但我猜到了其中一種可能性。徐天堂私自研發殺人AI機器人，還炸掉了研究室，可能就是為了掩蓋自己的罪行。所以他沒有將妳跟那個AI機器人錄下來，很可能也是因為這個。」

「他害怕外人看到兩個我，這樣就會暴露自己的罪行……」向卉像是在自言自語，「我明白了，真是一隻狡猾的狐狸。」

「他有露出破綻嗎？」

「是啊，這個人實在太難對付，但再狡猾的狐狸，也會有百密一疏的時候。」

葉大衛笑道：「當然。妳想想看，現在他肯定已經知道妳我兩人被抓的事情，本以為自己誣陷我們的計畫得逞，但做夢也不會想到警察已經信任我們，而且還會很快放我們走，這樣一來，我們就可以暗中

第十章　AI 機器人

「你打算繼續調查？」

「是的，在我們沒有完全清白之前，我一定要找到證據。」葉大衛緊咬著牙關，「而且妳也是警校的學生，將來也會成為一名真正的警察，所以藉此機會，妳以實習警員的身分加入後續的行動中。胡隊也答應了我充當警察線人的建議，決定讓我們兩人繼續配合警方的行動，徹底剷除徐天堂。」

向卉開心地說：「我同意，並且堅決執行命令！」

「我知道妳一定會同意，但有一點妳要記住，這也是胡隊的意思。」葉大衛說，「妳的所有行動，必須聽從他的指揮。」

此時，站在玻璃牆壁外面的胡平生和曹志宇，在聽見兩人的對話後，也彼此對視了一眼。葉大衛知道玻璃外面的人正看著他們。

繼續調查他⋯⋯

190

第十一章 致命刺殺

徐天堂隔著螢幕，興致勃勃地欣賞著籠中的獵物。透明的牢籠裡，蜷曲著身子的獵物，一動不動，像是睡著了。

他看了一眼桌上很久都沒響起過的電話，臉上閃過一絲焦灼，一轉臉就冷靜下來了，像一隻正在潛伏的野獸。

在另一塊螢幕上，是一個正在閃爍的紅點。那是他放出去的誘餌，一切盡在他的監控之下。誘餌雖然已經失聯了好幾天，但他相信自己苦心經營的一切，一定會向著最好的方向發展。

徐天堂閉上眼睛，電話螢幕突然就亮了，他看了一眼號碼，露出了詭異的笑容。

「計劃順利進行，我已經成功接近目標。」電話那頭傳來一個低沉的聲音。

「很好，有什麼情況及時向我彙報！」

「老闆，家裡還好吧？」

「非常好，但這不是妳應該關心的事，等妳做好自己的事，我親自迎接妳回來。」徐天堂結束通話，目光再次投向牢籠，拿起面前的紅酒杯，愜意地搖晃著。

191

第十一章 致命刺殺

葉大衛和向卉到達目的地時，曹志宇看樣子已經等候多時，因為飯菜已經上桌，就等客人入座。

「曹警官，你太有心了，怎麼知道我很久沒吃過這麼刺激的火鍋啦？」葉大衛看到滿滿一鍋紅湯，剛坐下就開起了玩笑，「向卉，今天曹警官請客，我們可要敞開肚皮大吃一頓。」

向卉看著那一鍋紅湯，臉色都有些變了。

曹志宇似乎看出了她的心思，笑問：「怎麼，被嚇到了？怕的話就投降吧。」

她忙不迭地搖頭說：「怕什麼……」

「不怕就好，葉兄說妳最喜歡火鍋了，所以我今天特意安排了這麼一桌。來，拿起筷子，開動吧。」

曹志宇說完這話就動起了筷子，誰知向卉把目光轉向葉大衛，葉大衛似乎意識到了什麼，自言自語道：「我說過這話嗎？怎麼不記得了？」

「我好像沒跟你一起吃過火鍋吧？」向卉問道，曹志宇愣了愣，道：「那可能是我記錯了。不過有什麼關係呢，難得我們三個有這麼個共同愛好，別浪費時間，趕緊動起來！」

葉大衛確實愛吃火鍋，而且也確實很久沒吃火鍋，上次跟向卉有機會一起吃火鍋，已經是很久以前的事情了，所以他緊跟著曹志宇拿起了筷子，剛嘗了一口，便噴噴讚嘆道：「正宗，是我喜歡的味道。」

但是很快，他發現向卉被辣得流出了淚水，喝了一大口水也無濟於事。曹志宇訝異地問：「葉兄，你不是說向卉也挺能吃超級火辣的火鍋嗎？」

「這個⋯⋯可能是我記錯啦！」葉大衛停下手裡的動作，「向卉，妳不能吃就別吃啦，這東西吃多了會上火的。曹警官，替她點一些口味清淡的吧。」

「誰說的！」向卉沒好氣地反駁道，「我先喝口水，你們吃，別管我啦！」

「喝什麼水呀，來，啤酒走起！」曹志宇吃喝著，滿面紅光。

葉大衛開始埋頭享受起火鍋的美味，壓在心裡的那塊石頭卻越來越重。他偷偷瞟了向卉一眼，只見向卉慢騰騰地夾起一片菜葉，猶豫了一下，才小心翼翼地放進嘴裡，還沒開始咀嚼，又端起水杯連喝了好幾口。

曹志宇在一邊大笑起來：「算啦，不能吃就別勉強，我還是再給妳點一些口味清淡的吧。」

吃完火鍋，三人分道揚鑣。葉大衛原本是打算回去的，可臨時改變了主意，一直跟在向卉身後，直到目睹她上樓回家。

他心事重重地回到了租住屋，心裡卻依舊飄浮著重重疑團。

一個人的口味可能會隨著時間的推移而發生變化，小時候不怕辣，長大後變得怕辣，之後也可能再次愛上辣。或者反過來，都有可能。葉大衛不敢唐突地確定一些事情，但又必須大膽地推測一些事情。

其實他以前是不怎麼能吃辣味的，還是被向卉帶著吃了幾次，後來就慢慢愛上了火鍋的味道，雖然有時候會感覺辣得受不了，可向卉告訴他，如果火鍋不辣，那還能叫火鍋嗎？

他躺在床上，又習以為常地拿出那部舊電腦，盯著黑色的螢幕，突然盼望向宏濤能聯繫他。

第十一章　致命刺殺

也許是吃火鍋時喝了不少啤酒，有些微醉，不知什麼時候就沉沉進入了夢鄉，可隱約間似乎看到有人拿刀朝著自己胸口紮了下去。

他抓住了刺殺自己的人，同時也看清了向卉的臉，簡直不敢相信自己的眼睛，驚愕地質問道：「妳……為什麼……」

可向卉只是獰笑著，奮力將匕首拔出，然後又狠狠地刺了進去。

鮮血橫飛，濺了一地！

葉大衛發出一聲慘叫，緊接著便被一陣急促的振動驚醒。

筆記型電腦的螢幕又亮了，螢幕上閃爍著心電圖一樣的電流。

他喘息著，發現自己只是做了個噩夢，這才長長地舒了口氣。

「是你嗎，大衛？」向宏濤的聲音很是低沉，葉大衛應聲後說：「是我，您的聲音聽起來……是不是遇到什麼事了？」

「沒事、沒事，就是很想女兒，想見見她！」向宏濤急不可耐地說，葉大衛感覺自己快要搪塞不過去了，頓了頓才安慰道：「您放心吧，向卉好著呢，但遺憾的是，您暫時還是不能見她。」

「大衛，我知道你是我女兒的朋友，我也知道你沒跟我說實話，但我理解你。」向宏濤沉重地說，「我還知道向卉一定是遇到了天大的麻煩，而且暫時無法解決……我不為難你，但還是希望你可以保護向卉，我不想她出事。」

葉大衛心裡難受，嚥了口唾沫。

「你之前跟我提起過一個叫徐天堂的人，雖然我沒見過他，也不知道他到底是幹什麼的，與我女兒的事情到底有什麼關係，但我突然想起一件事……」向宏濤低沉的聲音在繼續，「還記得我之前跟你說過的事情嗎？當年我和向卉她媽媽遭遇車禍，其實並非偶然，而是有人故意造成的！」

葉大衛聞言大驚，自然要問是怎麼回事。

「這件事，我一直沒跟外人說過。」向宏濤嘆息道，「在車禍發生之前，我是一個生意人，正在競標一個很有前途的案子。突然有一天，我老婆接到一個陌生電話，也許是我生意上的競爭對手打來的吧，威脅她要我退出競標，否則就殺我全家，我老婆當時非常害怕，也報了警，但是警方在調查之後毫無線索，我們也沒再接到陌生電話。我以為這件事就是一個惡作劇，沒放在心上，可是我老婆很害怕，於是我決定陪她出去玩兩天，散散心，還把女兒交給了保母。在路上我又接到了陌生電話，那人自稱是X，再後來，我就出了車禍……幸好我女兒沒跟著，要不然……」

葉大衛有種快要窒息的感覺。

「X，那個代號叫X的傢伙，讓我想起了你說的徐天堂，所以我才懷疑X是否與徐天堂有關，或者是不是就是他？」向宏濤的聲音像風一樣在耳邊飄過。

「我也希望只是巧合，但我還是擔心……」向宏濤欲言又止，遲疑了一下，「如果真是他，那就太可怕了！」

「您見過他本人嗎？」

第十一章 致命刺殺

「沒有，只聽見過他的聲音，只不過這麼多年過去，記憶也沒那麼深刻了。」向宏濤沉重地說，「大衛，我跟你說這些，有沒有嚇到你？」

葉大衛平靜地說：「雖然您經歷的事情確實會讓人害怕，但您放心，如果徐天堂和X真的是同一個人，我一定會找到他，將他交給警方，繩之以法。」

向宏濤又停頓了片刻才說：「事情都過了這麼久，雖然他害死了我老婆，但我已經沒再想要報仇的事，我現在唯一擔心的就是向卉！」

「我明白，我理解！」葉大衛忙不迭地說，「向卉的安全我會負責到底⋯⋯」

他突然想問向卉小時候能否吃辣的事情，卻又想起向宏濤跟她分開時，她僅僅才三歲，便又打住了。

「謝謝，非常感謝！」向宏濤在電腦那邊說道。

葉大衛還想說什麼的時候，電腦裡又傳來「沙沙」的雜音，他知道這次的通話又要被中斷了。很快，電腦的螢幕變黑。他有些乏力，平躺在床上，四肢攤開，仰望著昏暗的天花板，在腦子裡唸叨著「徐天堂」這三個字。

「如果徐天堂和X真的是同一個人，那麼整件事就變得越來越複雜了。」他暗自思忖道，可要如何才能知道這兩人究竟是不是同一個人呢？

＊ ＊ ＊

葉大衛這一覺睡到了大天亮，在還未完全清醒的時候，突然又傳來一陣敲門聲，還以為又是曹志

196

宇，開門一看，卻見青春亮麗的向卉站在門口，還衝他露出迷人的笑容。

「早啊！」赤裸著上身的葉大衛趕緊轉身回屋，穿上外套，「不好意思，昨晚可能喝多了！」

向卉不管不顧地闖進屋裡，四下打量了一眼，然後走到窗前，抓起望遠鏡，看著對面的房屋，表情凝重地問：「你當晚就是站在這裡，看到了那裡發生的一切？」

葉大衛點點頭道：「是。」

「那天晚上，如果在家的人是我⋯⋯」

「什麼？」葉大衛似乎沒明白她的意思。

「你住在我家對面，難道只是巧合？」

葉大衛反應過來後，笑著說：「如果我說真的只是巧合，妳會信嗎？」

「我找不到信或者不信你的理由。」她回道，「但我還是覺得，事情不會這麼巧合。你到底是幹什麼的？」

「無業遊民！」葉大衛胡謅道，「一個無意中闖入妳生活的人，還被牽連進了一起離奇的謀殺案，妳說我冤枉嗎？」

向卉轉身看著他的眼睛說：「我們都是受害者。」

「那天晚上，妳到底去了什麼地方，死者為什麼會獨自去妳家裡？」葉大衛追問道，向卉卻反問：「聽你的口氣，是在審問我？或者說還在懷疑我？」

197

第十一章　致命刺殺

「不不不，妳別誤會，我就是想了解事實。」

「既然這樣，不妨告訴你吧。那天晚上，我跟莉莉約好來我家，但我臨時有事回不去了⋯⋯她經常來我家玩，很多時候天太晚，就乾脆留了下來。沒想到那天晚上會出事⋯⋯」向卉的情緒聽上去相當低沉，興許是想起陳莉，而太過傷心的緣故。緊接著，向卉請求葉大衛陪自己回屋裡去看看，葉大衛沒有拒絕，但是說道：「如果是我，是不願再回到那個傷心之地的。」

「我還是想回去看看，那裡畢竟有我跟莉莉的回憶。」向卉黯然傷神，「如果你不願去，那就算啦！」

葉大衛最後依然還是陪她回到了對面的房屋，門上貼著出租的告示，但很顯然，因為那場凶殺案，房子一直沒租出去。

「莉莉出事後，我回來過一次⋯⋯」向卉站在客廳中央，突然眼圈就紅了，「莉莉，對不起，都怪我！」

「別自責了，發生這樣的事，誰都不想的。」

「我一定會抓到真凶，替妳報仇！」她發誓的時候，抹去了眼角的淚水，「當我知道莉莉遇害的時候，你知道我是什麼樣的心情嗎？如果可以，我真想替她去死，只要能換回她的命。」

「妳放在這裡的東西拿走了嗎？」

「都被房主扔了出去，也沒什麼有用的⋯⋯」

葉大衛還想說什麼的時候，向卉的手機突然響了，她接完電話，告知他是曹志宇打來的，讓他們馬上出去見面。

198

三人見面的地方，是一家休閒咖啡館。葉大衛遠遠地看到曹志宇時，曹志宇正向他們揮手。

兩人剛坐下，曹志宇便不懷好意地問道：「我打電話的時候，你們正好在一起？」

「是啊，她正好過來找我！」葉大衛看穿了他的心思，所以急於解釋。

「昨天晚上，沒喝多吧？」曹志宇依然是一臉壞笑，葉大衛說：「你想說什麼就說吧，少拐彎抹角的。」

向卉在一邊喝著咖啡，沒搭理兩人。

「我是擔心你喝太多，會做出什麼出格的事。酒量不行，以後就別逞能，少喝點。」

葉大衛訕笑道：「急急忙忙把我們叫來，就是為了聽你教訓我？」

「哦，當然不是。是這樣的，今天叫你們兩人過來，是有件非常重要的事要跟你們商量，如果你們不願意參與，就當我們今天沒見過面。」

曹志宇恢復了嚴肅的表情，「這件事非常重要，上面讓我跟你們商量，如果你們不願意參加也就算了，不過絕不能透露給另外的人知道。」曹志宇叮囑道，葉大衛：「是關於徐天堂的事？」

「是的，這件事確實跟他有關係，但你只猜對了其中很小的一部分。」曹志宇說，「透過這件事，我們很有可能抓住他，徹底摧毀『暗網』集團。」

「太好了，快說說看是什麼事？」葉大衛迫不及待了，向卉卻問道：「『暗網』是什麼？」

第十一章　致命刺殺

葉大衛和曹志宇這才意識到向卉似乎沒聽說過「暗網」組織，於是簡明扼要地說明了「暗網」與徐天堂的關係，向卉的表現非常驚訝：「太怵目驚心了。」

「是啊，徐天堂將自己扮作普通商人，暗地裡卻是殺手集團在雲海市的負責人，手上不知道沾了多少無辜者的鮮血。」曹志宇順著她的話說道，「為了金錢，竟可以隨意取人性命，所以這次的行動，對我們來說是個絕佳的機會，如果失敗，以後要想再抓徐天堂，恐怕就更難了。」

緊接著，曹志宇把他們要參與的行動大致介紹了一下，然後語重心長地說：「引用上面的話，高橋來雲海市投資，相當於要打造一個全新的雲海，一個和現在雲海差不多規模的新型城市，對雲海未來的發展來說絕對是好事，雲海的未來能否走向更高點，這次的招商引資可謂是關鍵。」

葉大衛摸了摸鼻梁，道：「說了那麼多，有人要在雲海刺殺高橋，而我們的任務就是保護高橋的安全，同時毀滅徐天堂，對吧？」

「是的，據國際警方情報顯示，這次要刺殺高橋的人，是他在國際上非常重要的競爭對手，而且那人花重金聘請了徐天堂的『暗網』組織，徐天堂必定會全力以赴！」曹志宇說，「尤其是他的天堂科技大樓被毀之後，他可能更需要這次的機會，來證明他這個組織的實力。」

「問題是徐天堂消失了，他在暗處，高橋在明處⋯⋯」

「這就是為什麼要請你們倆參加的原因，因為你們見過他本人，都跟他交過手。」

「我同意，這的確是我們的優勢，雖然你不是警察，而我也只是實習警員的身分，但有了我們的配合，成功的機會要大很多。」向卉插話道，「為了替莉莉報仇，我一定要親手逮住他。」

200

「很好,接下來,我跟你們詳細說說警方的部署以及行動方案吧。」曹志宇見葉大衛沒反對,於是舉起咖啡杯,「我以咖啡代酒,敬你們二位,等任務完成後,我再請你們喝酒。」

葉大衛抽空去了一趟楊泰寧的實驗室,楊泰寧見到他時,自然十分開心,還說早就想約他見面了。

「上次因為你的事情去了一趟警察局,他們只說是了解一些關於你的情況,我也沒多問。」楊泰寧熱情至極,「沒想到你這麼快就又回來了。快請坐!」

葉大衛坐下後,看著他辦公桌上一堆文件,不好意思地說:「知道您很忙,不太敢打擾您,但還是想過來見您一面。」

「沒事,工作的事,沒完沒了。」楊泰寧說,「這次來找我有什麼事,說吧。」

「其實也沒什麼事兒,就是回來了,過來看看您!」葉大衛沒有直接表露自己此行的目的,楊泰寧也只是微微一笑,指著桌上熱氣騰騰的茶水說:「喝茶,我們邊喝邊聊!」

「對了,我把上次通過火山口回去時的感受,簡單記錄了下來,現在交給您,看看對您的研究有沒有幫助!」葉大衛把隨身帶來的資料遞給了楊泰寧,楊泰寧開心不已,連連說道:「太寶貴了,太好了,我的研究,缺的就是這種實踐方面的資料!」

葉大衛微微笑了笑,抹了抹嘴角,又說:「其實,對於您的研究,我有些問題想請教您。」

「不應該是請教,而是應該探討!」

「我在某些影視劇中了解到,兩個不同時空的人,可以利用某些方式通話,您覺得這有科學依據

第十一章　致命刺殺

「你問的這個問題，我當然也思索過。科幻電影，是編劇和導演構思出來的故事，雖然是故事，也不敢保證將來不會真實地發生。」他感慨道，「位於兩個不同空間的人，有可能處於同一維度，他們的生活雖然不會完全一樣，但彼此也有可能受到對方的干擾，這就是磁場理論，比如我們現在在打電話的時候，偶爾會遇到串線的情況，為什麼會串線？因為訊號在傳輸過程中轉彎了，所以才會聽到不相干的人的聲音，你以為那是雜音，其實並不是。」

「那麼網路呢？」葉大衛追問道，「網路也可能會發生串網的情況嗎？」

「當然，從理論上來說，一切都有可能。」楊泰寧侃侃而談，「兩個時空之間產生連繫，有可能會透過電話，也有可能是直接的溝通，只不過只能聽其聲，不能見其人。所以，你說的網路，也完全有可能，如果兩個時空的網路使用了相同的IP地址和頻率導致串線，就像電話有時候也串線一樣，那麼這兩個空間的人就能隔空對話。」

「很有意思的解釋！」葉大衛笑道，「如果這些想法將來都能成為事實，那將是一件多麼奇妙的事情。」

「宇宙的奧祕是無窮無盡的，需要我們逐個去探索，誰知道還有多少事情在等著我們呢！」楊泰寧又感慨起來，「可惜我們的生命實在是太短暫了，要解開那些祕密，就需要一代又一代的人去探索、去了解。」

葉大衛贊同地說：「是啊，您的研究太了不起了，早晚有一天、全世界都會了解您現在所做的事，以

「我們的研究是祕密進行的,絕不能像其他專案一樣公之於眾、發表論文,而且還有太多太多的東西需要去探索、研究,可能需要幾代人甚至好幾代人的共同努力,所以要等到公開的那一天……」楊泰寧搖了搖頭,話雖然只說了一半,但葉大衛已然明白了。

「您為榮的。」

＊＊＊

對徐天堂來說,躲在暗夜裡的日子,並不覺得自己是在逃亡,而是在等待時機,然後再絕地反擊。

更為重要的是,他認為自己手裡握有一張王牌,關鍵時刻可以令自己起死回生。

「送給妳一句話,當妳身處險境之時,只要想想自己還活著,所有的困難都將迎刃而解。」他把這句話送給了抓來的獵物,同時也送給了自己。

陰暗的光線令整個空間顯得特別壓抑,而他似乎很喜歡這樣的環境,開啟悠揚的音樂,衝獵物伸出手,邀請其與之共舞。

「這是我最誠摯的邀請,而妳拒絕了,那麼我只能獨舞一曲,為這個世界獻上最優美的舞姿。」徐天堂伴隨著旋律,一個人跳起了雙人舞。在他面前的獵物,緊閉著雙眼,仍然陷入昏迷之中。

尖銳的電話鈴聲打擾了他的雅興,他旋轉著舞步,抓起電話,電話那邊傳來了那個低沉的聲音…「一切順利!」

「很好,沒有枉費我一番苦心,我會在這裡恭候妳的好消息!」他放下手機,舞步更快,還隨音樂哼

203

第十一章　致命刺殺

2019年的這個夜晚，天空濛上一層厚厚的陰雲，不多時，一陣狂風吹過，大雨傾盆而下。在雨水的沖刷下，世界變得潔淨清新。

＊＊＊

和外界相比，透射出昏黃燈光的房屋，在音樂的襯托下，給人一種模糊不明的感覺。

向卉的身影，被燈光映照在窗戶上。她忙進忙出，準備了好幾個菜，還有個不大的蛋糕。今天是某個人的生日。點上蠟燭，熄了燈，只剩下燭光，落在她孤獨的雙眼上。

「師父，今天是你的生日，但你每次都不記得。不知道今晚有人陪你過嗎？」她閉上眼睛，雙手合十，想像著對面坐的是葉大衛，「你不在，我只能替你許願了，希望你快點回來，以後的每一個生日，我都能陪你一起過。」

她把音樂切換到生日歌，然後一起唱了起來。可唱著唱著，她的眼圈就紅了。她切開蛋糕，慢慢放進嘴裡。蛋糕很甜、很好吃，可她卻難以下嚥。突然之間抽泣起來。

「師父，我想你了，你能感受到嗎？」淚水順著向卉的臉頰滑落，落到蛋糕上，也落到了她心裡。她想起了過去陪他一起過的許多個生日，心情更是如窗外的雨水，變得溼漉漉的。

雨越下越大，一時半會兒好像沒有要停歇下來的跡象。

在離房屋大約一百公尺的位置，赫然出現一個身著雨衣的人影。他佇立在雨中，任憑雨水劈頭蓋臉

204

地打下來，卻好像渾然不知，一動也不動地立在那裡，布滿雨水的臉孔，蒼白得如同一張白紙。冰冷的雙眼死死地盯著亮燈的窗戶，許久都不曾挪動腳步。

面對自己親手做的那幾個菜，雖然並不精緻，但看上去色澤鮮亮，很容易讓人食慾大開。可是向卉並無胃口，她簡單吃了兩口蛋糕，然後就將沒吃的菜端走，一股腦兒全塞進了冰箱。

她坐在沙發上，面對著沒了鏡子的空蕩蕩的牆壁，眼前全都是葉大衛的影子。那時候，他雖然也不在身邊，但還能透過鏡子聯繫上。可是現在，杳無音信，時間如流水，嘩嘩啦啦地流向遠方。一晃又過了這麼多天，生死難料。

「日子過得可真快啊！」她收回思緒，突然身後傳來一陣輕微的響動。回過頭去，似乎意識到有什麼東西砸中了玻璃。她走到窗前，隔著被雨水擊中的玻璃向外張望。陡然間好像看到個人影，她被驚得倒退了半步，但又不敢確定，於是將眼睛貼近玻璃，再仔細望去，卻又什麼都沒看到。

今夜的雨，瘋了似的起舞。

向卉檢查了一下門窗，又玩了會兒手機，不知不覺就在沙發上睡著了。她很少去床上睡，因為每次都會想起葉大衛，以及他第一次從另外空間回來時的情景。那時候的她也正在沙發上睡覺。所以她希望奇蹟會再次發生，常常給自己一個期待，醒來時葉大衛就會出現在面前。

可是，這樣的日子等待了太久，他依然沒有現身。

此時，隱藏在雨夜裡的那個人影，像狼似的將自己包裹在黑暗之中，虎視眈眈地望著燈光透射出來的方向，久久沒有離去。

205

第十一章　致命刺殺

＊　＊　＊

又一個黑夜過去，太陽照常升起。

曹志宇一大早便開車過來接葉大衛，還讓他穿得正式一點，然後驅車前往機場。

前去負責保安工作的人員早早地等待在了貴賓室，可直到九點一刻，依然沒見高橋現身。

「怎麼回事？」葉大衛疑惑地問曹志宇，曹志宇詢問其他工作人員，卻也無人知情。他正要打電話給胡平生，胡平生的電話先打了進來。「人已經到了酒店！」

「怎麼回事？」葉大衛丈二金剛摸不著頭緒，曹志宇嘆息道：「先上車再說吧。」

原來，高橋已於兩個小時前到達機場，然後在另一組人員的保護下，先行抵達了酒店。

「看來這個高橋很謹慎啊！」曹志宇開玩笑道，「暗度陳倉。我們這一隊的存在，只不過是為了掩人耳目。胡隊居然連我都瞞著。」

葉大衛卻陷入沉思中，他感覺不怎麼對勁。此時，三輛車一前一後行駛在前往酒店的路上，他們的車在最前面。

「怎麼啦，被耍了，不舒服？」曹志宇問，葉大衛皺著眉頭說：「既然高橋已經提前安全到達酒店，我們這一組還有必要來演戲嗎？」

「什麼意思？」

葉大衛兩眼謹慎地在窗外掃來掃去,望著車水馬龍的大街,一臉心事重重的樣子。

「別多想了,高橋沒事,我們也省心……」曹志宇話沒說完,突然從側面道路上衝出來一輛重型卡車,直直地橫在了他們面前。

曹志宇一個緊急煞車,葉大衛差點被甩出去。後面的車也被迫停了下來。

「我靠!」曹志宇剛罵完,卡車上下來了好幾個戴著面罩的人,更恐怖的是,那些人全都手握重型武器,一字排開,然後同時開火。

葉大衛和曹志宇習慣性地拔槍,才想起自己根本沒槍。子彈將汽車玻璃一股腦兒地粉碎,嘩啦啦地散落一地。

子彈排山倒海似的呼嘯而來,路上的行人紛紛尖叫四散逃跑。

葉大衛和曹志宇俯身在車裡,躲過了子彈,然後迅速下車,躲在了車後。

「王八蛋,還玩真的!」曹志宇拔出槍,啪啪開了兩槍後,轉身對葉大衛喊道:「找機會先走,這裡我來頂著!」

「你頂得住嗎?」葉大衛剛問完這話,一粒子彈從他腦門邊擦了過去。

「頂不住也得頂,你先撤!」曹志宇轉身看到其他兄弟也開始反擊,不由得咧嘴一笑,揮著槍口,大聲嚷道:「兄弟們,當了半輩子警察也沒機會風光過,今天我們就真槍實彈地幹一回!」

激烈的槍聲蓋過了一切,空氣中飄蕩著濃濃的火藥味,將這區域全都染成了黑色。曹志宇隨意開了一槍,沒想到擊中了一個目標的眉心,目標應聲倒地。他讚嘆道:「完美!」

第十一章 致命刺殺

可對方全都是重型武器，火力實在太猛，警察很快就扛不住了。葉大衛看在眼裡，趁機爬到一名倒地的警員身旁，撿起槍，加入到了反擊的隊伍中。可是很快，他看到對方的人突然全都撤離，臨走前還拖走了屍體。

"怎麼回事？"曹志宇朝著離開的卡車連開數槍，卡車早已消失在街道盡頭。剛剛交火的現場，一片狼藉。葉大衛看著被射成馬蜂窩的汽車，還有彈殼，也不明白那些傢伙為何會突然全部撤離。

"幸虧高橋不在車上……"曹志宇邊檢查彈藥邊說。

葉大衛因為這句話而想到了什麼，說："剛才那些人本來是衝著高橋來的，但突然撤離，我想他們已經知道高橋不在車上！"

"糟糕，快走！"曹志宇邊跑邊打電話給胡平生彙報了現場情況，然後攔下一輛計程車往酒店趕去。

"高橋已經在酒店了？"葉大衛問。

曹志宇說："上面這樣安排，就是為了驗證到底會不會有襲擊者，沒想到真靈驗了。"

葉大衛沒出聲。

"可那些傢伙是怎麼知道高橋不在車上的？"

"世上沒有不透風的牆，應該是收到了小道消息。"葉大衛說，"看樣子，高橋的保衛工作必須更新。"

徐天堂得知高橋不在車上，及時通知行動隊撤退後，陰沉著臉，冷笑道："挺厲害啊，居然來這一招，我倒想看看你是不是每次都能這麼幸運。"

208

葉大衛和曹志宇急匆匆趕到酒店，卻只看到兩名身著制服的警察。葉大衛曾經參加過接待重要人物的活動，像這種級別的人，而且事前已經收到有人要暗殺他的消息，沒有足夠的保衛是絕不可能的。

很快，他發現了端倪，在酒店周圍，其實遍布了很多身著便衣的警察。他們一個個眼神犀利，像刀鋒一般在周圍搜尋。

「安保措施不錯！」葉大衛進入電梯後沉聲說道，曹志宇笑了笑，問：「這你都看出來了？那你跟我說說，到底怎樣個不錯法？」

「你忘了我跟你一樣，也是幹這個的？」葉大衛說，「進門的時候，酒店左右兩邊分別有兩名便衣，在酒店前面的噴泉處，還有三名便衣。這幾個人的位置，想必之前安排的都是酒店的保安。大廳裡，左側的沙發上，有一人正在看報紙，還有另外一男一女，也是便衣裝扮的。大堂右側的工作人員，有一個是酒店的，站在他身邊的小姑娘，也是便衣。吧檯後面有兩男兩女，其中有一男一女是便衣⋯⋯」

「厲害啊！」曹志宇佩服不已，葉大衛笑道：「作為一名警察，這都是小兒科。」

「如果你是殺手，那完蛋了！」曹志宇的話再次惹笑了葉大衛，「我要不是了解情況，很難一眼就把他們一一找出來。」

葉大衛說，「那可就真叫無處藏身。」

「在我們那個年代，除了雙眼，還有很多高科技的東西，無論你躲在什麼地方，都能很輕易被找到。」

「等有空了，你好好跟我說說吧。」曹志宇說，「十年後，等我也到了你那個年代，我倒想看看你到底有沒有騙我。」

209

第十一章　致命刺殺

胡平生和向卉。

葉大衛看著電梯在十五樓停下，跟隨著他走出電梯，然後便在走廊上看到了好幾個便衣，其中還有胡平生上去跟他們打完招呼，然後說：「高橋先生在裡面休息，我們先在外面等著。你們都沒事吧？」

「沒事，有兩名警員受傷，已經送醫院了。」

「不過，我說胡隊，你這一招聲東擊西，引蛇出洞的辦法還真有效啊。」

「這是高橋自己的意思，上面也不讓說。」胡平生道，「本來也就是賭一把，沒想到賭運不錯。」

「那些人都是徐天堂派去的？」曹志宇問，「你是不知道，那傢伙，火力太猛了，要是他們不突然撤退，我們兄弟這會兒可能已經全都餵了子彈。」

「這不都沒什麼事嗎？打起精神，高橋先生絕不能有事。」胡平生說，「這是上面下的死任務，要是高橋有半點閃失，大伙兒都可以捲著鋪蓋回家了。」

「沒這麼嚴重吧？」

「什麼叫沒這麼嚴重？」胡平生陰沉著臉罵道，「我說你小子可別跟我在這裡混日子，徐天堂不是一般的罪犯，你也看到了，剛剛的事情只能算是插曲，之後他會做出什麼事來，這是我們永遠都無法想到的。」

葉大衛已經在觀察酒店的格局，除了兩座電梯，走道兩邊還分別有樓梯。十五樓處於酒店中層位置，如果凶手打算在酒店下手，除了乘坐電梯或者樓梯上來，再就是從樓頂下來。

210

向卉跟著他上了酒店頂層，放目四望，周圍一片空曠，沒有其他高樓。如果說凶手想從樓頂下來，只可能是空降，還要破窗而入，但這種機率太小。

「想什麼呢？」向卉問，他說：「我在想如果我是凶手，應該怎麼接近高橋。」

「酒店的保安如此嚴密，要接近高橋很難，除非⋯⋯」

「除非什麼？」

「除非是高橋身邊的人。」

「身邊的人？」葉大衛想了想，說：「高橋身邊的人，除了他的隨從，再就是保護他的警察。」

「我就是這個意思，如果葉大衛想殺他，只能是他身邊的人，比如說他的隨從，或者警察。」

「不可能，這種機率比從樓頂空降還要低。」葉大衛的目光突然落到遠處的樓房，「除了這種可能⋯⋯」

「什麼？」

他指著遠處的大樓說：「如果徐天堂埋伏狙擊手，那是絕佳位置。」

第十一章　致命刺殺

第十二章 志工

高橋身高 175 公分左右，年齡五十七歲，頭髮黑亮，文質彬彬的樣子，舉手投足之間都洋溢著儒雅的氣質。葉大衛和高橋禮節性地握了一下手，高橋微微鞠躬，感激地說：「剛剛發生的事情，我已經聽說了，對你們的付出，我非常感謝。」

「這是我們的職責！」胡平生很大度，「我負責您在雲海的保衛工作，這二位會協助我，直到您平安離開。」

「嗯，不過有句話我要再次提醒你們，我調查過『暗網』組織，該組織在全球犯下過多宗血案，刺殺過眾多重要人物，幾乎從未失手，據說成功率在百分之九十八以上。」高橋在說這話的時候，眼裡似乎充滿了擔心，「我只是個正當的生意人，雖然我知道我的競爭對手要取我的性命，但我也無從知道要殺我的這個人到底是誰。」

胡平生接過他的話道：「您放心，我們已經抽調最精銳的力量來保護您，會二十四小時保證您的安全。」

「我絕對相信你們的能力！」高橋隨後示意隨從將一份文件分發到所有人手中，「這是我在雲海的出行

第十二章　志工

計劃，在之前的計畫上有所變動，麻煩你們了。」

「為什麼會有變動？」胡平生顯得無比驚訝，因為他們的保安工作，都已經按照之前的出行計劃做了安排，「高橋先生，東郊現場的出行計劃，因為考慮到該區域內是大片的老街，地勢複雜，為了保證您的人身安全，已經從原計劃中剔除了。」

「我再三考慮，還是決定去現場看看，那裡畢竟是我此行的重要目的地。」高橋說，「你們做好自己的本分就可以了，那些想要我命的人，我想他們應該無法突破你們的層層保安吧？」

「這個……」胡平生還想要說什麼，卻被葉大衛攔住：「高橋先生，我勸您還是好好考慮考慮，今天殺手集團的行動，全都是真槍實彈，而且武器裝備比警方要厲害得多，這證明他們的武裝實力很強。」

「年輕人，我知道你可能被嚇到了，但你們是警察，難道現在的警察會害怕罪犯？」高橋看著他的眼睛，他毫不躲閃地說：「這不是害怕不害怕的問題，而是人命關天的大事，如果您的安全不是由我們負責，或者說出了什麼事也與我們沒有任何關係，那我們大可不必在這裡浪費時間！」

「你……」胡平生一時間被氣得說不出話。胡平生見狀，忙指責了葉大衛幾句，然後說：「高橋先生，雖然他的話不中聽，但話糙理不糙，如果您真的出了什麼事，這個後果可是誰都負擔不起的呀。」

「不好意思，不用再勸我了。我的意思已經很明確，你們出去吧，我要休息了！」高橋下了逐客令，胡平生無奈之下，不得不帶著眾人離開，臨走前又說：「我們住在您隔壁，外面有人二十四小時值守，您有什麼需要，隨時叫我！」

剛回到房裡，曹志宇便氣憤不過地抱怨：「這算什麼啊，我們拿命在拚，他卻非要置身險境，萬一想

214

要他命的人在那個時候行動，這不是把我們也一起推向火坑？」

「不要再說了。高橋在雲海市的考察，從今天下午開始，打起精神吧，千萬不能出任何差錯。」胡平生叮囑道，曹志宇不悅地說：「東郊那個地方你又不是不清楚，必須穿過一條老街，人員構成情況非常複雜，徐天堂如果要在那個地方動手，而且事先埋伏在周圍……」

「可是他已經決定了，好像沒辦法更改。」向卉說，葉大衛也插話道：「既然如此，那就只能遵照他的意思，盡可能做到萬無一失吧。」

「可哪有人明知道會有人要殺自己，還提著腦袋往上湊的？」曹志宇的抱怨，引起了胡平生的思考，葉大衛問他是不是想到了什麼，他說：「徐天堂躲在暗處，我們在明處，他要殺高橋，必須要繞過我們這道防線。既然是這樣，我們何不利用高橋，把他引出來？」

「你的意思是在東郊設伏，等徐天堂自己上鉤？」葉大衛問，胡平生若有所思地說：「我們的任務，除了保護高橋先生，再就是想辦法找到徐天堂，即使徐天堂不會親自出面，但也可以殺他的氣焰。」

「萬一徐天堂成功了呢？」向卉問，葉大衛說：「我們安排好人手，徐大堂成功的機會會很小。」

「好了，此事不再討論，就按照這個計劃執行吧，我立即跟上面請示一下。」胡平生轉身去打電話請示的時候，曹志宇不悅地抱怨道：

葉大衛明白他什麼意思，不禁笑道：「錢多人傻！高橋是來雲海市投資的，是為了貢獻雲海市，你們應該感謝他才對。」

「那些商人，全都是唯利是圖的傢伙，如果沒有利益，不能賺錢，他會來投資嗎？」

215

第十二章 志工

「這是雙贏，沒有回報的事，你會做？」葉大衛走到臥室窗前，看著遠處的樓房，雙手比劃著，在心裡思忖道，如果真有狙擊手，能否在如此遠的距離之下擊中目標。

「我擔心如果徐天堂安排了狙擊手，會不會對目標造成威脅。」曹志宇睜大眼睛，順著葉大衛比劃的方向看出去，突然把窗簾拉上，笑著說：「這不就成了？」

「你在幹什麼？」

「也對。能不能給我也配把槍？」葉大衛突然提出這個請求，曹志宇一口回絕了他：「讓你參加這個行動已經不錯啦，你在這裡沒有執法權。」

下午兩點，高橋從酒店出發，一共五輛車，他乘坐的車輛在最中間，前後車上是安保人員，葉大衛和曹志宇、向卉在第一輛車裡。半小時後，車隊緩緩駛進老街，引來無數路人駐足。

高橋身邊的工作人員在跟他彙報，稱這一片老街，將來都會推倒後重新開發，穿過老街後，還有一大片空地，也是高新產業開發區的區域。高橋似乎很開心，而且心情極佳，連說了幾個「好」。

葉大衛謹慎地觀察著周圍，曹志宇這時候在一邊說道：「對於推倒老街，打造高新產業開發區的事情，網上可是有很多不同的聲音。這條老街有著上百年歷史，承載著雲海市的歷史和文化，所以絕大多數老百姓是不同意將老街推倒重建的，可是政府一意孤行。」

「這種事情，你可以說誰都正確，也可以說誰都有問題，因為每個人站的角度不一樣。」葉大衛插話道，「不過老街看起來確實很聚人氣，人文氣息十分濃厚，要是拆了怪可惜的。」

兩人在閒聊時，向卉卻正坐那兒發呆。

216

「想什麼呢？第一次參加這種活動，緊張？」葉大衛問道，她眨了眨眼，似乎剛從幻想中回到現實，搖搖頭說：「我在想待會兒要真出事，應該怎麼應付才對。」

葉大衛和曹志宇相視而笑，曹志宇大大咧咧地說：「小姑娘、沒什麼好怕的，有我們在呢，如果真有事，妳按我們說的做就成。」

車輛安全通過老街，然後在空地上停下。高橋在政府官員的陪同下下了車，望著這一大片土地，揮舞著手臂，高興地說：「這看規劃圖和實景圖的感覺確實不一樣，老街存在的意義不大，嚴重阻礙了雲海市的發展，必須盡快拆除。雲海市政府太有誠意了，希望可以盡快推進這個專案，為了我自己的夢想，也為了雲海市的發展。」

「高橋先生，政府方面的誠意絕對沒問題，目前正在推進老街的拆遷工作，絕對不會影響工程進度。」

高橋讚許道：「這就是我選擇來雲海投資的原因。」

葉大衛距離高橋大約五公尺，雖然看起來一切都很安全，可他還是不敢鬆懈，雙眼在周圍謹慎地搜尋著。

曹志宇在他身邊低聲說：「別這麼緊張，外圍已經安排了不少便衣，還有隨時待命的特警，如果有情況，他們會第一時間行動起來。」

「還是小心為妙。」

第十二章　志工

「你上車去陪向卉說說話吧，我看那小姑娘神色有些不對勁，擔心她扛不住這麼大的壓力。」曹志宇回頭朝著向卉的方向看了一眼，葉大衛轉身回到車上，看到向卉果然又處於失神的狀態，不禁笑問道：「又想什麼呢？」

「沒有，什麼都沒想！」她嫣然一笑。

「現在的警校到底教些什麼呀？妳將來也會成為一名真正的警察，基本的抗壓訓練應該有過吧？」葉大衛漫不經心地問道，向卉說：「是、是的，有過。」

「既然有過這方面的訓練，妳應該知道怎麼面對壓力的吧？」

「我、我沒什麼壓力，其實我是、就是有些興奮，畢竟是第一次參加如此重大的行動……」向卉支支吾吾的，葉大衛盯著她的眼睛，突然又問道：「但是看樣子，妳很擔心！」

「我有嗎？」向卉把臉轉向窗外，又轉過頭來看著他，「外面沒什麼事吧？」

「能有什麼事？雲海的安保工作很到位，外面全都是警察，還有待命的特警，我看徐天堂是不敢有任何行動了。」葉大衛這個位置正好可以看到高橋的背影，只見他大幅度地比劃著，正興致勃勃地和政府官員聊著項目未來的規劃。向卉從高橋的背影上收回目光，笑了笑，說：「本來還有些擔心的，現在看來好像完全不用了。」

「在車上待了這麼久，要不要下去透透氣？」葉大衛建議道，向卉點了點頭，和他一起下了車，環視著空曠的四周，還舒坦地伸了個懶腰。

胡平生卻從未鬆懈，始終站在離高橋最近的位置，直到高橋回到車上。

218

「車隊準備返回，前車先行。」胡平生透過對講機呼叫各車，曹志宇應道：「收到！」

然後對向卉說：「以後等妳真正進了警察部門，類似的活動可不少，現在多鍛鍊鍛鍊，對以後的工作只有好處沒有壞處。」

車隊如來時一樣，正緩緩通過老街返回時，突然不知從何處出來一位推著賣菜車的老人，老人慢慢悠悠地走到路中間，居然停了下來，抬頭看著猛然煞車的越野車，然後就站那兒不動了。

車裡的人全都不知道發生了何事，後面的車也跟著停了下來，緊接著傳來胡平生焦急的聲音：「什麼情況？」

葉大衛看到了站在馬路中間的老人，忙向四周看去。

這時候，有人衝到路中間，將老人拉到了路邊。

曹志宇長呼了口氣，雙眼打量著外圍的情況，凝神定氣地回道：「沒什麼，一點小狀況，繼續前進！」

原來只是虛驚一場！胡平生深吸了口氣，說道：「繼續前進，提高警惕，不要亂，直接返回酒店！」

可他話音剛落，只聽見一聲巨響，兩邊的房屋轟然倒塌，強大的衝擊力，幾乎要將車輛掀翻。

此時，有一批戴著黑色面具、拿著重武器的人出現在街道上。

「不好，又來了！」曹志宇剛拔出槍來，子彈便雨水般從四面八方射來。

子彈打在車上，玻璃沒有碎掉。

219

第十二章 志工

「哈哈，幸虧我們早留了一手，沒想到是防彈玻璃吧？」曹志宇大笑起來，這時候，胡平生大聲命令道：「快，衝出去！」

葉大衛聽見子彈射在防彈玻璃上劈里啪啦的聲音，看了一眼趴在地上的向卉，抓住她的手腕安慰道：「別怕，是防彈玻璃，子彈打不進來！」

現場亂作一團，已然變成了戰場。高橋在車裡卻歸然不動，目光冷冷地看著前方，似乎正在發生的事，與他毫無關係。與之相反的是，他身邊的官員早已嚇得趴在了車上，捂著腦袋瑟瑟發抖，嘴裡一個勁地念叨著：「救命，快救救我！」

駕駛員聽從胡平生的命令，將煞車踩到了底，狂怒著向前衝去。幾秒鐘過後，兩輛滿載特警戰士的車輛到達，憤怒的子彈破槍而出，向著那群肆無忌憚的殺手呼嘯而去。

「高橋先生，您沒事吧？」官員見危險解除，這才起身問道。

「沒事，一點事也沒有。哼，想殺我，沒那麼容易！」高橋的隨從擋在他面前，嚴陣以待，卻被他一把掀開，眼裡閃爍著騰騰殺氣，「才剛開始呢，好戲還在後面。」

葉大衛回頭看了一眼，憤怒地罵道：「那些混蛋膽子也太大了，居然敢一而再再而三的攻擊警察。」

曹志宇眼神陰晦，手裡還緊握著槍：「暫時沒事了，大家都還好吧？」

葉大衛見向卉眼神迷離，一連叫了她好幾聲，她才恢復神智，搖頭道：「我沒事！」

槍聲還在繼續，而且沒有停下來的跡象。

220

「沒事就好，虛驚一場，暫時安全了，現在我們馬上回酒店。」葉大衛安慰她幾句，又建議道：「接下來的行動，妳暫時就不要參與了，先回去好好休息吧。」

「我真沒事，只是第一次遇到這種事，難免有點⋯⋯」向卉的意思大家都明白，曹志宇順著她的話說：「我也覺得向卉應該繼續參加行動，畢竟是難得的鍛鍊機會。大衛，我知道你擔心她吃不消，但我相信她。」

「是的，我能堅持！」向卉衝葉大衛說，「這樣的鍛鍊，畢竟是在警校無法學到的。」

葉大衛沒有繼續堅持，車隊轉眼間就已經到了酒店。他們護送高橋回到房間後，也在隔壁的房間住了下來。葉大衛和曹志宇一間房，向卉獨自住一間房。

「哎呀，真累！」曹志宇往床上一趟，「總算是熬過來了，接下來還有幾次出行，真不知道徐天堂還會搞出些什麼花樣。」

葉大衛卻緊鎖著眉頭，站在窗前一言不發。

「想什麼呢大衛兄，這不都已經沒事了，高橋先生安然無恙地回來了，我們也該好好休息一會兒了！」曹志宇在身後喊道，葉大衛轉身走到近前的椅子上坐下，白言自語道：「也不知道老街的戰鬥結束沒有。」

「原來你是在擔心這個呀，等我打個電話不就知道結果了？」曹志宇打完電話後說，「雙方都有人員受傷，但是零死亡！」

「沒有抓到活口？」

第十二章 志工

「沒有，跟上次一樣，全逃走了。」曹志宇搖頭道，「你這一問，我怎麼覺得有些奇怪了。」

「是，我也覺得奇怪。」葉大衛說，「按理說，要殺一個人，一定會選擇最好的方式，拖泥帶水往往是大忌，可徐天堂為何兩次派人襲擊警察，而且還明知高橋會在警方的嚴密保護之下動手。」

曹志宇翻身坐了起來，贊同地說：「有道理。這樣做，不就打草驚蛇了嗎？」

「那麼就還有另外一種可能。」葉大衛道，「他在想方設法把水攪渾，讓所有人都看不清他的意圖……」

「他的意圖到底是什麼？」

「前兩次行動，如果不小心殺了高橋，對他來說是最好的結果，如果失敗，對他也完全沒損失。」葉大衛若有所思地說，「所以我推測，他用的是障眼法，絕對還留有後手，而且非常高明，足以致高橋於死地的一手。」

曹志宇緊咬著嘴唇，緩緩點頭道：「後手是肯定有的，只不過我們一時半會兒想不到啊！」

此時，高橋全身放鬆地靠在沙發上，仰著頭，睜著眼睛，半天沒說一句話。

葉大衛卻瞪著眼睛，那些曾讓他感到可疑的畫面，再次一一浮現在腦海中。

「老闆，剩下的行程，還繼續嗎？」隨從問，高橋沉聲說道：「為什麼不繼續，我都還沒玩夠呢。」

「可今天發生的事太危險，我擔心……」

「沒什麼可擔心的，那些警察會比我自己更怕我死！」高橋冷笑道，「我都拿自己當誘餌了，還怕他不

「親自現身？」

就在這時候，胡平生敲門進來，告訴他因為今天的事件，為避免公眾場合再次引發不好的事，原本訂好的晚宴取消了。

「晚宴取消沒什麼關係，但明天上午的活動務必繼續。」高橋聞言後異常輕鬆地說，「雲海市首長要是沒空，不用抽時間特意來陪我，我自己去就行。」

「這個請您放心，發生了今天的事，是我們的失職，所以明天的活動，我們會進一步提升安保等級。」胡平生環視了一眼整個房間，「如果您有需要，可以隨時告知，這層樓全是我們的人。」

高橋爽朗地笑道：「胡隊長，你有心了。今天發生的事，在常人看來確實很嚴重，但對我來說，只算是吹吹風下下雨的小事，你不必放在心上。」

胡平生頓了頓，道：「感謝您的信任，那我不打擾您了，請休息！」

他退出去，關上門後，直接來到了隔壁房間，心事重重地說：「明天是雲海市建市三十週年，本來市裡首長沒打算邀請他出席活動，是他自己主動要求參加的。今天出了這件事，市長更是擔心明天的活動，本來有心要取消他明天的行程，但我剛才去探了探他的口風，他還是執意要出席，真是頭痛。」

「直接跟他說清楚不行嗎？」曹志宇問，胡平生無奈地說：「市長擔心得罪人。」

「那跟性命比起來，到底哪個才更重要？」

「這個道理誰都明白，但他剛才又很明確表達了自己的意思，我還能拒絕嗎？」胡平生說，「所以明天

第十二章 志工

的活動非常重要，千萬不能再出任何紕漏。」

「這個誰能保證？」曹志宇接過他的話說，「唯一能保證的就是讓他放棄出席明天的活動。」

「不可能了！」胡平生直截了當地說，「志宇，你現在回去替我開個會，主要是關於今天襲擊事件的情況通報。大衛，你先休息吧，我還得馬上回去跟上級彙報。」

葉大衛目送著兩人離去，卻無心睡眠，緩緩揉著鼻樑，腦子裡昏昏沉沉的。

向卉回到房間後，一直躺在床上。可她沒有閉眼，仰望著天花板，像在看什麼，卻又好像什麼都沒看。

突然，電話響起，有個聲音傳來：「今晚可是最好的時機，別再讓我失望。」

「收到，老闆！」

「我等這一天已經很久了，如果失敗，妳跟我，還有妳的兄弟姐妹，全都會被毀滅。」那個聲音在繼續，「你們都是我的孩子，是我的心頭肉。我不想任何一個受到傷害。等完成這個任務，我會給予你們更高級的身體和思維，到時候，你們想做什麼就能做什麼，這個世界都可以由你們隨意支配，沒有人能夠阻攔你們。」

向卉坐在床頭，孤獨的身影，在燈光的照射下，顯得尤為落寞。她凝視著昏黃的燈光，眉目之間閃爍著淡然的表情。

突然，她笑了，笑著笑著，眼神又變得無比幽暗。

224

警察局會議室燈火通明，大家圍坐一團，議論紛紛。曹志宇剛從會上得到消息，在白天的交火中，警方人員隨身攜帶的記錄儀顯示，明明擊傷了匪徒，目標卻並沒有流血，行動表現得有些遲緩。

他想起葉大衛告訴他的情況，天堂科技公司既然在偷偷研發殺人AI機器人，那麼這些殺手，也很可能是AI機器人。雖然這只是他的推理，沒有充分的證據可以證明，但他已經有了八成把握。

不過，他沒在會議上將這件事點明，因為一切都還在調查之中，何況葉大衛告訴他的這件事，他也沒有證據，之所以相信葉大衛的話，也只是出於信任。

＊　＊　＊

時間一分一秒地流逝，喧囂過去，夜幕悄然降臨。

酒店的長廊上，幾個安保人員正在樓層間來回巡邏。高橋房間門口，剛剛換崗的兩名安保人員，背著雙手，雙腳並立，昂首挺胸，精神抖擻。

時間指向十二點，高橋剛剛睡下。房間裡燈滅，一片漆黑。這是他長久以來養成的作息時間。不多時，房間裡便已經傳來輕微的鼾聲。

向卉突然起身，開門直接走向高橋房間，兩名安保人員看到是她，在毫無防備的情況下被打暈過去。

她俐落地刷開門，進入房間，來到高橋床前，拔出匕首，望著隆起的被子，以及那個側著身體的背影，正要刺下去，卻覺得有些不對勁，猶豫之時，突然傳來一個聲音‥「沒想到徐天堂最後的棋子，竟然是妳！」

第十二章　志工

房間裡的燈剎那間全都亮了，雪白的燈光照射在她臉上，她看到了躺在床上的葉大衛。

「本來我一直不願意相信妳在騙我，但結果證明我錯了！」葉大衛冷聲說道，「妳不是向卉，而是徐天堂製造出來的另一個AI機器人。妳告訴我廣場殺人案的真相，告訴我AI機器人的事情，都是為了贏得我的信任，接近我，刺殺高橋先生。告訴我，真正的向卉在什麼地方。」

「把高橋交給我，我不殺你！」

「向卉」一步步逼近葉大衛，葉大衛冷笑道：「妳只是個沒有血肉的機器，看在向卉的分上，我不想毀了妳。」

「把高橋交給我！」

葉大衛冷冷道：「看來我得重新幫妳設定程式了！」

「向卉」手握匕首刺向葉大衛，葉大衛躲了過去，但很明顯感覺到了對方的凌厲攻勢。匕首刺在床上，猛地一劃拉，鵝毛像雪片般飛舞。

葉大衛抓起身邊的椅子，怒喝一聲，用盡全力扔了出去，椅子砸中窗戶玻璃，玻璃現出裂縫，但還沒碎落。

「向卉」絲毫沒有躲閃，只用手輕輕一揮，便將椅子打翻在地。

「向卉」步步緊逼，招招致命。葉大衛身形靈活，躲閃之間已經到了門口。他突然開啟門，早就等候在門外的警察蜂擁而至，槍口全都對準了「向卉」，一時間槍聲大作。「向卉」的一隻「眼睛」被擊中掉了出來，看上去極其噁心和恐怖。

她本來還想發起攻擊，但受到子彈的阻力，再也無法移動腳步。

「在我毀滅妳之前，還是投降吧。」葉大衛命令停止射擊，然後跟「向卉」談條件，「向卉」身體多處中彈，卻沒有流血，除了葉大衛之外，其餘的警察都懵了，一個個面面相覷，不明白自己對付的是什麼東西。

「向卉」扭動著腦袋，發出咔咔的聲響，又向前邁了一步，眾人發出噓噓聲。

「這可是妳最後的機會……」葉大衛試圖說服她，她腦子裡突然又傳來那個熟悉的聲音…「孩子，不要放棄，妳是最強的，給我殺了所有阻攔妳的人，然後我們就可以團聚啦。我會在家等妳回來……」

可這時候，「向卉」已經說不出話來。

「妳給我聽清楚了，妳不是人，而是機器，是我一個零件一個零件把妳拼湊出來的，所以妳不會死，永遠都不會。妳的身體裡沒有血肉，只有鋼鐵，現在就用妳不死的鋼鐵之軀，去殺了妳面前所有的人……」那個聲音開始怒吼，「向卉」突然發狂了似的，渾身閃著火花衝了過來。

葉大衛見狀，再次下令開火。警員使用了事先準備好的警用防爆網槍，將向卉牢牢地籠罩起來，然後蜂擁而上，便將她緊緊捆綁住了。

「向卉」掙扎著，跌跌撞撞，看上去很快就要摔倒，但她沒有放棄，揮舞著匕首，試圖將網格劃開。

她發出嗷嗷的叫聲，動作越來越大，困住她的警員們幾乎使出了吃奶的力氣，但仍舊被她掀翻在地。

葉大衛冷眼盯著她，眼看就要掙脫網籠，不得不大叫道‥「本來我不想毀了妳……把她扔出去！」

227

第十二章 志工

警員們捆綁著「向卉」，一步步移向窗戶，最後奮力將之抬起，撞碎窗戶玻璃，猛地扔了出去。

「向卉」向後倒去，從十五樓緩緩跌落下去。她沒有害怕，仰望著漆黑的夜空，臉上反而又露出了笑容，一個聲音在心底說：「對不起，我失敗了！」

突然，隨著一聲爆炸，「向卉」的身體在空中支離破碎。

葉大衛衝到窗前，目睹她像一片樹葉悠悠地落下，然後摔落在地，七零八落，遍地是燃燒的火光，也不免有些傷感。雖然這個死掉的「向卉」並非人類，但她畢竟是根據向卉的模樣製造出來的，而且外表看來，跟真實的向卉並無多大區別。

這時候，剛開完會的曹志宇正好開車到達樓下，突然就看到無數燃燒著的小火球向著地面快速跌落，有幾個火球還朝著他飛了過來，如果再偏一點，可能就會被砸中了。

他愣了片刻，暈頭轉向地下車，面對滿地碎片，仰頭看到站在視窗的葉大衛，一臉茫然。

徐天堂瘋了，他沒想到自己苦心布局的這一切，輕而易舉就被葉大衛給毀了，尤其是看到「向卉」從電腦上消失時，便明白計劃又失敗了。

他勃然大怒，來到被關押的獵物前，一把抓住那張臉，惡狠狠地瞪著眼睛，想要罵人，卻如鯁在喉。他顫抖著，終於放開手，冷笑道：「別高興得太早了，還沒到結束的時候呢，我們明天見！」

事情發生之前，葉大衛勸說高橋跟自己換房間時，高橋非常爽快就答應了他。此時，面對碎落的殺高橋的房間和隔壁葉大衛的房間是相通的，中間隔著一扇門，可以直接開啟。

手，高橋的興奮之情溢於言表。

「沒想到廣場殺人案就這樣破了。葉大衛，你是怎麼知道這個人不是『向卉』的？」曹志宇帶上來「向卉」的一塊「遺骨」，翻來覆去地看了又看，從葉大衛口中了解整個事情後，唏噓道：「這傢伙，外表也太逼真了，如果不是看到這些鐵骨頭，簡直跟真人一模一樣！」

「是啊，葉先生，你是怎麼知道她是AI機器人的？」高橋也饒有興致地問道。

葉大衛沉吟了片刻，然後說：「其實那天在去東郊的路上，我們遭到襲擊時，我不小心碰到了她的手腕，當時她的樣子看起來非常害怕，但我又發現她的脈搏跟我們正常人的脈搏完全不一樣，正常人在害怕時，脈搏一定會劇烈跳動，而她的脈搏，非常平靜，這與她的外在表現相悖，所以我就產生了懷疑。雖然隨著時間的變遷，人的生活習慣和某些方面的能力會發生改變。不過，他綜合以上幾個變化，對身邊的這個「向卉」產生了懷疑。

其實他隱瞞了另外一條線索，現實空間的向卉根本不精通電腦，並且也喜歡吃辣的。

「原來是這樣，難道就派這些廢物來取我的命？對不起，葉先生，之前我對你的態度有些不好，在此我鄭重向你道歉。」

「沒什麼，大家都是職責所在，您安全就好。但是不可輕敵，『暗網』殺手組織可不是浪得虛名，這次失敗，純屬偶然。」葉大衛這話的意思很隱晦，其實想說明的是，要不是因為他了解向卉其人，這回高橋恐怕已經沒命了。

229

第十二章 志工

曹志宇看著在下面收集碎片的人，回頭說：「明天將是您最後一站，今晚的刺殺失敗後，我擔心他們會使出更為卑鄙和過激的手段。」

「其實明天的活動，市長原本是打算讓胡隊長勸說您放棄的，但看您那麼堅持，就沒好開口！」葉大衛把胡平生沒說的話直接轉告給了高橋，高橋卻說：「原本我也有所顧慮，但目睹了你們今晚的表現，我更加相信你們的能力，一定會保護我平安無事。」

葉大衛和曹志宇無奈地對視了一眼，曹志宇只好說道：「既然高橋先生依然堅持參加明天的活動，我看還是按照原計畫進行吧。」

「可明天人太多，凶手如果要動手，可以有很多辦法，而且還會危及更多無辜者的性命。」葉大衛的話再次遭到了高橋的反對，他說：「葉先生，我高某雖然不是什麼不死之身，但我這次來雲海，確實是為了投資，打造雲海市未來的高新產業工業區，為雲海的發展奉獻出微薄之力。我不能因為有人想要我的命就逃得遠遠的吧。再說了，我情願用我的血肉之軀作誘餌，將那些不法分子引出來，然後你們警方正好利用這個機會，將之一網打盡，這不是天大的好事嗎？」

高橋的這番話，竟然令葉大衛無言以對。

胡平生收到消息，急匆匆趕回來，見所有人都安然無恙時，懸著的心才終於放下。他為高橋換了新的房間，然後關上門，詢問事情經過。

他得知事情前因後果，對葉大衛讚賞不已⋯「好小子，幸虧你發現得及時，要不然可就捅了天大的婁子。我胡平生丟了這身警服倒是小事，高橋先生的命可是大事啊。這次算是遇到高手了，我胡平生當

230

了大半輩子警察，還是第一次遇到如此棘手的罪犯。我已經跟上級立下軍令狀，要是不將徐天堂抓捕歸案，不搗毀『暗網』組織，立刻辭職。」

「隊長，別搞得這麼嚴重嘛，你要是辭職了，我聽誰指揮呀？」曹志宇貧嘴道，胡平生沒好氣地罵道：「多跟大衛學學，別吊兒郎當的，我就不用整天為你操心了。」

「是是，我早就想要拜師，可人家不收我呀！」

葉大衛苦笑道：「胡隊，你就別誇我了，剛才有些話我當著高橋的面不怎麼好說，之所以能辨識這個人不是真的向卉，是因為我了解她的性格特點和生活習慣，這些細節出賣了她。」

胡平生聽了這話更是讚嘆不已。

「徐天堂這個人太狡猾，也不知道明天還能搞出什麼花樣。」葉大衛擔心地說，「本來我剛剛打算勸說他放棄明天的活動，但他心意已決，看來沒辦法說服他了。」

「明天的安保工作已經部署到位。不早了，大家早點休息吧。」胡平生剛說完這話，在下面收集碎片的人上來向他彙報，稱已經全部收集完畢。

他連夜趕回局裡，打算讓檢驗科的兄弟加個班。

第十二章　志工

第十三章 殺人機器

「怎麼，睡不著？」曹志宇聽見葉大衛翻來覆去，乾脆也坐了起來。

葉大衛凝望著黑暗，無力地嘆息道：「我擔心向卉……」

「她……」曹志宇也陡然想起了什麼，「對呀，今天晚上死的這個不是真的向卉，那真的向卉去哪兒了？」

「我之前見過她本人，也跟她聊過，是她提供了我天堂科技公司的資料。雖然她喜歡玩失蹤，但總感覺不對勁，跟以前不一樣，這一次，她的失蹤太蹊蹺了。」葉大衛嘴上這麼說，心裡也七上八下。

曹志宇突然「咦」了一聲，他忙問：「怎麼啦，是不是想到什麼了？」

「我在想，徐天堂怎麼會有這麼大本事，居然可以把AI機器人造得像真人一樣。你說有那麼厲害的技術嗎？」

葉大衛像沒聽清他的話，緩緩說道：「真正的向卉如果只是躲了起來，那還沒什麼，我擔心的是，徐天堂會不會已經找到了她……」

「為什麼這麼說？」

第十三章　殺人機器

「向卉之前幾次聯繫我，提供了天堂科技公司的資料，但自此之後就沒再現身，好像人間蒸發了！」

葉大衛很無力，在他腦海裡，向卉的身影越來越模糊。

半夜時分，胡平生突然打來電話，告知昨天在東郊槍戰現場採集到了殺手遺留下的液體，結果出乎意料。

「你、你說什麼？」剛剛醒來的葉大衛，感覺腦子短了路，暈暈乎乎的。

他剛才做了個夢，夢見向卉去他住的地方找他，但被無數個槍口包圍。她大喊救命，聲音被激烈的槍聲淹沒。

胡平生補充道：「你沒聽錯，DNA 檢測結果顯示，那些襲擊者根本驗不出 DNA，就跟之前無法在茱蒂上採集到 DNA 一樣。」

「這個瘋子，看來殺死陳莉的，可能也是 AI 機器人！」葉大衛咬牙切齒，「胡隊，我建議停止高橋先生在雲海市的一切活動，這樣下去，很可能會出大事。」

胡平生說，「上面跟高橋先生親自溝通過，但沒能說服他。」

「但高橋已經拒絕了我，他非常希望能參加今天的活動，而且更希望透過自己，可以引出徐天堂。」

葉大衛此時真不知該用什麼樣的語言去形容高橋，是偉大，還是拿自己的性命開玩笑，抑或是不拿警察的性命當回事。

曹志宇被說話聲擾醒，見葉大衛滿臉陰沉，於是迷迷糊糊地問他發生了什麼事。

「沒事，我得回去一趟，天亮以前回來，這裡你先盯著！」

葉大衛想著剛才的夢境，急匆匆地溜出了酒店。他在夜闌人靜的街頭疾行，在心裡為向卉祈禱，希望那僅僅只是個夢。

他出門前設計的一個小機關。透過這個，他知道有人進來過。

他小心翼翼地關上門，環顧四周，似乎一切如舊，但他很快就感受到了來自不明方向的壓力。這種感覺，似乎還帶著一絲殺氣。

「向卉，是妳來過了嗎？」他沉聲問道，但無人回應。

開啟燈，房間裡亮了起來。果然沒人。他轉身再次檢查房門，除了頭髮絲斷裂之外，沒有別的異常，於是走向書桌床頭，從抽屜裡取出舊電腦，拿在手裡，心想到底是什麼人趁他不在時闖了進來。

他再次想起了那個夢，心想如果再次見到向卉，一定會告訴她關於向宏濤的事情。可是，向卉此時應該身在何處？

突然，不知從什麼地方傳來一陣「嗚嗚」的聲音。葉大衛一開始還以為是電腦傳來訊息，但螢幕沒亮，這才循著聲音走過去，開啟另外一個抽屜，看到一部正在振動的電話。

他覺得奇怪，因為這部手機根本不是他的。手機依然在振動，「嗚嗚」的聲音更加刺耳。葉大衛盯著螢幕上顯示的陌生號碼，按下了接聽鍵。他沒有說話，只是靜靜地聽著。很快，電話裡傳來一個男人的聲音⋯「不好意思，打擾了你的美夢！」

235

第十三章　殺人機器

徐天堂的聲音，像冰鎬一樣鑽入葉大衛耳中。

「我知道你很忙，忙著保護大人物。但我也知道你的另一個任務是什麼。」徐天堂的聲音聽上去軟綿綿的，「我給了警方那麼多機會，可他們不珍惜，反而被我玩死了。葉兄，你還在聽嗎？哦，我知道你一定還在聽，很好，你不用說話，安靜地聽我說就行啦。」

葉大衛也沒想說話，他只想知道徐天堂到底要幹什麼。

「高橋能活過今晚，我知道都是你的功勞。你很聰明，居然識破了我的計畫，不得不說，你是個非常可怕的對手。但我要提醒你一句，高橋必須死，不管警方的保護有多好，他都無法離開雲海市了。」徐天堂的聲音異常刺耳，「葉大衛，我記得你說過自己並不是警察，但你為什麼要幫他們？現在我給你個機會過來幫我，只要你一句話，我保證你下半輩子吃喝不愁，要風得風，要雨得雨。」

葉大衛沉默了一會兒，終於嘆息道：「徐天堂，你到底想幹什麼？」

「我說了，我只要高橋的命，不管你幫不幫我，我都會要他的命！」

「你連最厲害的王牌都被我毀了，還有什麼伎倆？」葉大衛的話似乎觸動了徐天堂的神經，徐天堂收斂了笑容，冷聲說道：「你以為我就這點本事？你太小看我了。在這個世界上，沒有我做不了的事，也沒人可以阻擋我做任何事。」

「你就是個劊子手、殺人魔，我勸你最好投案自首，否則我會親手把你送進地獄。」

徐天堂又大笑起來：「警察做夢都想抓住我，可他們傷到我一根毛了嗎？還有你，你為什麼要幫警察對付我？我勸你最好離那些警察遠一點，我很欣賞你，不想你死在我手裡。」

236

「你相信我也是警察嗎？」葉大衛脫口而出，好像嚇到了徐天堂，但徐天堂乾笑道：「我調查過你，你不是警察，至少不是雲海市警察局的。」

「我也調查過你，而且知道你的很多祕密，X先生！」葉大衛說出這句話時，徐天堂遲疑了好幾秒鐘，才終於冷笑道：「看來我是真的小看你了。這個代號知道的人很少，而且已經有很多年沒人提起過了，如果不是你再次提起，我自己可能都快忘了。」

「你忘記的事情應該不止這一件吧？」葉大衛知道自己戳中了他的軟肋，「很多年前，你還只是個落魄殺手時，曾經接下過一樁任務，你製造車禍，造成夫妻雙雙死亡⋯⋯」

徐天堂眼前浮現出層層陰雲，很快又閃爍著火焰，繼而激動地說：「葉大衛，你可真厲害啊，連我這點陳穀子爛芝麻的事情都挖出來了，如果說你不是警察，我還真不信。」

「你手上有多少條人命，看來連你自己都記不清了吧？」葉大衛抬高了聲音，「向宏濤讓我轉告你，你害死了他妻子，他一定會回來親手要你的命。」

「你說什麼？」徐天堂果然再次因為這個名字而被驚得瞠目結舌，「他還活著？」

「當然活著，而且還活得好好的。」葉大衛冷冷地說，「沒想到吧，你以為他們夫妻倆都已經死在你親手製造的車禍中，可老天爺卻讓他活了下來。」

「不可能、不可能，他⋯⋯他不可能還活著！」徐天堂頹然地坐了下去，他清楚記起了當年的情景，車禍發生後，他在現場只看到了一具屍體，而向宏濤卻消失不見，「見鬼了，他不見了，從我眼皮底下消失了，但⋯⋯」

第十三章 殺人機器

其實這個問題一直困擾了他這麼多年，當年沒找到向宏濤的屍體，讓他耿耿於懷了很久，可無從解釋，又擔心曝光，所以後來基本上就棄用了X這個代號。

葉大衛似乎感覺了他的窘態，笑著說：「徐天堂，你犯下了罪孽，終究是逃脫不了懲罰的，向宏濤就快要回來，他會指證你，把你送進監獄。」

誰知，徐天堂反而再次大笑起來。

「他敢嗎？」徐天堂眼裡滲著寒光，「雖然我不知道你是否真的見過向宏濤，也不知道他是否真的還活著，但我敢肯定的是，就算他活著，也絕不敢來找我，知道為什麼？」

葉大衛陷入迷糊中。

「我知道你很想知道答案，既然事已至此，不妨告訴你吧。向宏濤當年聯繫到我，要我幫他殺一個人，目標就是他老婆，因為他老婆背叛了他……」

葉大衛簡直不敢相信自己的耳朵，張了張嘴，喃喃地說：「不可能……」

「沒什麼不可能的。我收到預付款，正準備動手時，卻接到他的電話，要我放棄任務。嘿嘿，我是殺手，也有自己的職業操守，既然接了任務，怎麼能說停就停？最主要的是，他還打算拒絕付尾款。」徐天堂在屋裡走來走去，「所以我拒絕了他，可他倒好，居然敢報警，還想把我送進監獄。我被警察逼得幾乎無路可走，只能遠走高飛，但臨走之前，我必須做一件事！」

「所以你決定殺害他們夫妻？」葉大衛狠狠地說，「他都要你放棄任務了，你為什麼不住手？」

「多管閒事,你跟向宏濤一樣,都是愛管閒事的人!」徐天堂破口大罵,「本來只會死一個人,但因為向宏濤出爾反爾,所以他們夫妻倆都必須死。更何況他向警察出賣我,我如果不殺他,怎能嚥下這口惡氣?」

葉大衛萬萬沒想到背後還隱藏了這麼多事情,如此說來,向宏濤妻子之死,也有他自己的責任。

「我收了錢要高橋死,所以神仙也救不了他。如果不是你多管閒事,他早就該下地獄了。」

「你殺了那麼多人,該下地獄的應該是你。」葉大衛厲聲喝斥道,「警方已經埋下了天羅地網,你插翅難逃。」

「是嗎?那我倒想看看你們怎麼讓我插翅難逃。」徐天堂不屑地說,「除了那些警察,你是最該死的一個,既然你不聽我的勸告,不想幫我,那我很快就會讓你嘗嘗什麼叫後果自負。」

葉大衛結束通話電話的時候,突然傳來敲門聲。

凌晨三點,還有誰會登門?

葉大衛回頭望著門口的方向,斷斷續續的敲門聲依然在繼續。

「誰?」葉大衛移步到門後沉聲問道,沒想到會傳來向卉的聲音。

他很驚訝,但更多的則是驚喜,什麼都沒想,便開了門。門口果然站著向卉,她眉目含笑地看著他,問:「我可以進來嗎?」

葉大衛慌忙讓開路,等她進屋後,又轉身關上了門,看著她的背影,問她怎麼會這麼晚來找他。

第十三章　殺人機器

「你剛才是在打電話嗎?」向卉的問題讓葉大衛莫名其妙,但他還沒來得及回答,她又接著說:「其實你應該接受建議的。」

「什麼?」葉大衛一時間沒理解這話的意思,誰知她突然轉身面對他,臉上依然帶著笑意,說道:「你本來可以好好活下去,可你卻偏偏選擇了另外一條路。」

葉大衛看見笑容從向卉臉上消失,緊接著從口中吐出幾個字⋯⋯「有人讓我代他向你問好!」

一聲巨響,火光如煙火般飛向夜空,照亮了半個雲海市。

徐天堂臉上,閃耀如煙火一般燦爛的笑容,然後綻放、飛翔、散開,最終消逝在黑夜之中!

＊＊＊

第二天的記者招待會上,胡平生和一眾警員面對媒體,一個個表情肅穆、憤怒,針對爆炸事件,他聲稱有一名線人喪生。

「針對此次爆炸事件,以及造成的嚴重後果,我代表雲海市警方宣誓,警方已經掌握充分的證據,是一個以徐天堂為首的犯罪集團所為。我代表雲海市警方宣誓,警方絕不妥協,一定會全力打擊罪犯,給全市人民一個交代。」胡平生眼神灰暗地掃過每一張面孔,「每一條生命都值得被尊重,每一滴血都不會白流,每一份罪惡都會受到應有的懲罰⋯⋯」

「嘿嘿,想抓我,該受到懲罰的應該是你們,我倒想看看你們到底有什麼本事!」徐天堂此時正盯著螢幕,臉上洋溢著得意的笑容。那是他的傑作,雖然又損失了一件武器,但踢開了絆腳石,又報了仇

這種一箭雙鵰的好事，令他無比興奮，像磕了藥似的手舞足蹈。

也不知什麼時候，被他囚禁了許久的獵物醒了，強睜著雙眼，無力地看著他，他抑制不住興奮，激動地說：「看到了嗎，他死了，永遠地離開了這個世界。本來他是不會死的，那一刻，只要他點頭答應幫我，我就會放他一馬。可這個世界上總有一些垃圾，他們不懂惜命，不明白我為了人類的進步，到底付出過怎樣的努力和心血⋯⋯不過，現在都結束了，接下來，我要繼續開創大業⋯⋯」

他見獵物不出聲，突然就變了臉色，狠狠地抓住那張臉，獰笑道：「我不明白你們這些低等生物，為何要處處跟我作對。我絞盡腦汁改良你們，讓你們成為跟我一樣的高級人類，你們不但不感謝我，還想置我於死地。哼，現在連老天爺都站在我這邊，你們就等著看我如何把那些垃圾一個一個地清理乾淨！」

＊＊＊

天氣悶熱，像一個不透風的罐子，一點火星似乎就能引起爆炸。火辣辣的太陽炙烤著大地，快要燒起來時，突然一場大雨，將雲海市淋了個通透。

一輛黑色轎車，在警車的護送下，準時從酒店出發。嘹亮的警笛聲穿透雨幕，在大街上呼嘯而過。

「昨天的記者招待會很成功，胡隊的講話，時而激情飛揚，時而又悲痛欲絕，你是沒在現場，那些媒體的氣氛全都被調動起來啦。昨晚上各大電視臺播出後，據說收視率很高，觀眾反響很好，義憤填膺，紛紛打電話給警方，或者在後臺留言，要求嚴懲凶手。」曹志宇說這話時，身邊的人扭頭看著他笑了笑，

第十三章 殺人機器

這人儼然便是葉大衛。

葉大衛臉上有幾處小的傷痕，但這並不影響他的笑容。他笑嘻嘻地說：「徐天堂那隻老狐狸，知道我死的消息後，肯定開心得一夜沒睡！」

「虧你還笑得出來，這次你能活下來，還真應該感謝老天有眼。」

「老天如果真有眼，就不會眼睜睜看著那個混蛋為非作歹……」葉大衛憤然道，「向卉現在音信全無，我懷疑她這次不是主動失蹤，而是被綁架了。」

「你的意思是她被徐天堂綁架了？」

「這還只是我的猜測，但我的預感非常強烈。」葉大衛無比憂慮，「我了解向卉，十年後的她是一名警察，有正義感，對罪犯恨之入骨，熱愛生活，積極陽光，不是那種做事不可靠的人。」

曹志宇沉默了一會兒，問道：「有個問題我實在太好奇，你說十年後你能遇到向卉，是不是也能遇到我？那該是一件多麼有趣的事情。哎，這次等事情做完了，你回去後一定要找找我，看看我到底變成什麼樣子了。」

葉大衛扭過臉看向車窗外，不敢再看他。

「怎麼不說話？」

「好，等我回去，我一定會去找你。」葉大衛附和道，心裡卻在流血。

「胡隊親自護送高橋去機場，但願一切順利！」曹志宇看了一眼時間，「慶典一個小時後開始，徐天堂

這個時間點應該開始行動了，但他會選在什麼地方動手？」

副駕上的胡平生謹慎地觀察著街道兩邊的情況，其實他的心是懸著的，不知道這次聲東擊西的戰術能否成功，要是徐天堂看穿了他的把戲，那事情可能會變得無法控制。

高橋似乎突然覺察到了什麼，驚問道：「這好像是去機場的路。」

胡平生嘆息道：「不好意思，高橋先生，我也是今天早上接到的指示，為了保證您的安全，必須直接送您去機場。」

「胡鬧！」高橋怒道，「馬上停車，我讓你們馬上停車！」

「這是上面的指示，我無能為力！」胡平生不卑不亢，高橋滿臉怒色，指示隨從：「打電話，我要和市長通話，馬上！」

「不用了，這是市長的最高指示。」胡平生平靜地說，「而且長官們今天都很忙，估計沒空接您的電話。」

高橋聳著臉，臉色比外面的天空還要陰沉。

「我是來雲海市投資的，你們對我大不敬，我要停止和你們的一切合作！」高橋冒出這句話後，胡平生無奈地說：「高橋先生，您何必如此固執？這樣做，確實是為了保證您的生命安全。您想想，要是您在雲海市有個三長兩短，誰能承擔責任？」

「這不用你們擔心，我高橋這一生，看我不順眼的人多了去了。」高橋突兀著雙眼，「這次是絕好的機會，所以我要留下來，引出想要殺我的人，不然以後會有更多的麻煩。」

第十三章　殺人機器

「我們會繼續調查，有結果會第一時間聯繫您，但您真沒必要親自冒險。」胡平生很有耐心地和高橋周旋。

此時，車隊已經拐入駛向機場的專用高速公路，道路變得更加寬敞，兩邊像士兵一樣列隊的行道樹，從近前一字排開，延伸至遠方。

葉大衛趁著這個機會，將所有關於AI機器人的事情在腦子裡一一過了一遍，其實他一直在想一件事，那便是關於AI機器人身體裡有自動爆炸系統，一旦被激發便會爆炸，那麼昨晚「向卉」來襲擊他，一定也是徐天堂操縱的。

高橋眼見車隊已經上了機場高速，緊繃著的臉變得更加冰冷，他扭過臉去，雙眼死死地盯著窗外，似乎在跟人賭氣，再也沒發一言。

雨下得更大了，將道路沖刷得恍若明鏡。一陣轟隆隆的巨響，如天雷滾滾而來。

不過，這不是雷聲，而是幾輛正在車隊兩邊賓士的摩托車，車上的人全都戴著面具，身著黑色外套。

葉大衛和曹志宇對視了一眼，雖沒言語，但剎那間心領神會，做好了迎戰準備。

曹志宇隨後向胡平生彙報了這邊的情況，胡平生只短短地說了幾個字：「注意安全！」

高橋突然狂笑起來，揮舞著手臂興奮地嚷道：「來了，又來啦。抓住他們，這次一定要抓個活口。」

「高橋先生，請您坐好！」胡平生提醒道，「所有人聽著，加速前進！」

不出所料的話，這些襲擊者必定又是AI機器人！葉大衛這樣想著，此時已經非常清晰地看到了近前

的車手。那張戴著面具的臉，像個骷髏。

他看到襲擊者接近車輛，然後將一枚炸彈貼在了車身與此同時，又一名襲擊者也將炸彈貼在了車身另一邊，曹志宇見狀，忙大叫：「停車！」

駕駛員踩下煞車，四個輪子像爪子一樣緊緊地貼在了地上。

「有炸彈！」葉大衛驚恐地大叫起來，話音剛落，只聽見一聲巨響，兩顆炸彈同時爆炸，巨大的衝擊力，將車輛高高地掀起，又重重地落下，便穩穩地停擺在了路上。

前後車輛上的警員此時已經下車，和襲擊者交上了火。車廂裡，人仰馬翻，所有人都脫離了座位，橫七豎八地躺在過道裡。

葉大衛被震下了座位，整個人趴在那兒，耳朵裡嗡嗡作響。他使勁搖了搖頭，隱約間聽見有人叫他的名字，這才漸漸清醒過來，見曹志宇在朝他大喊大叫，這才回道：「別喊了，我沒事！」

「沒人受傷吧？」曹志宇問的是其他警員，然後起身，趴在車窗上觀察著車外的局勢。雙方人員正在交火，戰鬥異常激烈。

葉大衛也見識到了汽車的超強防彈功能，兩顆炸彈居然都沒能將汽車炸開，實在令人驚嘆。

「什麼材料，這麼厲害！」曹志宇撫摸著車身，興致勃勃地問。

葉大衛說：「聽胡隊說，那是最新的奈米科技，據說這種防彈科技應用於戰場後，可以大大降低傷亡。」

第十三章　殺人機器

「你待在車上，不要下車。」曹志宇說完，開啟車門，投入了激烈的戰鬥中。又一梭子彈射在車門上，劈里啪啦碰撞的聲音，像激情四射的音樂。

葉大衛坐在車裡，心卻早飛了出去，但胡平生對他有命令，他此刻代替的是高橋，而且徐天堂並不知道他還活著，所以他這個誘餌不到萬不得已不能現身。

曹志宇開了兩槍，發現對方的火力基本集中在這輛轎車上，車胎已經全部報廢，看來目標還是高橋。

「胡隊，匪徒的火力太猛了，我擔心防彈車扛不住啊！」曹志宇向胡平生彙報這邊的情況後，胡平生臉色冷峻，他知道那將是一場異常殘酷的戰鬥，可能會有兄弟犧牲，但保護高橋是任務，於是回道：「我們還沒到達目的地，你那邊必須挺住，葉大衛盡量待在車上，不能讓他們發現這是個圈套⋯⋯」

曹志宇明白胡平生是讓他們盡量拖延時間，掩護高橋到達機場。

「怎麼樣了？」高橋問。

「高橋先生，讓您受驚了。雙方正在交火，戰鬥非常激烈，看來我們這樣的安排，對於您的安全來說，是非常明智的。」胡平生心事重重地說，「這次的雲海之行，對我們大家而言，都是一次考驗，但您放心，等您安全離開後，我們會向這夥罪犯全面開戰，不徹底搗毀這個犯罪集團絕不罷休。」

高橋淡淡一笑：「你們考慮得很周到，如果能抓到活口，也許就能找到幕後黑手。」

「我已經向他們下了命令，希望如您所願。」胡平生屏住呼吸，雙眼閃爍著堅毅的表情，然後拿起對講機說：「還有多久到達現場？」

「我們馬上到達現場！」說話間，兩輛裝甲車正從遠處快速駛來，車上是全副武裝的特警。

裝甲車到達現場後，迅速衝到了戰場最前面，用鐵甲擋住了子彈。緊接著，車門開啟，特警戰士魚貫而出，火力全開，形成一道密集的防線，將正要衝過來的殺手全部擋住。

葉大衛欣喜不已，沒想到胡平生暗地裡居然還做了這樣的安排。他親眼看到子彈擊中其中一個目標身體，但沒流血。

「果然又是AI機器人。」葉大衛實在是沒忍住，開啟車門，竄到曹志宇身邊，大聲說道：「那些傢伙都不是人，你看到沒有，全都是鋼鐵做的。」

「誰讓你下車的？」曹志宇手忙腳亂，急於把他給推回到車上。葉大衛固執地攔住他說：「徐天堂早晚會知道我活著，只要高橋順利離開雲海，我便能現身。」

「你到底想幹什麼，這不在計劃之內！」

「我要跟徐天堂真槍真刀地幹，要親手把他送進監獄！」

「你又忘了自己的身分嗎？在這裡，你不是警察，沒有執法權。」

「不行！」曹志宇一口回絕了他，葉大衛說：「殺手的火力太猛，兄弟們快撐不住了⋯⋯」

曹志宇表情決然地回道：「那也輪不到你！」

這時候，那些AI機器人又開始步步緊逼，他們面對特警戰士們強大的火力，再也不躲避，反而紛紛

葉大衛剛一抬頭，一顆子彈擦著頭皮飛了過去，他朝曹志宇嚷道：「給我把槍！」

第十三章　殺人機器

朝著前面衝了過來。

曹志宇見狀，探出身去開了兩槍。葉大衛看他開槍的時候，瞬間吸引了無數的火力，要不是眼明手快把他給拉回來，恐怕就中了彈。

曹志宇抱著槍喘息著，齜牙咧嘴地罵道：「王八蛋，差點就中彩了！」

「把槍給我！」葉大衛臉色陰沉，向他伸出了手，可就在這時，突然兩聲巨響，兩枚砲彈從裝甲車裡破膛而出，精準擊中目標，好幾個目標被炸飛，支離破碎地散落一地。

徐天堂正利用無人機看著現場，看到站在車前的葉大衛時，一開始還以為自己看花了眼，但隨即就握緊拳頭，瘋了似的滿屋裡上竄下跳。

「該死、該死。居然騙我，我居然被你們給騙了，全都該死，你們全都該死！」他像一頭惱怒的獅子咆哮著，面對剛剛注射了藥水，依然陷入昏睡中的獵物，恨不得將其嚼得粉碎。可他終於還是忍住，盯著那張臉，瞇縫著眼睛，想到還依然活著的葉大衛，繼而獰笑著怒吼道：「殺死他們，一個不留。」

AI機器人收到命令，邊開槍邊朝著前方殺了過來。

徐天堂滿臉興奮，瞪著眼睛，冷冷地罵道：「葉大衛，這裡就是你的葬身之地，敢壞我的好事，去死吧你！」

葉大衛面對那些瘋了似的衝過來的AI機器人，連聲大叫道：「不好，這些傢伙自帶爆炸系統……」

248

「全體撤退！」曹志宇怒吼道，可是他的聲音被槍聲淹沒，擋在最前面的特警戰士們正全力還擊，那些衝到眼前的AI機器人瞬間變成了人體炸彈，像爆竹一樣裂開，強大的衝擊力將裝甲車都撼動了，好幾個特警戰士被掀了起來。

又是一連串爆炸，火光沖天而起，震耳欲聾。其中一臺裝甲車終於被氣流掀翻，然後打了個滾，砸中了近前的另外一輛車。

爆炸過後，一切歸於寧靜。

傷亡遍地！

地上除了AI機器人的身體碎片，還留下了幾具特警戰士的屍體。

葉大衛眼睛血紅，他親眼看到AI機器人爆炸後造成的巨大傷亡，憋在心裡的怒火也像炸彈一樣炸開，對著濃煙滾滾的天空咆哮起來。

徐天堂雖然親手引爆了所有的AI機器人，卻沒能殺死葉大衛，此時看到葉大衛還活生生地站在那裡，那張臉完整地呈現在螢幕上，並且對著天空咆哮，剛剛興奮的臉色，瞬間又變得死灰，眼裡閃爍著仇恨的火焰，像要把人給生吞活剝了似的。

葉大衛看到正在頭頂盤旋的無人機，恍然間明白了怎麼回事，對它豎起中指，然後抓起槍，朝著無人機狠狠地扣動扳機。

* * *

第十三章　殺人機器

雲海市警察局解剖室，解剖床上躺著一具屍體。嚴格來說，不能說是屍體，因為它並非人類，而是鋼鐵製造的AI機器人。

在它身邊，圍著一群人，有警察，也有法醫。

「老胡，我怎麼覺得這傢伙不應該送我這裡來呀！」說話的是法醫部負責人老田，他湊到AI機器人面前，抽了抽鼻子，回頭看了一眼胡平生，「搬去技術部門吧，這沒皮沒肉的，我無法下手。」

胡平生笑嘻嘻地說：「老田，來都來了，你真要趕我走？」

「不是我要趕你，是你在為難我啊。」老田後退了一步，搖晃著像燈泡一樣雪亮禿頂的腦瓜，「你看你們這一群人都跑來看熱鬧，趕緊走，都出去，別影響我正常工作啊。」

葉大衛也覺得應該把AI機器人送去技術部門，但他不太會說話，只是站在一邊兒看熱鬧。

「既然來了，您就將就著幫忙看看，管它是個什麼東西，先剖了再說。」曹志宇在一邊兒閱，「老田無奈地說：「我幹了大半輩子法醫，還從來沒有解剖過這種玩意兒，你們這是在侮辱我的職業操守……」

「哎，老田，你這話過火了。這樣吧，這東西搬來搬去的太麻煩，我讓技術部門的同事過來，就是借你地方一用，這總行了吧？」胡平生的話剛說完，老田便脫下白袍說道：「正好我有事要提前下班，你們愛咋折騰就咋折騰，但我要提醒你們一句，手術刀可切不開這鐵疙瘩。」

「別走啊老田，這可是你的地盤，待會兒開了膛，說不定還有用得著你的地方呢！」胡平生還在開玩笑，可老田已經揮了揮手，搖著腦袋出了門。

「胡隊，怎麼辦啊？老田走了，還真要我們自己動手呀？」曹志宇問，胡平生湊近AI機器人額頭上的彈孔，邊觀察邊說：「還愣著幹什麼，快去叫技術部門的人過來。」

第十三章　殺人機器

第十四章 交易背後的祕密

孤月懸空，獨影相思。

葉大衛住進了曹志宇為他安排的酒店，房間挺大，靠外的整面牆壁都是落地玻璃。關上燈，月光灑滿整個房間。

他做了這麼多年警察，親手送進監獄的罪犯不計其數，但從沒感到過如此無力。可以說，徐天堂是他迄今為止遇到的最強勁的對手，如果要將其繩之以法，可能比登天還難。

白日裡的戰鬥，犧牲了好幾名特警，這帶給了葉大衛沉重的打擊。

他自然而然就想到了曾經的搭檔申雲娜，那個被罪犯殺害的警察，經常像夢魘一般出現在他的腦海裡，他無法忘記她的樣子，也不敢忘記。她的犧牲，也成了他繼續作為警察打擊犯罪的動力。

月光灑落在他臉上，憂鬱的眼神，承載了無盡的相思。他眼前又浮現出了另一張面孔，那張面孔，鑲嵌在他眼裡和心上，如碧波蕩漾。

那一輪明月，飄浮在夜空，讓他感觸良多。他想起在某本書上看到的一句話：「你我如同星辰，雖然能夠看穿浩瀚宇宙，卻無法洞察人類世界的苦難。」

第十四章　交易背後的祕密

人類世界中的每一個人，相對於整個宇宙來說，實在是太微不足道。葉大衛暗自嘆息了一聲，沉沉地閉上了眼。

＊＊＊

今夜的江州市，也是月光皎潔。向卉凝望著遙遠的夜空，想像著另一個世界的葉大衛，現在究竟在做什麼。月色如水般滑過她的臉龐，可她的眼裡，卻裝滿了惆悵。很多個夜晚，她都這樣盤腿而坐，然後沉沉睡去。

一陣冷風吹過，她從夢裡醒來，望見窗外，卻依然夜色沉沉。她裹了裹披在身上的薄外套，正打算回床歇息，猛然回頭，一個黑影闖入了她的視線。

她習慣性地想拔槍，這才想起下班時上交了。那張臉雖然藏在黑色帽簷之下，但向卉已經從身形判斷出了對方的身分。

來者是小衛，一身黑衣。當她和那雙眼睛碰撞在一起時，仍然被那如寒鐵一樣的眼神刺得一愣。兩人就這樣站立著，誰都沒動，也沒開口說話。幾秒鐘過後，小衛突然向前移動了半步。

「你想幹什麼？」向卉冷聲喝斥道，同時做好了反擊的準備。

小衛眼裡突然浮現出一絲淡淡的笑容，似乎沒有了剛才的惡意。向卉猜不出他的心思，又說道：「你還敢回來，全江州市的警察都在找你⋯⋯」

小衛卻從喉嚨裡發出一陣陰冷的笑容，又長長地吐了口氣，說：「我都不是你們這個世界的人，你們

有什麼權力抓我？」

向卉被他這話噎住。

「跟我走吧，我保證不會傷害妳。」小衛說著又向前一步，向卉壓抑著內心的慌亂，冷冷地說：「該走的人是你。你知道我是幹什麼的，如果我是你，現在一定會逃得遠遠的，最好是滾回你的世界，永遠也不要再回來。」

「妳說得對，我正要回去，但妳必須跟我一起走。」小衛摸了摸額頭，「我得不到的東西，任何人也別想得到，如果妳不跟我走，我只能毀了妳。」

「我們本來就屬於不同的世界，你這樣做……」

小衛踐扈地打斷了她：「我管不了這麼多。我知道妳在等他回來，但我跟他本來就是同一個人，我們之間沒有區別，妳看看我這張臉，如果我們站在一起，妳能分辨出來嗎？」

「雖然你們長著一模一樣的臉，但你們的心不一樣，他是貓，你是老鼠。」

「妳住口！」小衛開始變得狂躁，一步步逼近向卉，「只有老鼠存在，貓才有價值。今天我對妳做的一切，都是妳逼我的，我給過妳機會，是妳不要，妳可不要怪我！」

「你應該待在你的世界，做回你自己。」

「我的世界，到處充滿了黑暗，那是妳根本不了解的。在那樣的世界，我活不了，隨時都可能沒命，所以我要逃走。」

第十四章　交易背後的祕密

「你既然來到了這個世界，完全可以選擇做一個好人，我們都會接納你。」

「妳錯了，沒人會接納我，只要他在，我就是他的替身，就永遠沒有屬於我的空間！」小衛幾乎是在怒吼，在快要接近向卉時，向卉抓起身後的玻璃瓶，猛地朝他扔了過去。

小衛躲過了襲擊，玻璃瓶砸中牆壁，飛濺的玻璃碴刺中了他額角。他摸了一把流血的地方，頓時滿臉猙獰，飛身擋住向卉的路，怒火中燒，殺氣騰騰。

向卉逃不出去，於是變被動為主動，閃電般出手，鎖住他咽喉，猛地將小衛推到了牆上。此時，小衛卻抓住她的手腕，同時用膝蓋頂她的肚子，她痛得發出一聲慘叫，不由自主地鬆開了手，撞在牆上，捂著肚子半蹲了下去。

小衛乘勝出擊，循著她的身影竄了過去，飛身一腳，卻又被向卉避開。

向卉強忍著疼痛，就地一滾，躲到了沙發後面。小衛像塊狗皮膏藥，緊緊地貼著她身後。她躲在沙發後面跟他周旋，但很快就抵不住了。

小衛翻身掠過沙發，卻在快接近她時，被她一腳掃翻在地，臉朝下撞在沙發邊角，掙扎了半天沒爬起來。

向卉趁著這個空隙，往門口方向跑去，正要開門時，卻感到身後三分鐘熱風襲來，情急之下，剛一扭頭，便看到有什麼東西朝自己飛了過來，砸在門上，炸裂開去。那是桌上的筆記型電腦，被摔成了碎片。

小衛齜牙咧嘴，嚎叫時的樣子，像極了瘋狗。

向卉被他掐著脖子，動彈不得。

256

「妳到底跟不跟我走？」小衛氣急敗壞，似乎使出了渾身的力氣。

「你骯髒的靈魂，根本配不上他的皮囊！」向卉面紅耳赤，一隻手在牆上抓來抓去，突然間碰到開關，燈熄滅了。

小衛眼前變得一片漆黑，也正是這一愣神的瞬間，被向卉用手肘擊中太陽穴，痛得他不得不鬆開雙手。

向卉熟悉屋內的結構，三步並作兩步衝向廚房，迅速鎖上了門。

「妳跑不了啦。開門吧，我不會傷害妳，只要妳乖乖跟我走……」小衛的聲音隔著門傳來，向卉呼吸急促，突然眼前一亮，有了主意。

小衛使出渾身力氣，將門撞開，可就在他將要闖進來時，突然慘叫了一聲，繼而向後退去。

向卉知道自己刺中了目標，趁機奪門而出，向著夜色盡頭狂奔……

＊＊＊

天亮時，警方已經做完筆錄，把房子裡外外翻了個遍，除了點點滴滴的血跡外，沒發現小衛的蹤跡。

向卉沒有受傷，但想起昨晚的驚魂遭遇，仍心有餘悸。

「沒想到那小子膽大包天，居然連警察都敢動，要是讓我逮住他，非剝了他的皮不可！」馬正雲一關上辦公室的門，就開始大發雷霆。

257

第十四章　交易背後的祕密

「我這不是沒受傷嗎?」向卉表面上仍然裝作十分平靜,「舅舅,別大驚小怪了,你忘了自己是什麼身分。」

「我是什麼身分?我是妳舅舅。」馬正雲陰沉著臉,「誰要是敢傷害妳,我就算這個警察局局長不當了,也要把他⋯⋯」

「好了好了,等抓到他再說吧。」向卉說著就想離開,卻被馬正雲叫住:「日子定了,就在下週,妳準備一下交接工作。」

「什麼定了?」

「去里昂!」

「我還是不想去!」

「這可由不得妳,於公於私,妳這次必須去,出去避避風頭!」馬正雲說,「那小子一天不落網,妳就一天不安全。」

「我不是沒受傷嗎?我還刺傷了他,一時半會兒肯定不敢再來!」

「就是因為妳刺傷了他,所以我才擔心他會再來報復,而且會更加不擇手段。」馬正雲重重地敲著桌子,「就這樣吧,這件事沒有商量的餘地,這同樣也是我答應大衛的事。」

向卉聽他提起葉大衛,突然鼻子一酸,慌忙扭過臉去不再看馬正雲。馬正雲猜到了她的心思,輕聲嘆息道:「這件事妳不能怪我,舅舅處在這樣的位置,有時候也是沒辦法的事。大衛是我手下的得力幹

258

將，也是舅舅重點培養的對象，前途不可限量。機緣巧合有了這樣的經歷和能力，也讓他必須承載更多的重擔。相信舅舅吧，他會全身而退的。」

「我不敢想像⋯⋯」向卉有些哽咽，換作任何人，要是遇到那種事，都不知道會經歷怎樣的痛，那該是一種怎樣刻骨銘心的感受啊。

「人這一輩子，會經歷很多事，每件事都是對他的考驗，如果他挺了過來，就將成為生活的王者！」馬正雲說完這話，轉身朝向窗戶外面，放眼望去，滿眼的碧綠。

他何嘗不擔心葉大衛的安危，但不能當著向卉的面說出來。現在唯一能做的，除了假裝堅強，還要為向卉打氣。

＊ ＊ ＊

在葉大衛面前的桌上，擺放著徐天堂派人放在他房間裡的手機，還有向宏濤跟他聯繫的那臺舊電腦。這兩人都突然闖入他的生命，之前並不認識，更別提淵源了，可人生就是這樣充滿了很多的不確定。

他的心情在左右飄搖。

「向卉啊向卉，妳到底去哪兒了，為什麼一直不聯繫師父？」他腦子裡默默地冒出這句話時，突然意識到自己錯了，這個空間的向卉，和他也只是萍水相逢，還談不上師徒關係。

可是他也明白自己來到這個空間，遇上的所有事情，幾乎全都與向卉有關係。

「妳來到或去到任何一個空間，都不是毫無理由的。」葉大衛總結過之前的經歷，得出了以上結論，

第十四章　交易背後的祕密

所以他覺得人有的時候還是要相信命運，命運就像一根線，會把所有相關的人和事連繫起來。

「如果妳父親再次來電，我該如何寬慰他？」葉大衛正在發呆，突然電話響了。他沒有很快接聽，而是等電話響了很久，才不急不慢地把電話拿了起來。

「不好意思，是不是打擾了你的美夢？」電話那頭果然傳來徐天堂的聲音。

葉大衛裝作睡意矇矓，無精打采地說：「如果我是你，就不會這麼晚打電話。」

徐天堂笑道：「如果我是你，今晚應該是無法入眠的。」

「這句話應該是我跟你說吧。」葉大衛冷冷地回應道，「你的計畫再次被警方挫敗，高橋現在恐怕已經遠走高飛，而你收了買家的錢，卻沒能完成任務，不知道結局會怎樣。」

「這個還真不用你操心，所謂跑得了和尚跑不了廟，躲得過初一躲不過十五，高橋的性命已經在倒數計時。」徐天堂輕描淡寫地說，好像在描述一件極其好玩的事。

「當然了，殺人這種事，在他眼裡就是小事，比踩死一隻螞蟻還簡單。只不過，這次遇到了一些麻煩，而麻煩的根源，就在於葉大衛的介入。

葉大衛握緊了拳頭，恨意湧上心頭，但裝作漫不經心地說：「警方已經掌握了你全部的犯罪事實，如果我是你，現在應該夾著尾巴逃跑才對。哦，對了，忘了告訴你一件事，你煞費苦心製造出來的殺人機器，已經落到警方手裡，我相信不久之後，你所有的罪惡都將公之於眾。」

徐天堂聞言，卻大笑起來。

260

「只不過是一些機器而已,根本不算什麼,如果你們喜歡,我可以白送你們幾個。我的作品可是世界領先級的,也許你們可以用來打造成超級警察⋯⋯」

「如果你們早這麼想,現在也不至於淪落到如此地步。」

「那是你們世人醜惡,不要拿那些偽善的說辭來教化我,我徐天堂能有今時今日,可不是靠耍嘴皮子得來的。」徐天堂抽著雪茄,舔了舔嘴唇,「廢話少說,我們做一筆交易吧。」

「怎麼著,打算向警方自首,爭取從寬處理?」徐天堂差點沒忍住笑,但最後還是笑出了聲。他在笑的時候,渾身的肉都在顫動。

「這是你最後的,也是唯一的出路。其實以你的能力,完全可以為這個社會做很多事,而你所做的一切,在將來,也能夠名垂青史。」葉大衛說的是實話,以徐天堂目前研究 AI 機器人的技術來說,確實可以領先全球很多年,如果他可以將這項技術應用到推動社會進步的層面上來,必將是大功一件。

「名垂青史這種偽善的事情,還是交給那些偽善的傢伙去做吧。」徐天堂收斂笑容,「如果你希望向卉活著回去,拿高橋的命來交換吧。」

葉大衛眼前一黑,瞬間就站了起來,支支吾吾地問:「你、你說什麼?」

「我已經說得夠清楚啦。」徐天堂扭動著脖子,「向卉在我手裡,我給你十二個小時,拿高橋來交換,而且我要活的。否則,你這輩子就再也別想見到她。」

葉大衛徹底懵了,他有懷疑過向卉可能落到了徐天堂手裡,可當猜想變成事實時,還是不敢相信自己的耳朵。雖然他知道徐天堂說的是實話,但還是遲疑了許久才說⋯「我要看看她。」

第十四章　交易背後的祕密

「沒問題，等著！」徐天堂將通話轉成了視訊，向卉蜷縮在鐵籠裡的鏡頭出現在葉大衛眼前，葉大衛連叫了她好幾聲，她卻一動不動。

「我要跟她說話，你把她怎麼了？」葉大衛的心在發抖。

「別擔心，她沒事，只不過剛剛打了一針，睡過去了。我可不忍心對這麼漂亮的姑娘使用暴力。」徐天堂在影片中露出了滿帶笑容的臉，「記住，是十二個小時，超過一秒鐘，你就準備替她收屍！」

葉大衛盯著那雙得意揚揚的眼睛，呼吸越來越沉重，腦子也一片空白。但是，他強迫自己冷靜，無奈地說：「高橋已經離開雲海市⋯⋯」

「這我可管不著，十二個小時，足夠你們把他召回了！」徐天堂冷冷地說，「當我結束通話的時候，倒數計時馬上開始，要是我，這時候應該要行動起來了。至於交易的地點，我會再通知你。記住，不許耍花樣，否則後果自負。」

葉大衛聽見對方掛了電話，想著被徐天堂囚禁的向卉，頓時急得如熱鍋上的螞蟻，在房間裡走來走去，沒想到那臺舊電腦又像約定好似的，突然傳來了「沙沙」的聲音。

他盯著閃爍的電腦螢幕，卻遲遲不敢出聲。他害怕聽見向宏濤的聲音，因為不知該如何跟他解釋向卉被抓走的事情。

可是「沙沙」的聲音一直在持續，好像沒有停歇下來的意思。

終於，他還是鼓起勇氣說道：「您好！」

262

電腦裡傳來熟悉的聲音⋯「喂，是我，沒打擾你吧？」

「沒有！」葉大衛盡量讓自己的聲音聽起來不那麼可疑，向宏濤緊接著說：「本來不想打擾你，但我突然做了個夢，夢見向卉出事了，她渾身是血，也不知道被關在哪裡，一個勁地喊救命⋯⋯我能看到她，真的看到了。可我救不了她，我不知道該怎樣救她！」

葉大衛本來心裡就堵得慌，此時聽了他的話，更加不知道該如何是好。

「大衛，我求求你，我在這個世界上就女兒這一個親人了，我已經辜負了她，讓她的童年失去了父母，她不能再出事了。」向宏濤哽咽起來，葉大衛盡量裝作沒事一樣安慰道：「您這不是做了個夢嗎？向卉她、她在學校呢！」

他感覺自己有點編不下去了。這麼久以來，一直以這個為藉口蒙蔽向宏濤，換作任何人，可能都會起疑心的。

「大衛，你不要再騙我，我知道向卉一定是出事了。求求你，求求你跟我說實話好嗎？」葉大衛低垂著臉，陷入了沉默，向宏濤接下來說了什麼，他一個字也沒聽見，許久之後才嘆息道：「向卉確實出事了。」

輪到向宏濤陷入了沉默。

「她被綁架了，警方正在想辦法救她！」葉大衛終於說出了實情，他不忍心繼續欺騙一個思女心切的老父親，「您放心，綁匪剛剛聯繫了我，不會傷害向卉，警方很快就能救出她。」

電話那邊傳來向宏濤沙啞的哭聲。

263

第十四章　交易背後的祕密

葉大衛心頭一顫一顫的，難過地說：「綁匪發來了向卉的畫面，她沒事。您別太擔心，安心等我的消息，警方很快就會把她救出來。」

「她不會有事的，不會有事的……」向宏濤連連說道，「拜託了大衛，你向我保證，一定要保護好我女兒的安全，她一定不能有事，一定要活著回來！」

「是的，我向您保證，她絕不會有事！」葉大衛重重地點了點頭，掛了電話，隨即用酒店電話把曹志宇叫醒，矇矇矓矓中的曹志宇聽他說明情況，頓時也急了，說：「高橋都已經離開了雲海，這可怎麼辦？」

「向卉的命在他手裡……不行，就算沒有高橋，我也要去救人！」葉大衛情緒十分低落，緊接著把向宏濤跟他聯繫的事情告訴給了曹志宇，曹志宇無比驚詫，沒想到他居然透過一臺電腦跟另一個空間的向宏濤聯繫上了，怔了許久才說：「沒想到他還真感覺對了。你先別急，我馬上跟胡隊彙報一聲，看看接下來怎麼處理。」

「高橋都已經離開雲海，就算現在跟胡隊彙報，也遲了！」葉大衛心灰意冷，感覺到了無望和無助，

曹志宇說：「這樣吧，我們先見面再說！」

「馬上走，去胡隊辦公室！」

兩人到達警察局時，天邊現出一絲昏黃的光。曹志宇和葉大衛幾乎同時到達，葉大衛不解地問：「這麼早，胡隊上班了？」

「我出發前打了電話給他，他昨晚加班結束後，就在辦公室睡下了。」曹志宇火燒火燎地說，「快走，胡隊讓我們馬上過去！」

264

胡平生在沙發上將就了大半宿，接到曹志宇的電話後，洗了把臉，又開始坐在辦公桌前看案卷，見兩人敲門進來，這才停下了手裡的工作。

葉大衛簡單陳述事情的經過後，曹志宇說：「這可是抓住徐天堂的大好機會，要是錯過，恐怕要再抓他就更不容易了。」

「他聲稱向卉在他手裡，要你拿高橋去交換？」胡平生眉頭緊蹙，「你有沒有跟他說高橋已經離開雲海的事情？」

「說了，但他只給我十二小時，到時候如果見不到高橋，向卉就會有危險。」葉大衛說完這話，又道：「在來的路上，我已經想好了，就跟他說高橋已經在回來的路上，幾個小時後就能交易。」

「你認為徐天堂會信你？」曹志宇反問，葉大衛說：「我知道他可能不信，但沒有更好的辦法，只能賭一把。」

「徐天堂想要高橋，無非是為了完成僱主報復殺人的目的。」胡平生眼神深邃，「正好高橋也想知道到底是什麼人想殺他。馬上跟我走，我帶你們去個地方。」

＊　＊　＊

胡平生親自駕車，繞過幾條街道，大約二十分鐘後，進入一條剛好可以進出一輛車的狹窄水泥路，再往前，不多時，一棟三層高的平房躍然出現在眼前。

葉大衛和曹志宇自然不明白胡平生的心思，大清早被拉到這個地方，心裡滿是疑惑。

第十四章　交易背後的祕密

「胡隊,這什麼地方呀?」曹志宇下車後面對平房,忍不住問道。

胡平生仰著頭說:「跟我進來!」

葉大衛跟在最後,朝四周看去,不見任何一人,直到上了三樓,胡平生敲門,出現兩名男子。

「胡隊,這怎麼回事啊?」曹志宇居然在這個地方看到了同事,胡平生沒理會他,只是問道:「都還好吧?」

「一切正常!」男子說著讓開路,把他們請進屋,「我已經叫他了,應該馬上出來!」

葉大衛在心裡思忖著這個「他」究竟是何人,就在這時候,一個聲音從背後傳來:「不好意思,讓各位久等了,沒想到這麼快又見面了吧!」

葉大衛回頭,只見身著睡袍的高橋正站在身後,頓時傻了眼。

「這、這到底怎麼回事,高橋先生不是已經……」曹志宇替葉大衛問出了心裡的疑慮,高橋卻只笑了笑,說:「胡隊長,說說吧,什麼事?」

胡平生直言道:「這麼早來打擾您,是因為有人想見您。」

「有人想見我?」

「是的,一個叫徐天堂的人!」胡平生說,高橋狐疑地問:「我不認識他,是雲海市的官員,還是其他什麼重要的人?」

葉大衛和曹志宇對視了一眼。

「您此次出行雲海，有人僱用『暗網』組織的殺手想殺您。我們已經查明，這個組織在雲海市的負責人，叫徐天堂。此人劣跡斑斑，國際警方一直在調查他，可他行為做事非常謹慎，因此我們至今也沒有掌握充足和直接的證據！」

胡平生說完這話，直直地看著高橋，高橋皺著眉，唸叨著：「徐天堂⋯⋯」

「是的，所以我來找您，是有不情之請。兩個小時前，我們接到電話，徐天堂聲稱綁架了人質，要拿您交換人質，否則就會撕票！」胡平生說，「當然，我們來找您，實在是情不得已，並非要真的用您交換人質，只不過需要您冒險一次，幫警方解救人質，也好讓我們抓住徐天堂。如果您有什麼顧慮，或者覺得太冒險，完全可以拒絕我的請求，這是您的自由。」

高橋在屋裡一邊來回走動，一邊說道：「我會是怕死的人嗎？之前我就打算用自己引出這個想殺我的傢伙，現在機會來了，我絕不會退縮。這個叫徐天堂的，膽子也太大了，居然敢和警方叫板。」

「胡隊長，我早就說過，如果能幫你們抓住想殺我的人，也算是幫我自己。我答應幫你們解救人質，請問需要我做什麼？人質又是什麼身分？」

胡平生懸著的心總算是放了下來，感激地說：「太感謝您了。徐天堂綁架的人質身分非常特殊，是一名在讀警校的女學生。您放心，這次的行動是保密的，除了警方的少數人知道，所以絕不會洩漏消息。」

「沒關係，是你們幫我在先。我幫你們，也算是盡了一個普通市民的職責。你們稍等，我馬上出來。」高橋說著，便進屋盥洗去了。

葉大衛和曹志宇看著胡平生，雖然沒說話，但胡平生猜到他們想知道什麼，於是笑了笑，說：「事情

第十四章　交易背後的祕密

「是這樣的……」

當天，葉大衛頂替高橋在路上遭遇伏擊時，胡平生正帶著高橋前往機場，也發生了意外。

「辦完登機手續之後，廣播裡突然傳來取消高橋先生即將乘坐班機的消息，隨後我收到消息，有人在幾分鐘前利用加密網路，傳達了一些襲擊任務的指令，目標正是高橋先生即將乘坐的飛機……」胡平生嘆息道，「無奈之下，為了確保班機和高橋先生的安全，我只能將高橋先生再次帶回來，然後送來了安全屋。」

「有人打算襲擊飛機，刺殺高橋先生？」曹志宇的表情十分誇張，「這也太扯了，難道凶手打算在飛機上安炸彈，或者用別的方式襲擊飛機？」

「這可難說，飛機上那麼多乘客，到時候事情鬧大就不好收場了！」胡平生表情凝重地說，「不怕一萬，只怕萬一，所以最好的辦法就是停飛，這樣就能逼迫凶手放棄。」

葉大衛聽了胡平生的話，心想高橋沒能離開雲海，也許是老天未卜先知，留下他就是為了救向卉。

「那接下來，是不是應該去解救人質？」胡平生看著葉大衛，問：「怎麼跟徐天堂取得聯繫？」

葉大衛拿出徐天堂留給他的手機：「沒有來電號碼顯示，所以沒辦法主動聯繫，只能等他電話！」

「不是給你十二個小時嗎？時間還沒到，我們就在這裡等著吧！」胡平生找地方坐下，揉著額頭，疲憊襲上心頭。

葉大衛走到窗戶邊，望著窗外剛剛亮開的天空，還有那滿眼的綠意，似乎聞到一股淡淡的花香，不

禁閉上眼睛，深深地吸了一口氣。

他自從得知向卉被徐天堂綁架，內心一直處於壓抑的狀態，直到高橋答應幫警方解救人質，他的心情才變得稍微輕鬆了些。

很快，高橋穿戴一新，從屋裡出來，淡定地說：「準備好了，出發吧！」

「不急，我們還有很多時間。」胡平生說，「可以先一起吃個早餐。」

天近傍晚，離徐天堂限定的時間已經過去了一半。

徐天堂終於再次打來了電話，當他得知高橋根本沒離開過雲海時，整個人就像瘋狂了似的，隨即命令葉大衛獨自帶著高橋去見面。

「我知道你已經和警方合作，但是在見面之前，請務必記住一點，千萬不要帶警察來，否則交易立即取消！」徐天堂結束通話之前，給出了見面的地點，「一個小時後，我會在那裡等你。記住，一個人來。」

在離雲海市中心大約三公里的地方，有一處占地兩百多平方公尺的爛尾樓，當年在修建過程中，突發坍塌事故，導致多人死亡，所以才不得不停工。這裡便是徐天堂要和葉大衛見面的地點。

葉大衛帶著高橋，驅車來到爛尾樓前，側目四望，發現此處除了爛尾樓，再沒了別的建築，而且方圓幾公里內，全都是樹林。

葉大衛剛下車，便又接到徐天堂的電話，讓他繼續沿著直路前行，右邊有一扇門，進門後再沿著樓梯上五樓。

269

第十四章　交易背後的祕密

他看了高橋一眼，只見高橋神情冷峻，而且不發一言，於是安慰道：「高橋先生，請您放心，我一定會保護好您的安全。待會兒如果發生什麼事，警方會立即展開營救。」

「我真想看看要殺我的人，到底長什麼樣！」高橋和他一起走進大樓，按照徐天堂的指示，慢慢向樓上移步。曹志宇待在車上，時不時地看一眼時間，眼神裡流淌著焦灼的情緒。

在他們身後的車裡，是全副武裝，隨時準備出發救人的警察。

「太冒險了，高橋是什麼身分？如果他遭遇不測，我們無法向市長和公眾交代。」

「我相信這次冒險是值得的，我會做好全部的應對措施，絕不會讓高橋受到任何傷害。」胡平生想起在跟上級彙報遭到拒絕後的說辭，上面自然更加擔心高橋的安危，但高橋主意已定，最後只得尊重他的選擇。

曹志宇拔出槍，檢查了一遍子彈。胡平生理解他的心情，但說道：「猴急什麼，把槍給我收起來。都是老警察了，遇到一點事就像熱鍋上的螞蟻。」

「徐天堂可不是一般的罪犯，他肯定已經知道葉大衛跟警方合作，但還敢繼續交易，如果不是吃了熊心豹子膽還有別的陰謀，要麼就是傻。」曹志宇這話其實也正是胡平生所擔心的，這個徐天堂在警察眼皮子底下交易人質，葫蘆裡到底賣的什麼藥？

「他們不是攜帶了監聽器嗎？怎麼沒聲音？」曹志宇突然問起這個，「你能聽見大衛說話嗎？」

胡平生搖了搖頭，這才察覺不對勁。

葉大衛和高橋上了五樓，在離他們大約十公尺的地方，一扇門突然開啟。

「進來吧！」徐天堂的聲音再次傳來。葉大衛和高橋對視了一眼，但剛進門，門就關上了，又亮起許多燈，雪亮的燈光照射在他們臉上，異常刺眼，兩人都不由自主地伸手擋了一下。

很快，他們適應了這裡的環境，舉目一看，只見在離他們不遠的地方，有個人影正坐在椅子上，而且正悠閒地搖晃著一杯紅酒。在那人身後，並立著幾個面無表情的人，有男有女。

葉大衛看清了坐在椅子上的那個人，是他見過的徐天堂。

「葉兄，上次一別，許久不見，想我了吧？」徐天堂面帶笑容，端著酒杯，站了起來。

「高橋先生我帶來了。」葉大衛急於見到向卉，所以開門見山地問：「向卉人呢？」

「哈哈，這位就是高橋？」徐天堂沒回答他的問題，而是盯著高橋，「高橋先生，久仰大名。像您這樣的大人物，想見您一面可真難啊！」

高橋雲淡風輕的表情，似乎完全沒將這個要取他性命的人放在眼裡，反而氣定神閒地問：「聽說你要殺我？」

高橋直視著徐天堂，「不不不，您別誤會，要殺您的人可不是我，我只是收錢做事，所以要殺您的另有其人。」

「到底是誰想取我的命？」高橋直視著徐天堂，「我知道你們都是收錢辦事。告訴我那個人的身分，我會給你十倍的報酬！」

271

第十四章 交易背後的祕密

「您也是生意場，知道生意場的規矩吧？我徐天堂收人錢財，替人消災，收了錢就要辦事，這是道上的規矩。當然，您確實非常有錢，我們同樣可以交易，在您死之前，您可以花錢，委託我幫您殺了他！」

徐天堂的話惹得高橋大笑，說：「你還真是講規矩的人，但遺憾的是，我也不知道到底是誰要殺我，所以我無法僱你。」

「這可就難辦了，恕我無能為力，看來你要做個糊里糊塗的冤死鬼了！」徐天堂慢慢悠悠地喝了口紅酒，將酒杯放下，又將目光轉向葉大衛，「葉兄，你也看到了，我是個講規矩的人。那麼你呢，為什麼這麼不聽話？」

「你什麼意思？你要的人我帶來了，還想怎麼樣？」葉大衛冷冷地問道。

「雖然你沒把警察帶來，但我知道，那些警察這時候應該在某個地方等著行動吧。」徐天堂輕蔑地笑道，「而且你們隨身攜帶了監聽器，我說得對嗎？」

葉大衛其實早該猜到徐天堂是不容易被忽悠的，於是扯下監聽器，一把扔在地上。

「沒關係，看來你還算老實！」徐天堂拿出一個黑色的小東西說，「在這方圓數里之內，當我按下這個小小的按鈕時，所有的訊號和無線電波都會被遮罩，所以沒有任何人可以聽到我們之間的談話。」

「你要的人我帶來了，我要的人呢？」葉大衛不想繼續耗下去，誰知徐天堂說：「她很安全，不過在你們見面之前，難道就不想知道我為什麼要抓她？」

第十五章　陰謀操縱者

時間回溯到 2007 年的那個夜晚。

朱慧敏從外地出差回來，天空突然下起了雨。在回家之前，她已經和曹志宇聯繫好，本來曹志宇要去車站接她，幫她過生日，誰知臨時接到任務，不得不改變計畫。

「沒關係，反正我還有些事情需要馬上處理，等你工作完，我來接你。」朱慧敏結束通話，急急忙忙往家裡趕去。

「喂，莉莉，我回來了！」她在途中撥通了陳莉的手機，「事情比較順利，但結果卻不如意，資料有限，想要短時間裡取得進展，難度很大。」

「不如按我說的，直接報警吧。」陳莉很擔心事態會失去控制，可朱慧敏依然拒絕了她，態度堅決地說：「莉莉，以後的事情妳就不用操心了，我會處理好！」

「我們還是見個面吧！」陳莉很想見她，於是在夜幕降臨時，兩人約在常去的咖啡店見了面。

「昨晚沒休息好？」朱慧敏問，陳莉搖頭道：「不是昨晚沒休息好，而是這段日子一直失眠。」

陳莉臉色看上去無比憔悴，一隻手托著下顎，一隻手在攪拌咖啡。

第十五章　陰謀操縱者

「怎麼啦？去看過醫生嗎？」

「老毛病了，看醫生也沒用。」其實她一直在服用安眠藥，但隨著劑量增加，感覺藥效反而一天不如一天。

「不然，我介紹一位朋友給妳，他是心理科的醫生。」

「心理科？」陳莉無力地笑道，「妳認為我心理有問題？」

「這個……」朱慧敏欲言又止，「妳失眠也不是一天兩天了，越往後會越痛苦。讓服務生給妳換杯開水吧，不能再喝咖啡了。」

陳莉卻制止了她，又喝了口咖啡，說：「睡不著就睡不著吧，醒著也有醒著的好處，至少不會擔心再也醒不過來。」

朱慧敏沉吟了半天才說：「妳是不是因為擔心……」

陳莉明白她未說完的話，也陷入了沉默，眼睛裡好像蒙著一層厚厚的陰雲，許久之後才說道：「珊珊和小雲，在跟我提起過要去討回公道後，就失蹤了。我勸過她們，可她們不聽，都一個多月過去了，仍然聯繫不上。我不知道她們是生是死，為什麼不聽我的，為什麼事情會鬧成這樣？」

她揉著太陽穴，直視著朱慧敏：「我們都是在那裡認識的，大家情同姐妹，之前都還好好的，可是為什麼自從她們提出要去公司討回公道之後，就出事了？」

朱慧敏回應著那雙悲傷的眼睛，卻不知道該說什麼才好。

274

「敏兒，別查了，報警吧，那些人我們惹不起，我不想也失去妳這個好姐妹！」

「不會的莉莉，我有分寸，不會出事的。」朱慧敏這話像是在安慰陳莉，卻似乎沒有底氣，因為這次出差的調查過程十分艱難，本來說好要見面的幾個對象，全都拒絕了她。陳莉得知事情結果後，反而更加擔心，痛苦地說：「我們都是那時候認識的姐妹，名單是我提供給妳的，我害怕……」

朱慧敏接到曹志宇的電話，和陳莉分開時，已經是晚上九點。從咖啡廳到警察局的路程並不遠，最多二十分鐘。反正曹志宇還要半個小時才能下班，她決定步行過去接他。

這個時間的地下通道，已經沒多少人，獨自穿過長長的水泥地面，突然感覺冷風乍起。朱慧敏本來不以為意，但突然想起陳莉說過的話，於是停下腳步，回頭望了一眼。

她突然覺得有些不對勁，於是加快了腳步，小跑著奔向通道出口方向，眼看著就要到達終點，不知從何處衝出來一個黑影，以迅雷不及掩耳之勢摀住她的口，她掙扎了幾下，便失去了知覺……

＊＊＊

葉大衛心裡涼涼的，他眼前浮現出在曹志宇家裡見過的朱慧敏的照片，還有曹志宇傷心欲絕的表情，彷彿又看到了朱慧敏被人抓走時那絕望的眼神，頓時感覺心裡有一團火在燃燒，似乎很快就要爆炸，但他忍住了，冷冷地問道：「那為什麼兩年後才對陳莉下手？」

「問得好！」徐天堂大笑，「我就喜歡跟你這樣的聰明人打交道，不費口舌。那個叫朱慧敏的女記者其

第十五章　陰謀操縱者

實根本不用死的，可是她不聽勸告，非要跟我作對，所以她不得不死，而且我把她藏在了一個非常隱蔽的地方，永遠都不會有人找到。至於陳莉，她更是冤枉，因為她當年沒有通過基因配對，本來就不關她的事，她卻還要多管閒事。我知道是她向女記者提供了線索，也打電話給她過，警告她別多事。她很聽話，在女記者死後就再也沒出來鬧事，所以我暫時放過了她。」

徐天堂在空地上來回徘徊，像個超級演說家。葉大衛看著那張面帶笑容的臉，像吃了一隻可惡的蒼蠅，但他從徐天堂的話裡，也明白朱慧敏失蹤後，為什麼活不見人死不見屍，警方才會以「失蹤」結案的原因。

「可是最近，我突然接到老闆的命令，讓我殺了她，還有當年一起參加志工基因配對的所有成員，斬草除根，以絕後患。」徐天堂停下了腳步，看著葉大衛的眼睛，「那些警察跟得太緊了，像瘋狗一樣盯著我的老闆，所以為了絕後患，不得不全部清除。」

「所以你才殺了陳莉？」

「這只是計畫的第一步，除了她，還有向卉，但她是警察，不好對付，所以我才想了個一箭雙鵰的計策，打算借警察的刀殺了她，讓她神不知鬼不覺的消失。可沒想到，恰好你又出現，這不就多了個替死鬼。」徐天堂說完這話，突然就收斂了笑容，惡狠狠地罵道：「本來我想把水都攪渾，但怪就怪你，沒想到你開始懷疑我，並且說服那些臭警察跟你合作，壞了我的好事，我只能再次出手。我沒想到你居然可以三番五次地死裡逃生，連我的AI機器人都不是你的對手。告訴我，你到底是什麼人？」

「我就是個普通人。」葉大衛冷冷地說，「雖然我不知道你的幕後黑手是誰，但我現在可以告訴你，你

276

們一個也別想跑。」

徐天堂不屑地笑道：「你以為那些警察是我的對手嗎？如果我害怕警察，就不會約你在警察眼皮底下見面了。對了，我差點忘了一件非常重要的事，要想換回向卉，現在除了高橋，我還要知道向宏濤在什麼地方。」

「我不知道！」葉大衛說，「我也很想見到他，想知道你跟我說的一切到底是真是假。」

「那你們到底是如何聯繫的？」

「透過一臺舊電腦。」葉大衛沒有再隱瞞，「他在1992年的世界，透過一部舊電腦跟我對話，所以我才知道了當年發生的事。」

「1992年？」徐天堂還以為自己聽錯，皺著眉頭，「你的意思是他人在1992年？我可不是傻子，這麼好騙嗎？」

「我也覺得很奇怪，可這是事實。」葉大衛補充道，「別說你不信，連我也不相信，但確確實實就聯通了。」

徐天堂瞪著眼睛，狐疑地說：「如果你想讓我相信你，那就馬上跟他聯繫。」

「我做不到，電腦不在身上，而且只能是他主動跟我聯繫！」葉大衛話音剛落，身邊久未言語的高橋突然開口道：「你們聊夠了沒有？」

徐天堂似乎愣了一下，但隨即說：「不好意思啊高橋先生，其實到了這裡，如果是我，想多活一會兒

277

第十五章　陰謀操縱者

的話，是不會主動開口求死的。」

「要殺要剮隨你的便，但在臨死之前，我有個請求！」高橋說，徐天堂道：「我明白你還是想知道到底是什麼人要殺你，很抱歉，我做事也有自己的原則，第一，絕不出賣客戶資訊，第二，其實我也不知道僱主到底是什麼人，收錢辦事才是我真正的原則。」

「你別高興得太早，『暗網』組織已經曝光，國際警方開始全面展開調查，我相信很快，你的組織就會從地球上消失。」

「喜歡做夢是好事，可喜歡做白日夢就很愚蠢了。」徐天堂不屑地揶揄道，「就算我要消失，但在消失之前，一定會先讓你消失！」

「我的命不值錢，殺不殺我，對你沒有任何影響。」

徐天堂被這一席話惹笑了，得意忘形地說道：「你大概忘了，這裡現在是誰做主了吧？要不就投案自首，要不就夾著尾巴逃跑！」

在他身後，有個身影突然從地下冒了出來。葉大衛看清楚了，那是被綁著雙臂的向卉正從升降臺上緩緩升起。她看到葉大衛時便掙扎起來，被封著的嘴裡發出嗚嗚的聲響。葉大衛對她搖了搖頭，示意她別擔心。

「我說了，現在還是我做主。」徐天堂以一副勝利者的姿態藐視著葉大衛，「我真要感謝你親自把高橋送了過來，不過很遺憾，我現在改變了主意，不能放你走，更不能放這個女人走。」

「你什麼意思？」葉大衛擔心的事還是發生了，徐天堂冷笑道：「我的意思已經很明顯，今天你們所有

278

的人都要死在這裡。不過，在死之前，我得跟向宏濤見一面，我得知道當年到底發生了什麼事，他為什麼會活著。」

他仰天大叫起來：「向宏濤，你聽到我說話了嗎？如果不想你女兒這麼快死在我手裡，就出來見見吧！」

葉大衛大驚失色，他沒想到徐天堂居然已經知道向卉和向宏濤的關係。向卉眼裡閃爍著惶恐而又驚訝的表情，繼而變得越來越複雜。

「我爸還活著？」她心裡寫著一個大大的問號，把目光轉向葉大衛，想知道到底是怎麼回事。

葉大衛從眼神裡猜到了她的心思，正不知該如何解釋時，徐天堂回頭看了她一眼，眉開眼笑道：「很吃驚嗎？妳父親居然還活著。葉大衛，你以為我徐天堂能在刀口上行走這麼多年，僅僅是靠運氣？不妨坦白告訴你吧，我之所以留著向卉的命，就是因為早就知道她跟向宏濤的關係。向卉啊，當年妳爸運氣好沒死，這一次，如果他不想女兒死在我手裡，最好乖乖現身……向宏濤，你跟你女兒都分開這麼多年了，難道就不想再見她？」

「快給我滾出來，不然你這輩子休想再見到你女兒。」徐天堂怒吼著，眼裡閃著寒光，「當年你向警察出賣了我，這筆帳我必須要跟你算清清楚楚。你害你老婆替你去死，自己卻像縮頭烏龜，一躲就躲了這麼多年，現在你女兒又落到我手裡，如果你還想繼續像當年一樣藏起來，那我就送你女兒來見你！」

他的目光在四處游離著，彷彿在尋找什麼，又好像漫無目的。

「就算你殺了向卉，向宏濤也不可能出現。我已經告訴過你，他現在不知所蹤，只能透過那臺舊電腦

第十五章 陰謀操縱者

聯繫，而且必須是他主動聯繫我。」葉大衛屏住呼吸，在腦子裡計劃著下一步的動作。

徐天堂突然拔槍指著他，怒目圓睜，冷冷地說道：「其實向宏濤是活著還是已經死去，對我的影響並不大，但你既然說自己跟他通話過，而且還是跟另一個空間的他，所以我很好奇。你最好沒有騙我，或者趕緊讓那些臭警察把電腦送過來，馬上給我聯繫上他，否則我會先殺了他女兒，再殺了你。」

葉大衛面對槍口，閉上眼睛嘆息道：「如果你想殺我，開槍吧。」

「你……」徐天堂氣得手一抖，眼裡殺氣騰騰。

「如果我猜得沒錯，你並非只想跟向宏濤通話，而是想知道他當年是如何去到另一個空間，然後用他女兒要挾，逃離這個世界的，對吧？」葉大衛此言一出，徐天堂僵硬的臉上，果然現出了笑容，慢慢悠悠地說：「我肚裡的蛔蟲都沒有像你這麼了解我。恭喜你，猜對了，換作是你，應該也會有這樣的想法。其實向宏濤跟我是一類人，既然他可以做到，為什麼我不能做到？」

「其實我也不完全相信向宏濤的遭遇，但有一點我必須得提醒你，就算他做到了，你也不一定能做到。」

「為什麼？」徐天堂徘徊著槍口。

「因為你不是他，每個人的命都是注定的，老天沒讓他死，自然有老天的道理。」

「他僱用我殺害他老婆，十惡不赦，老天為什麼會幫像他這樣的人？」徐天堂惡狠狠地罵道，「而我只是拿人錢財替人消災，真正的惡人應該是那些花錢僱我的幕後真兇，老天要懲罰，就應該懲罰他們。」

向卉聽到這些話時，眼裡早已噙滿淚水。從小到大，她只從舅舅口中得知父母在她很小的時候雙雙

280

因車禍身亡⋯⋯

「別聽他的⋯⋯」葉大衛此時也注意到了向卉的表情，雖然想勸阻，但話說一半就被徐天堂給打斷了。徐天堂轉身看了向卉一眼，瞇縫著眼睛說：「這就是事實，妳父親當年僱用我殺了妳母親，而妳父親現在卻還苟活於世，是不是覺得這個世界很搞笑？」

「殺人凶手，你殺了我媽媽，我要殺了你！」向卉掙扎著，嗚嗚地叫嚷起來，她因為太過憤怒，脖子上的青筋鼓起，臉上青一陣白一陣。

「別聽他的，事實不是這樣！」葉大衛有氣無力地說，可他想起真相，又實在是說不下去了。

徐天堂看著這一切，笑盈盈地說：「我做過的事，從不否認，而有些人做過了，卻根本不敢面對。向宏濤，如果你還是個男人，最好馬上站出來，當著你女兒的面，把當年發生的一切都說清楚，我可不想背黑鍋。」

向卉腦子裡一片空白，耳邊嗡嗡作響。這麼多年，她從來沒有懷疑過父母的死因，可她現在得知父母的死居然另有隱情，而且還是父親僱凶殺害了母親⋯⋯她不敢繼續往下想，那種沉重得如同大山似的壓力，令她快要承受不住了。

葉大衛從向卉眼裡看到了她的悲傷，心裡又是一陣絞痛。

等待在外面支援的曹志宇，已經連續呼叫葉大衛多次，但全都無法接通。他知道訊號被遮罩了，緊盯著時間，不停嘆息。葉大衛已經離開了將近二十分鐘，離約定的半個小時時間，已經越來越近。曹志宇真後悔沒讓葉大衛帶槍進去，但這也是礙於規定，誰都無能為力。

281

「你小子，不管發生什麼事，請一定要耐心等待我們的支援！」他坐立不安，在心裡默默祈禱，可是越急，時間好像過得越慢。

胡平生揉了揉疲憊的鼻梁，沉聲說道：「別唉聲嘆氣的，我相信不管發生什麼事，他都能應對。」

是的，胡平生說得沒錯，不管發生什麼事，葉大衛都會想辦法應對。他在等待約定的半個小時時間過去，所以一直在想辦法拖延時間。

徐天堂再次朝葉大衛舉起了槍，遲疑了一下，又把臉轉向向卉，撕掉她嘴上的膠帶，笑著說：「向卉，妳也聽到了，妳父親還活著，當年我沒能讓他和妳母親一起團聚，他很幸運地活了下來，要不妳說幾句話，說不定他聽到親生女兒的聲音，會忍不住突然跳出來呢！」

向卉眼睛血紅，大張著嘴怒吼道：「你這個畜生，是你殺了我媽媽，我要殺了你⋯⋯」

「別生氣，我不是已經告訴妳了，殺死妳母親的不是我，而是妳的親生父親向宏濤，我只是他殺人的工具而已。」徐天堂陰陽怪氣地笑著，「現在我給妳機會說幾句話，如果妳父親真的還活著，說不定你們父女倆這輩子還有機會再見上一面呢。」

葉大衛看著向卉痛苦的樣子，忍不住怒罵道：「你給我住口！」

徐天堂也勃然大怒，突然竄到葉大衛面前，一把抓住他衣領，拿槍頂著他下顎，「信不信我現在就殺了你？」

葉大衛張開雙臂，迎著他冰冷的目光，平心靜氣地說：「就算你現在殺了我，也改變不了任何事情。」

徐天堂聽了這話，氣急敗壞，猛地把他推開，拿槍指著他額頭，冷冷地說：「既然如此，那留著你也沒用了，見鬼去吧！」

向卉懵了，發出一聲沙啞的慘叫。那一刻，空氣停止了流動，全世界彷彿也都靜止。葉大衛沒有躲閃，像一塊巨石巋然不動。他隱隱約約看到個影子正向自己逼近，槍口已經快要戳到額頭，逼人的殺氣讓他內心湧動著一股強大的壓迫感。

「對不起，我也許不能活著回來了，再見！」最後的時刻，他腦子裡浮現的是身在現實世界的向卉的面孔，但迎著眼前向卉驚恐的目光，他瞬間變得輕鬆，還流露出了一絲從容的笑。

「不要⋯⋯」向卉使出渾身力氣呼叫起來，可徐天堂卻獰笑著，做出了要扣動扳機的樣子。

葉大衛閉上了眼睛。那一刻，他明白自己可能真要完蛋了！

但是很快，他感覺自己被一股巨大的力量撞開，雙腳騰空而起，然後輕飄飄地飛了出去，又如一片樹葉，緩緩地跌落回地上，被撞得頭暈眼花，支撐著想起身，卻全身無力，雙腿發軟，半天動彈不得。

他又聞到一股血腥味，這才感覺眼前變成了一片紅色，用手一摸，滿手都是血。

自己還活著，手上的血並非中彈，只是落地時磕破了腦袋。

葉大衛定睛一看，這才陡然明白了些許。原來是高橋救了他。在徐天堂襲擊他的時候，高橋襲擊了徐天堂，同時他也遭到伏擊，幾乎是被一股巨大的力量彈飛的。

可高橋為何有那麼大的力量？徐天堂把槍口指向高橋，卻在高橋的逼迫下一步步後退，張著嘴，眼裡閃爍著驚恐的表情，連連問道：「你不是高橋，你到底是誰？」

283

第十五章　陰謀操縱者

高橋還是那個高橋，只不過，他眼裡的表情，讓葉大衛也感覺這已經不是先前的高橋，彷彿突然之間變了個人。

是的，他不是高橋，絕不是那個來雲海市投資的高橋，因為一個人再怎麼變，他的眼神都不會有太多的變化。而此時高橋的眼神，在葉大衛和徐天堂眼裡，已經變成了另外一種表情。

「不要再過來，再過來我就開槍了……」徐天堂話音未落，毫不猶豫扣動了扳機，子彈向著距離他大約不到一公尺的高橋直接飛了過去。

葉大衛心裡一緊，目睹子彈擊中高橋胸口的時候，他從喉嚨裡發出了一聲絕望的慘叫，但很快感到不對勁，因為高橋在中彈的瞬間，只是微微扭動了一下身體，趔趄著，似乎要摔倒，緊接著卻又沒事一般站穩了腳跟。

天哪，這是怎麼回事？葉大衛盯著高橋額頭中彈的位置，卻沒看到一絲血跡，眩暈的腦子，頓時變得更加凌亂。他死死地鎖定了高橋的一舉一動，當某個念頭瞬間竄入腦海時，不禁倒吸了一口涼氣。

徐天堂狐疑地看了看還握在自己手裡的槍，很快便意識到問題並非出在自己身上，隨即怒吼道：「給我抓住他！」

此時，站在他身後那三個面無表情的人，突然就像觸了電，紛紛向著高橋包圍過去，高橋面對群敵，卻面不改色，彷彿瞬間化作了武林高手，三下兩下便將圍攻自己的敵人打得七零八落，突然又抓住其中一人，面目猙獰地擰下了對方的腦袋，然後將那顆腦袋猛地拋了出去，像個皮球，叮叮噹噹地撞在牆上，跌落到地上……

284

被摘了腦袋的身體，穩穩地立在那兒，搖搖晃晃了許久，終於轟然倒塌。

依然沒有見血！

葉大衛還以為自己眼花，但高橋的行為舉止很快便印證了他的猜想。

他支撐著站起來，將目光轉向向卉，而此時，徐天堂正偷偷地接近向卉。看來，他這是打算拿向卉做擋箭牌了。葉大衛看穿了他的伎倆，直奔向卉而去。

就在此時，突然有一群人從門口湧入，赫然便是曹志宇和那些荷槍實彈的警察。所有的槍口都對準了徐天堂，喝令他把槍放下。

徐天堂看到這一幕時，只是微微愣了愣，但隨即咧嘴笑道：「你們以為我就這點本事？終於到齊了，那就別想走了。有仇的報仇，有怨的報怨吧！」

葉大衛和曹志宇一時間都沒明白他的意思，可是徐天堂話音剛落，隨著一聲槍響，一名警員應聲倒地。緊接著，槍聲四起，不知從哪兒射來無數的子彈，瞬間擊中窗戶和牆壁，現場頓時亂作一團，大夥兒一邊尋找掩體，一邊尋找槍聲來源。

「快，有埋伏，快躲開！」曹志宇剛扯著嗓子叫了一聲，一顆子彈擊中了他手臂叫了起來，瞬間又有無數顆子彈向他射來，他就地一滾，便到了掩體後面。

葉大衛將向卉壓在身體下面，用自己的身體做掩體，才讓向卉躲過了子彈。此時，他看到了曹志宇的處境，一邊衝向他擺手一邊大聲叫道：「有狙擊手……」

第十五章 陰謀操縱者

曹志宇看了一眼受傷的手臂，血流如注，痛得他齜牙咧嘴。

葉大衛剛要起身，又一梭子彈擊中他腳邊的地板，他慌忙往後縮了縮，手忙腳亂地幫她解開膠帶，按著她的頭說：「周圍有很多狙擊手，妳待在這裡別亂動！」

高橋被一群AI機器人糾纏著，在槍林彈雨裡大打出手，那些用鋼鐵鑄造的身軀，全被他一個一個拔掉腦袋，滾落到地上後，還在一個勁地吱吱冒煙。

向卉目瞪口呆地看著這一幕，問葉大衛：「這個高橋到底是什麼人？」

「我猜他根本就不是人！」葉大衛說道，腦子裡嗡嗡作響。

曹志宇和那些警察散落在各個角落，好幾個警員都中了彈，可周圍的狙擊手依然在不停地開槍射擊。他拿出手機，正要打電話，卻發現依然沒有訊號，抬頭看見徐天堂要逃走，於是朝葉大衛叫了一聲，然後看著徐天堂的方向嚷道：「別讓他給跑了！」

葉大衛順著曹志宇的目光，也看到了徐天堂。此時，徐天堂在狙擊手的掩護下，正打算從另一扇門逃跑。

與此同時，葉大衛和曹志宇像約定好的一樣，幾乎是在同一時間向著徐天堂逃跑的方向追了過去。徐天堂似乎發現了正在追趕自己的兩人，突然轉身開了兩槍。葉大衛和曹志宇慌忙躲閃開，但並沒有停下腳步，反而加快速度，很快就逼近了徐天堂，又幾乎同時躍起，向著徐天堂撲了過去。

子彈像在身邊跳舞，劈里啪啦地從各個方向射來。

286

葉大衛卻覺得自己被撞飛了，扭身一看，只見高橋不知什麼時候到了身後，將他活生生地擠開，然後和曹志宇一起抓住了徐天堂。

徐天堂被死死地架住雙臂，動彈不得。他左右看了兩眼，憋著氣，再次問高橋：「你到底是什麼人？」

高橋臉上似乎掠過一道陰影，但隨即露出一絲笑容。

轟隆……葉大衛眼前閃過一道刺眼的光，緊接著便聽見一聲巨響，然後就只剩下了火光一片。

高橋爆炸了，用自己的身體，炸碎了徐天堂，也炸碎了曹志宇！葉大衛耳朵裡還在轟鳴，他感覺耳膜好像被震壞了，怔了許久才從地上爬起來，惶惶然看著散落在眼前的鋼鐵碎片和肉體碎片，還以為這一切都只是幻覺。

槍聲戛然而止，只剩下煙霧繚繞。他環視著滿地狼藉的地面，想要把曹志宇找出來，可根本無從找起。

這一刻，他已經感覺不到心痛了，麻木的身體，麻木的靈魂。他覺得自己也已經死亡，一同消失在這些碎片中！

嘀嘀、嘀嘀……一陣清脆的手機鈴聲打破了暫時的寧靜。

訊號不是被徐天堂給遮罩了嗎？葉大衛只是沒想到，在剛剛的爆炸中，訊號遮罩設備連同徐天堂給炸毀了。他跪在地上，撿起從曹志宇身上掉落出來的手機，只見上面出現一行小字：外圍的狙擊手已全部解決，可以收網。簡訊來自胡平生。

287

第十五章 陰謀操縱者

胡平生在外圍組織警員圍捕了狙擊手，發送簡訊給曹志宇後，此時正在向上級彙報行動結果。

葉大衛緩緩抬起頭，眼神空洞，隨後撥通了胡平生的電話，但還沒開口，便已經說不出話來。

「志宇……沒了！」葉大衛好不容易說出了這句話，胡平生還以為自己聽錯，怔怔地問：「你說志宇他怎麼啦？」

葉大衛眼睛紅了，憋了許久，正要再重複剛才的話時，胡平生沉沉地問：「志宇真的沒了？」

＊＊＊

曹志宇的犧牲，對葉大衛來說，是一個重大的打擊。他把自己關在屋裡整整一天，腦子裡全是曹志宇的身影。由此，他也再次想起了申雲娜。

但是，他更加覺得心痛，為何跟自己共事的人，都沒有一個好的結局？他想了很多事情，想得越多便越自責。認為是自己害了申雲娜，害了曹志宇。

局裡授予曹志宇烈士稱號，以烈士待遇舉行了追悼會，並安葬於烈士陵園。

送走曹志宇後，葉大衛卻遲遲不願離去，站在墓碑前，面色肅穆、悲傷。

「志宇走了，我們都很悲傷，但他是為抓捕罪犯而犧牲，所以我們應該為他感到自豪！」胡平生陪他留了下來，「他不是為你而死，而是為了自己的信仰和事業而死。」

葉大衛平靜下來，看著墓碑上曹志宇陽光般燦爛的笑臉，痛惜地說：

「他是個好人，也是個好警察，好搭檔！」

「他的未婚妻，也是被徐天堂所害，現在徐天堂已經死了，他也算是親手報了仇！」胡平生沉聲嘆息道，「自從他的未婚妻遇害以後，他萎靡了很久，每天都想抓住凶手。我了解他這個人，天生就是塊做警察的料子。自從你到來後，我發現他好像變了個人，跟以前萎靡不振的樣子不一樣了，還想著等這個案子結束後再跟他好好聊聊的，可惜沒機會了。」

「他見到未婚妻，終於可以告訴她，凶手已經伏法了。」胡平生幽幽地說道，「只可惜高橋跑了，除了徐天堂，害死他的應該還有高橋！」

「不，我相信他能聽見我們說話！」葉大衛抬高了聲音，「志宇在這個案子中，付出了太多太多，他無愧於烈士的稱號，我們會永遠銘記他。」

「要是我早抓住高橋，志宇也不會⋯⋯」胡平生緩緩抬起頭，看著遠方微微搖動的樹枝，雙眼間閃爍著冷峻的表情，不經意間，思緒回到了多日前在機場發生的事。

那天，他親自送高橋去機場，而後機場突然攔截到一些加密資訊，有人下達了襲擊飛機的指令。

「高橋太狡猾，他在機場已經跟自己的 AI 機器人做了交換，發送資訊給機場，威脅要襲擊飛機，然後逼著我再次把他帶回來。其實，他在機場，趁著去洗手間的空檔，自己換了身分離開，留下了 AI 機器人。」胡平生眼神深邃，「從機場返回後，警方透過在安全屋外架設的網路檢測器攔截了一些加密訊息，破解後發現是高橋傳達的一些襲擊任務的指令。很快，警方發現，高橋一直在透過虛擬加密網路在向很多人頻繁傳達一些資訊，其中竟然還有徐天堂的指令。綜合種種，我們對高橋的身分產生了懷疑⋯⋯但沒想到高橋的狡猾，

第十五章　陰謀操縱者

遠遠超出了我們的想像，那隻老狐狸，居然是『暗網』組織亞洲區的負責人，徐天堂只不過是他的手下，因為徐天堂行事太過高調，國際警方開始調查他。而高橋擔心徐天堂被查會最終牽扯自己，於是自己僱用徐天堂來刺殺他本人，暗中卻打算利用警方的手除掉徐天堂。事成之後，他又利用AI機器人金蟬脫殼……如此高超的手法，環環相扣，居然連我們警察都被騙了！」

葉大衛一時間感覺自己腦子不夠用，他一直沒想清楚高橋在這起案子中扮演的角色，此時真相大白，才知道自己被人當成了整個事件中的一顆棋子。

「只可惜讓那隻狡猾的狐狸給跑了。」葉大衛憤然道，「要是再讓我見到他，一定要剝了他的皮！」

「放心吧，跑得了和尚跑不了廟。高橋雖然身分多變，但全世界的警察都在找他，只要他還在地球上，就總有一天會伏法的。」胡平生拍了拍葉大衛的肩膀，「事情暫時可以告一段落，振作起來，你也該動身回家了！」

葉大衛卻看著遠方，一動不動。

「怎麼，還有事情沒處理？」葉大衛笑了笑，又搖了搖頭。

其實，他原本打算，有機會的話，去這個空間的江州市看看的，但現在看來，這個願望暫時是無法實現了。

290

第十六章 舊案重啟

回家，對葉大衛而言，此刻變得是那麼敏感。他何嘗沒想過要走，可高橋害死了曹志宇，在沒親手抓到高橋之前，他實在難以卸下包袱，輕鬆離開。

在接下來的幾天時間裡，他開始搜尋高橋的資料，但一無所獲。是不得不離開的時候了！葉大衛在離開之前，最後一次去看望了曹志宇，站在冰冷的墳墓前，心中滿是悲傷。

小雨淅淅瀝瀝地落在他身上，他眉眼間也溼潤了，不知是雨水，還是淚水。離開前，他深深地鞠了三個躬。這一刻，向卉仍然躺在醫院的病床上，還沒有醒來。

「她的腦袋受到重擊，可能會失去一部分記憶，但是不影響她今後的生活⋯⋯」葉大衛看著那張嬰兒般熟睡的面孔，想起醫生跟他說過的那些話，這才明白2019年的向卉，為什麼會忘記曾經發生在自己身上的某些事情。

「妳要保重，要好好活著，我們一定會再見面，一定會的⋯⋯」葉大衛輕輕地握住了她的手，「只要我們都好好地活著。」

其實，他想說自己會在不遠的前方等著她。他離開的時候，沒有跟任何人打招呼。他害怕自己會不

第十六章　舊案重啟

捨得離開，可又終究會離開，所以和來時一樣，再一次選擇了悄然離去。

那個夜晚，他獨自來到阿拉蘇火山口，回到了原本屬於自己的世界。當他站在家門前，看著剛加完班開車回來的向卉時，向卉一言不發地緊緊抱住了他。

房屋裡的一切都跟他離開時一樣，沒有絲毫改變。他站在客廳中央，深深地吸了口氣，感覺自己新生了。

向卉親手做了幾個菜，說是替他接風，他坐在餐桌前，面對那幾個她精心烹製出來的菜餚，又凝視著她的眼睛，卻沒有動筷子，因為想起了向宏濤，還有他那本打算帶回來的電腦，卻消失不見了。他不由得想起了之前的事，本來帶在身上的警槍，也在去到另一個空間時莫名其妙地失蹤……也許有些東西是無法去到另一個空間的吧。他這樣想著，也就釋然了，拿起筷子，和向卉邊吃飯邊聊了起來。

「嗯，好吃，我可是好久沒吃過這麼好吃的飯菜了！」葉大衛狼吞虎嚥，向卉在一邊卻憂心忡忡地問：「師父，以後還走嗎？」

葉大衛停下筷子，回應著她的目光說：「師父從來沒想過要走，只不過很多時候，很多事情逼著要去做選擇。對了，妳不是去法國了嗎？什麼時候回來的？」

「我……就去了兩個月。」向卉說，「擔心你突然回來，怕你見不到我……」

葉大衛沒再說什麼，突然傳來敲門聲。葉大衛疑惑地轉身看著門口方向，她去開了門，進來的居然是馬正雲。

292

「哎呀，沒想到真是你回來了，向卉發簡訊給我時，我還以為逗我玩呢！」馬正雲緊握著他的手，上上下下把他打量了一番，「不錯，沒任何變化，還是我認識的葉大衛。」

「舅舅說有非常重要的事情找你，要是你回來，讓我第一時間告訴他！」向卉據實相告，葉大衛邀請馬正雲一塊兒吃飯，馬正雲也不客氣，邊吃邊打趣說：「沒想到我外甥女的廚藝這麼厲害，舅舅可從來沒這個口福啊！妳這手藝，是專門為妳師父練的吧？」

向卉撇嘴道：「舅舅，你不是有重要的事情要找師父嗎？」

「急什麼，先吃飯，我還想聽聽妳師父在那邊經歷的事情呢！」

葉大衛隱瞞了向宏濤的事情，只簡單提起了高橋。

「高橋？」馬正雲聽到這個名字時，陷入了沉思之中。

葉大衛看出了端倪，驚訝地問：「你是不是聽說過這個人？」

「確實有點印象，但又記不起來了。讓我想想⋯⋯」馬正雲嘀咕道，「到底在什麼地方出現過？高橋⋯⋯」

向卉突然在一邊叫了起來：「師父，你看看是不是他？」

她不知什麼時候開啟了電腦，螢幕上出現一張照片，還有一排黑色加粗的文字。

「2015年7月，在馬來西亞吉隆坡舉行的國際奧委會第128次全會前夕，化名李克的東南亞富豪高橋因資助國際政客，意圖操控各國為爭奪冬奧會主辦權而被逮捕，由此牽扯出高橋過往的一些不光彩事件⋯⋯」

第十六章　舊案重啟

葉大衛盯著高橋的臉，把那段文字讀了好幾遍，半天都沒說話。

「對，就是這個人，我是說怎麼有點印象呢。」

「沒想到他在幾年後才被逮捕！」葉大衛嘆息起來，又默默在心裡說道，「志宇，安息吧，你的大仇已經報了！」

「沒有後續的消息了，也不知道他現在怎麼樣，還活著嗎？」向卉問，馬正雲說：「無從知曉，但是像他這種人，一般不會判處死刑，何況從去年開始，該國有關人士已經提出廢除死刑……」

「也就是說，高橋有可能還活著？」葉大衛不悅地問，馬正雲笑著說：「別想這麼多了，馬來西亞對罪犯的處罰非常嚴厲，就算不被判處死刑，也有可能是終身監禁。」

「這個人渣，做了那麼多壞事……」葉大衛憤憤不平，馬正雲責怪道：「別忘了自己的身分，縱然再有罪的人，也必須經過法律的審判。」

葉大衛聳了聳肩，無言以對。

「舅舅，你不是找師父有非常重要的事情嗎？」向卉見氣氛有些壓抑，於是打斷了關於「高橋」的話題。

「對對對。」馬正雲忙說，「我經過慎重考慮，之前也跟你提起過，你回來後，局裡打算成立一個新的部門，你負責。」

「什麼新部門，我能不能也加入？」向卉興奮地問，馬正雲說：「在過去的幾十年裡，因為刑偵技術和

294

辦案方式的落後，造成不少疑難案件至今仍然沒有破解，所以局裡準備成立舊案或者冷案部門，由你負責牽頭。」

「好啊好啊。師父，你可得給我留個位置。」向卉忙不迭地自我推薦，葉大衛卻說：「為什麼是我？」

「因為你在之前的案子中已經累積了不少經驗，而且⋯⋯」馬正雲頓了頓，「你還可以去到另外的空間，跨越時間和空間概念，這對解決舊案和冷案，是絕對有幫助的。」

這下輪到向卉不悅了，她攔住馬正雲，說：「舅舅，你的意思是，以後師父為了辦案，還有可能去另外的空間？」

「是的，為了破案，必須這樣。」馬正雲道，「你的這種能力，是其他人不具備的，以後你將是局裡挑大梁的人，整個江州市警察局，沒有一個人會比你更適合。」

「是不是所有的舊案都可以重啟調查程序？」葉大衛沉吟了很久才問，馬正雲點頭道：「理論上是這樣，只要在檔案室裡有記錄的未破案件，都可以重啟！」

「好，我接受這項任務！」葉大衛很爽快就應下了，又看著向卉說：「至於人員構成，也必須由我親自選拔！」

「沒問題，你要什麼人，我都可以給你！」馬正雲應道，「至於向卉嘛⋯⋯」

「舅舅，我能否加入，是我師父答應你的條件之一！」向卉搶著說，馬正雲和葉大衛相視而笑，忙說：「吃飯，先吃飯，至於妳的問題，稍後再討論！」

第十六章　舊案重啟

＊＊＊

江州市警察局檔案室，葉大衛開啟了塵封許久的文件袋，那裡面封存的是向宏濤失蹤和他老婆車禍死亡的資料。資料記載的內容，跟葉大衛之前從向宏濤口中所了解的差不多。

向宏濤沒有對葉大衛說謊，失蹤的時間也一模一樣。葉大衛把案件內容瀏覽了無數遍，目光突然落到除馬正雲之外的另一個名字上。

「顧衛國？」葉大衛輕聲唸叨起來，這個人當年跟馬正雲一起負責調查該案，可是此人如今在什麼地方？

在隨後的調查中，他找到了顧衛國的檔案，才得知此人在1992年辦案過程中，因為受傷，導致下肢癱瘓，不得不提前退休。

「1992年，工傷退休？」葉大衛盯著顧衛國的照片，陷入沉思中。這次回來之後，葉大衛一直有個心病，猶豫著是否應該告訴向卉關於向宏濤目前的處境。

「妳說葉隊這幾天在幹嘛，總感覺他神神祕祕的。」說話的是吳永誌，是葉大衛向局裡申請的另外一名組員。

向卉也覺得葉大衛好像在查什麼，但問他，他又不說，只讓他們抓緊時間將一些冷案舊案的檔案重新整理出來。

顧衛國搬家了，已經不住在原來的地方。大晚上的，葉大衛打聽了很久，才好不容易找到顧衛國所

在的社區。

社區看起來已經有些年代了，沒有電梯，當他敲開門的時候，是坐在輪椅上的顧衛國來開門的。

「你找誰？」顧衛國冷冷地問，葉大衛出示了證件，才被請進門。

房間裡很簡陋，看上去就他一個人居住。牆上有一幅照片，是他和老婆、女兒的合影。

「女兒在國外生活，老婆幾年前走了！」顧衛國給葉大衛泡了一杯茶，「局裡更新換代太快，很多年輕人都不認識⋯⋯」

葉大衛喝了口茶，笑著說：「是啊，一晃就過了這麼多年，大多數都是年輕人，除了幾位老同志，比如說馬局，您應該都不認識了。」

顧衛國端起杯子正要喝茶，聽他提起馬正雲時，似乎遲疑了一下，但拍了拍腿，嘆息道：「是啊，腿腳不便，基本上沒再回去過。」

「那您跟馬局偶爾也會見面，敘敘舊情吧？」

「他⋯⋯少，以前倒是偶爾會來看我，可能後來工作太忙，我們也很多年沒見過面。」顧衛國說完這話，才問起他此行的目的。當聽說是為了向宏濤的案子時，顧衛國的瞳孔似乎瞬間放大，但隨即又變得黯淡無光，然後問他為何會突然關注起這個案子。

葉大衛跟他說起警察局新成立的冷案部門時，他嘆息了一聲，眼神變得無比迷離、空洞，好像在回憶什麼，過了許久才說道：「很多年前的案子了。當年，馬正雲申請過調查此案，但因為他跟死者是堂兄

297

第十六章　舊案重啟

妹關係，為了避嫌，局裡沒答應，所以才由我負責調查向宏濤的案子，可是沒有結果。」

「馬正雲授權你調查這個案子？」顧衛國答非所問，葉大衛緩緩點頭道：「是的，所有重啟的案子，都必須局裡批准！」

「您的身體，也是在那時候受傷的吧？」葉大衛問。

其實，這個案子，他還沒有跟局裡彙報。

顧衛國雙眉緊鎖，深沉沉地說道：「當年，向宏濤的老婆車禍身亡，向宏濤在車禍之後失蹤，音信全無。你想想看，一個大活人，為什麼會平白無故就失蹤了？不是故意逃跑，就是被人綁架。向宏濤的老婆死了，加上他本人無緣無故地失蹤，所以他的嫌疑自然很大。我正沿著這條線索繼續調查下去的時候，沒想到就出事了⋯⋯」

葉大衛見他突然停下來，身體裡每一個正在劇烈跳動的細胞，也因此而沉靜了下來。

顧衛國瞇著眼睛，臉色深沉。

「您當年到底查到了什麼？」

「其實我也不清楚是否與向宏濤的案子有關。」顧衛國眉頭緊鎖，「在向宏濤案子發生前三天，發生過另外一起失蹤案，失蹤人叫賀軍。我在對賀軍居住的地方取證時，突然被人偷襲，醒來時已經是三天之後。我的下肢，也是在滾落山坡時失去知覺的。」

葉大衛似乎聽出了什麼，問道：「您的意思是，懷疑賀軍的失蹤案，也跟向宏濤的失蹤案有關係？」

298

「我當時確實有過這種想法，馬正雲也清楚，但因為我受傷，之後也就沒再繼續調查這個案子。」顧衛國嘆息道，「小葉，我剛才所說的話，只是給你提供一個思路，並沒有證據。」

「我明白，太感謝您了！」葉大衛看了一眼時間，正要起身離開的時候，顧衛國突然提起向卉⋯⋯「向宏濤的女兒，後來聽說，好像也當了警察吧？」

葉大衛沒有否認。

「希望你能查出個水落石出，那可是關乎好幾條人命啊。不只是為了我自己，還為了還原真相。」顧衛國頓了頓，突然又說：「我懷疑，襲擊我的人，也跟案子有關。」

「您放心，我會全力以赴，讓案子真相大白。」葉大衛重重地點了點頭。

顧衛國端起水杯，吃了幾片藥。

葉大衛看出來，那是治療心臟病的特效藥。

「您的心臟？」

「年紀大了，心臟自然就老化了，高血壓、糖尿病，像趕集似的，全都往身上湊！」顧衛國吃藥的時候笑著說。

「您一定要保重身體，女兒又不在身邊，以後有什麼事，可以打電話給我。」葉大衛說，顧衛國感激地笑了起來。

臨走前，他特意留下自己的電話，當心事重重地回到家時，向卉也剛進門。他一路上都在思考案子，

299

第十六章 舊案重啟

突然想起向卉跟他說過的話，為了真相，決定對她坦白。

向卉一眼就看出他有心事，於是問他是不是在祕密調查某個棘手的案子。

葉大衛嚴肅的表情令她有些不安，向卉誇張地說：「師父，從你的表情，我好像看到了世界末日。」

葉大衛這樣想著，說道：「我記得妳跟我說過，妳父母在妳很小的時候，因為車禍雙雙離世⋯⋯」

向卉收斂了笑容，遲疑了許久才問：「你懷疑我父母⋯⋯不是因為車禍？」

這個案子，如果真的另有隱情，又何嘗不是世界末日。

向卉沉默了片刻才說，「師父，你到底什麼意思？難道我父母當年不是因為車禍去世？」

「在回答妳的問題之前，妳必須先回答我一個問題。」

「妳先回答我的問題。」

「在沒有查清之前，我也無法給妳答案。實話告訴妳吧，我見過了當年調查妳父母案件的退休警察，找到了一些新的線索，所以我打算重啟該案的調查程序。」

向卉失神地瞪著眼睛，幾乎不敢相信自己的耳朵。

「我希望妳暫時不要告訴馬局，等時機成熟的時候，我會親自向他彙報。」葉大衛又叮囑道，可向卉問他為什麼會重啟這個案子，葉大衛仍然沒有勇氣告訴她自己跟向宏濤通過話的事情，只是說：「我在查閱舊案的時候，正好查閱到妳父母的案子，因為與妳有關，所以才多關注了一些，直到見到當年查案的

300

向卉找出了她僅存的一張合影照，照片上除了她父母，還有另外的人，加起來有十來個男男女女。

「這是他們同學聚會時的合影，也是唯一留下來的照片。」向卉說，葉大衛掃過每一張面孔，盯著向宏濤的樣子看了很久，又聯想起他的聲音，不禁感慨道：「妳父母，那時候可真年輕啊！」

當他把照片翻過來，發現背面寫著每一個合影者的名字。

「賀軍？」葉大衛的視線停留在這個名字上面時，瞬間就心頭一涼，想起顧衛國跟他提起過的這個名字，有種快要窒息的感覺。

「師父，你怎麼了？」向卉好奇地問，「是發現什麼了嗎？」

葉大衛回過神，慌忙搖頭道：「沒有。這張照片，我可以翻拍嗎？」

在得到向卉的允許之後，葉大衛用手機翻拍了這張合影。當晚，向卉幾乎一夜未闔眼，想起父母，她便心如刀割。

第二天，葉大衛像往常一樣去上班，調出了賀軍的資料，對照著他留在檔案裡面的照片，確定合影裡面的人確實是他無疑。

可是很快，他就被馬正雲叫去了辦公室。

「馬局，這麼早找我，是不是有什麼重大指示？」葉大衛很隨意地在馬正雲辦公桌前坐下，半開玩笑地問道。

301

第十六章 舊案重啟

馬正雲先問他工作進展如何，然後突然問他為什麼會調閱向宏濤案子的檔案。葉大衛沒想到他這麼快就得到了消息，卻裝傻道：「您不是讓我調查舊案嗎？我隨意翻了翻，發現向宏濤居然是向卉的父親，所以就決定⋯⋯」

「這個案子暫時就不要管了，先查別的案子吧。」馬正雲毫不猶豫地打斷了他，他想知道原因，還說：「向宏濤既是向卉的父親，也是您的妹夫，他的失蹤，和他老婆馬玥的死亡，現在仍然是懸案，難道您不想查明真相？」

「我是不希望向卉再次受到傷害！」馬正雲說，「我一直跟向卉說，她爸媽是因為車禍才出事，如果現在讓她知道父母的死可能另有隱情，你說她會受到怎樣的打擊？」

「我理解您的心情，失蹤者和死者雖然是您妹夫和堂妹，可這是案子，而且是牽扯到人命的重大案件，您必須放下私人感情。」葉大衛據理力爭，「我認為向卉也很想知道父母死亡的真相吧。如果您不批准我重啟該案調查，我嚴重懷疑您抱有重大私心，換句話說，我懷疑您可能知道事情真相，只不過想要隱瞞⋯⋯」

「你住口！」馬正雲惱怒地打斷了他，「這就是你作為一名老警察說的話？你有證據嗎？沒有證據的話，知道這叫什麼？汙衊！赤裸裸地汙衊，我完全可以命令你停職⋯⋯」

「好啊，我可以停職，但絕不會停止調查！」

「你⋯⋯」馬正雲被氣得啞口無言。

葉大衛也意識到自己的態度不太好，換了副口氣說：「馬局，我在外圍的調查中聽到一些風言風語，

302

也不知道究竟是真是假。」

馬正雲沒出聲，於是他繼續說，「有傳言稱您堂妹婚內出軌，不知道這件事⋯⋯」

其實，這件事，是他在 2009 年聽徐天堂說出來的。

「荒謬至極！」馬正雲誇張地擺了擺手，好像要將這段傳言打散。

葉大衛見狀，忙解釋說：「都是傳言，我也不信。既然如此，就當我沒說過。」

「向卉已經知道你重啟她父母的案子啦？」馬正雲喝了口水，冷靜下來後，直視著他的眼睛問道。

葉大衛沉吟了片刻，終於承認，還說道：「我已經跟她說過，但也只是提到其中有些疑點。」

「告訴我，你是不是已經查到了什麼？」

「沒有，只是覺得這個案子疑點太多，一個大活人，怎麼就突然失蹤了？活不見人死不見屍的，您不也覺得蹊蹺嗎？」

「不要再說了！」馬正雲愁眉苦臉地嘆息起來，又指責道：「葉大衛，你做事前怎麼就不動動腦子？你忍心向卉再受到傷害嗎？她從小就沒了父母，傷不起了！」

「向卉是成年人了，她有自己判斷的能力。」葉大衛堅持道，「她不是小孩子，而且很堅強，應該面對真相。」

「不是不讓你調查，是讓你暫時放一放。」馬正雲無奈地說，「正因為我跟案子的這種關係，所以才讓你先查別的案子。總不能讓人在背後說我馬正雲公私不分，組建新的部門，目的就是調查我妹夫和妹妹

第十六章 舊案重啟

的案子，況且，向卉也在你那個部門……」

表面看，還真有些道理，但仔細一想，葉大衛聽從了馬正雲的話，答應暫時不調查向宏濤的案子，可是回到辦公室，腦子裡卻又全都塞滿了這個案子。

他拿出手機，對照著兩張照片，翻來覆去地看了又看，然後閉上眼睛假寐，心想怎麼會如此巧合，賀軍跟向宏濤夫婦怎麼會是同學？

「顧衛國也懷疑賀軍的失蹤，和向宏濤夫婦的案件有著某種關聯，看來同學的身分，就是這種關聯的媒介！」葉大衛透過兩張照片，將一人死亡、兩人失蹤的案子聯繫了起來，至於關聯性究竟在哪裡，他暫時一無所知。

就在這時候，向卉急匆匆地衝進了他辦公室，說想要看看父母的案卷。

「不行，我跟妳說過，為了避嫌，妳不能插手這個案子。」葉大衛拒絕了她，「而且，馬局命令我不許再繼續調查……」

「為什麼？他為什麼要阻止你！」向卉百思不得其解，葉大衛示意她小點聲，然後說道：「馬局有馬局的考慮，至於原因，妳也不用知道，但是有一點我可以告訴妳，我不會放棄，就算上面不許我調查，我依然會暗中進行。只不過，妳不許再鬧，想知道真相，就必須聽我的話，就當所有的事從未發生。」

向卉迷糊了，但看著葉大衛堅毅的眼神，才緊咬著嘴唇沒再作聲。

304

「記住我的話，不許再提這個案子，尤其是不許跟馬局提起。」葉大衛再次叮囑道，向卉卻說：「你說你已經掌握了新的線索，我想知道到底是什麼線索！」

「還沒出這個門就忘了我說的話？」葉大衛沉下臉，「什麼都別再問，山去做事吧。」

向卉昨晚都沒怎麼休息，眼圈都是烏黑的。她慢慢走到座位上坐下，吳永誌朝著葉大衛辦公室的方向看了一眼，奇怪地問：「怎麼了，一大早就被葉隊訓了？」

她沒心情理會他，他卻繼續說道：「妳師父這次回來，感覺像變了個人，也不知道失蹤的那段日子，到底發生了什麼事，或者是受了什麼刺激。妳呀，在摸清他性子前，最好少惹妳。」

「吳永誌，你才受了刺激呢。早上是不是吃撐了，沒事做嗎？」

向卉不耐煩地瞪了他一眼，嚇得他趕緊收聲。她感覺全身無力，虛脫了似的。

葉大衛表面上停止了調查，可一直沒閒著，隨著調查的深入，了解的情況越來越多，以至於他起初聽說的那些傳言，漸漸地也都信以為真了。

馬玥婚內出軌，背叛丈夫向宏濤，這樣的料如果真的爆出來，對向卉的傷害⋯⋯他也顧慮這件事，可以說，是他目前最顧慮的後果之一。可是，如果不揭露真相，真相可能會永遠被埋葬。

如果一個警察，不為真相而活著，那他當初為什麼要選擇成為一名警察？

葉大衛對真相的追求和探尋，從未有過如此強烈的願望。

每天晚上，他其實都不想面對向卉，擔心看見她的眼神。雖然她從未再提起過關於父母的案件，但

305

第十六章 舊案重啟

他看得出來，她很想知道進展。

「他回來過了！」向卉在飯桌上突然說道。

「誰？」

「小衛！」

葉大衛被驚得忘了還夾著菜的筷子，半天沒放下。

「我怕你擔心，所以一直沒跟你說！」向卉跟他道出了之前小衛襲擊她的事情，葉大衛的眼神和表情無比恐慌，「如果他還沒有離開這個城市，就一定知道你回來了，我擔心他會對你不利。」

葉大衛沉沉地放下筷子，臉色冷峻而又愧疚地說：「都怪我，把妳置於危險的境地。」

「我沒事，就是擔心你！」向卉說，「他最恨的人應該是你，而不是我。本來我不打算跟你說，但又擔心他在暗處，會隨時對你不利，所以提醒你小心一點。」

葉大衛對這個徒弟有種說不清道不明的關係，他明白她的心意，可他卻不清楚自己的心意，就算他身在另一個空間，對她無比的思念，可當真的面對她時，除了心安之外，卻又沒了其他的想法。

他聽了向卉的這番話，往她碗裡夾了些菜，說：「沒事，吃飯吧！」

剛吃完，葉大衛突然接到個陌生電話。他沒想到是顧衛國打來的，說有事想馬上見他一面。他結束通話，衝在廚房忙碌的向卉說：「我得馬上出去一趟，也不知道什麼時候能回，妳就別等我了。」

向卉剛回頭想問他去做什麼，他就已經風風火火地出了門。顧衛國的臉色，似乎比這夜色更要黝

306

黑。葉大衛不知道究竟發生了什麼事，但感覺事情很嚴重，於是也不敢主動開口。

顧衛國拿出一個紅色封皮的筆記本遞到他面前。他忐忑不安地接過去，只見最後一頁紙上記錄著一個電話號碼。

「這個是？」

「幾天前，我接到了一個電話，你上次來，我還沒想好是不是要告訴你，但後來仔細想了想，又找以前的老同事問了你的情況，覺得你是個靠得住的人……」顧衛國這番話，對葉大衛來說，相當於變相誇獎，他笑著說：「感謝您的信任。」

「當我接到這個電話，而且對方表明身分的時候，我當時就蒙了。都這麼多年過去，如果他還活著，為什麼查不到關於他的任何生活軌跡和資訊？資訊如此發達，一個人只要還生活在地球上，就不可能完全過著與世隔絕的日子，他是怎麼做到的？」顧衛國的話令葉大衛想入非非，但他很快就想到一個人，難道顧衛國口中的「他」……他不禁打了個寒戰，盯著顧衛國的眼睛，卻不敢輕易說出那個名字。

「你沒猜錯，這個電話確實是向宏濤打來的。」顧衛國終於還是說出了那個人的名字，「但是他只表明了自己的身分，然後就斷了聯繫，我再打過去的時候，卻無論如何也打不通了。」

葉大衛盯著那個號碼，腦子裡浮現出在2009年和向宏濤通話時的情景，心亂如麻。

無數個問號在他腦子裡，像滔滔江水一般地翻滾。

向宏濤究竟是在2009年打來的這個電話，還是……人已經回到這個空間了？想到這裡，他腦子像觸電了似的，整個頭都麻木了。

307

第十六章 舊案重啟

疑團像雪球一般越滾越大，最後徹底占據了他的腦海。

葉大衛將號碼回撥過去，依然顯示無法接通，於是又換自己的手機撥打了一遍，結果一模一樣。他覺得胸膛裡有顆火球在燃燒、膨脹，甚至好像隨時要破膛而出，這令他無比難受。可這種難受又特別怪異，怪異得好像有人在背後不停地推著他，又好像有一股力量在用力地拽著他。

「這件事我只跟你說了，雖然無法確定他究竟在什麼地方打的這通電話，也無法完全證明那個人究竟是不是他，但至少可以證明，他可能還活著。」

308

第十七章 隱藏了27年的真相

向宏濤是否已經回到這個空間？或者說，他根本就從未離開過？

葉大衛從顧衛國那裡離開後，腦子裡就像裝了半桶水，一路上都是走神的。他對於猜測的兩種結果，前者最終占據了主要地位，因為如果向宏濤真的從未離開過這個空間，那麼身為一個父親，絕不會眼睜睜看著女兒獨自長大，更何況一個大活人，怎麼可能生活在完全隔絕的自我空間裡？

他回去時，本以為向卉已經睡了，但她只是躺在沙發上，聽見他進門，立即就坐了起來。

「這麼晚了，怎麼不去床上睡？」葉大衛反身關上門，向卉卻直直地盯著他的眼睛，他掩飾著內心的虛弱，不好意思地說：「其實妳真的不用等我……」

「你剛才出門，是不是見什麼人去了？」

葉大衛尷尬地笑道：「是啊，一個老朋友！」

「與我爸的事情有關？」

葉大衛沒想到她的心思如此敏感，見瞞不過去，只好迎著她的目光說：「本來也沒想瞞著妳，既然妳已經猜到，那就跟妳直說了吧……」

309

第十七章　隱藏了 27 年的眞相

向卉得知他去見了當年調查父母案件的退休警察顧衛國時，更加急於想知道是什麼結果。

「也沒什麼太大的進展，就是隨便聊聊，把案子重新捋了一番。好了，別想了，早點休息吧。我答應過妳，一定會查明真相。」葉大衛的安慰沒能讓她從猜忌中走出來，她眼神昏暗，思緒萬千。

「對了，馬局那裡，記住我的話，妳可千萬別漏了餡，我答應他不再跟進這個案子。」葉大衛再次叮囑道，「你們繼續整理手裡的文件吧，找出其中一件你們認為最典型的，著手調查吧！」

「倒是有件案子，我覺得疑點重重。」向卉提起了十四年前發生在漁陽碼頭貨車貨櫃的十八人死亡案，「當時在碼頭發現的貨車裡，十八人遇難，其中有十個是女人和孩子，貨車司機很快被抓，最後以人口走私結案，但幾個月之後，貨車司機保外就醫，在醫院因心肌梗塞死亡。」

葉大衛問：「妳的意思是，貨車司機突然死亡，有疑點？」

「是的，我查閱了當時的檔案，救治他的醫生因為值班飲酒，承認自己失誤，最後以醫療事故為由辭職。而在此次事件發生之前，已經發生過幾起人蛇集團走私販賣人口的案子，其中有個案例跟這個很像，也是貨櫃藏屍，死亡八人。我還查閱了近幾年全球關於人蛇走私的案件，有好幾起都與江州市有關，所以我懷疑人蛇集團在江州市有一條專門販賣人口的地下通道。」

向卉的話讓葉大衛想起了自己在 1997 年遇到的案子，當時小衛也是人蛇走私集團的成員，於是贊同地說：「妳順著這條線調查吧，將檔案重新整理，我去跟馬局彙報。」

「師父，你聽說過多年前有個叫龍幫的人蛇走私集團嗎？」向卉突然問道，葉大衛遲疑著問：「為什麼突然問起這個？」

310

「我查到這個集團當年很瘋狂，犯下了多宗走私案，但是多年前已經被警方搗毀。」向卉若有所思地說，「不過，現在發生的幾起案子，跟當年龍幫販賣人口的方式和手段很像……」

葉大衛瞪大了眼睛，眼裡布滿重重的陰雲。

＊＊＊

在接下來的日子裡，葉大衛表面上在跟進十四年前發生在漁陽碼頭貨櫃的十八人死亡案件，還專門向馬正雲做了彙報，暗地裡其實仍在調查向宏濤的案子。

「向宏濤、馬玥、賀軍是同班同學，三人肯定是認識的，在馬玥車禍身亡、向宏濤失蹤後的三天，賀軍也被發現失蹤了，這其中究竟有什麼聯繫？」這是葉大衛始終糾結的問題，他認為只要找到這個問題的答案，整個案件便會真相大白。

其實，他已經猜想到了另外一種可能，只不過沒有證據，一時之間不敢輕易下結論。

這天晚上，葉大衛剛下班回家，便接到向卉的電話，說有事要晚點回來。他覺得有些疑點還需要去跟顧衛國對一下，於是決定前往。

他知道顧衛國行動不便，大晚上的，一般情況下不會出門，所以沒有提前聯繫。

葉大衛在開車的過程中，又把幾個疑問在心裡捋了捋，想著還有沒有遺漏的地方，不知不覺便接近了顧衛國住的小區。

雲層中半掩著一輪彎月，看上去模模糊糊，像長了毛。

第十七章 隱藏了 27 年的真相

他突然發現一輛熟悉的車，再仔細核對了一下車牌號，趕緊熄了車燈，找個暗角將車停了下來。他想起顧衛國曾說過，最近幾年，馬正雲很少來家裡拜訪的事情，便隱隱覺得有些不安。

「這麼晚，他來找顧衛國幹什麼？」葉大衛目睹馬正雲下車，然後上了樓。

「難道是為了向宏濤的案子？或者說馬正雲知道我找過顧衛國……不對呀，難道他知道我背地裡在繼續調查向宏濤的案子，也找顧衛國了解過情況，那他這麼晚出現在顧衛國家裡，莫非是為了阻止顧衛國幫我？」葉大衛坐在車裡，雖然車內的溫度不低，但他依然感覺渾身冰冷，不禁裹了裹衣領，抱著雙臂，盯著顧衛國家樓層亮燈的方向，猜想著馬正雲這個時候來拜訪顧衛國，肯定不僅僅是為了敘舊。

他們到底在聊什麼？為什麼這麼久還不下來？

葉大衛左思右想，眼看著時間一分一秒溜走，差點就沒忍住想要上樓去看看。

大約半個小時後，馬正雲終於從樓上下來，但在上車之前，又仰頭盯著顧衛國家的樓層駐足了片刻，然後才離開。

葉大衛從馬正雲眼裡看到了一種無比陰晦的表情，這和平日裡他給人的眼神完全不同。馬正雲上了車，但沒有馬上離開。葉大衛只能依稀看到車內一動不動的身影。

太反常了！馬正雲今晚的表現，就像突然之間換了個人似的。葉大衛本來還想著上樓去見見顧衛國的，但最終還是決定跟著馬正雲，想要知道他來見顧衛國的原因，所以在馬正雲開車離開時，他猶豫了一下，緊接著開車跟了上去。

馬正雲開著車在大街上漫無目的地閒逛，既不是回家的方向，也不是去局裡的路。

葉大衛擔心跟得太緊被發現，所以不敢踩油門，但他越來越疑惑，馬正雲今晚的行為實在是太過反常，不僅連夜拜訪顧衛國，而且還在大街上開著車轉圈圈。

人只有在心事重重或者精神高度集中思考問題的時候，才會漫無目的地駕車四處遊逛。葉大衛也有過這種情況，所以才會將這種猜想放置在馬正雲身上。

大約二十來分鐘後，馬正雲突然將車轉向了回局裡的路。

這麼晚了，馬正雲還回局裡做什麼？葉大衛這樣想著，把車停在遠處，親眼看到馬正雲下車，然後進了警察局的大門。局裡每晚都安排有警員值班，有幾個房間的燈光一直亮著。馬正雲辦公室的燈也很快亮了，從葉大衛停車的位置，正好可以看到亮燈的窗戶。

此時，時間已經指向晚上十二點。

葉大衛再次猜想馬正雲今晚會在辦公室歇息，心想再這麼耗下去也無濟於事，本來也想直接回去睡覺，但突然想起跟馬正雲見過面的顧衛國，憑著刑警的職業敏感，猛地生出一種極其怪異的感覺。

他撥通了顧衛國的手機，可響了半天，都沒人接聽。

葉大衛再次驅車回到顧衛國家樓下，看了一眼時間，已將近凌晨兩點。

這個時間點，顧衛國應該早就睡下，可客廳的燈為什麼還亮著？他思忖著，快步上樓，輕輕地敲了敲門，但沒有回音，遲疑了一下，稍微一用力，沒想到門被推開了。

他小心翼翼地進屋，環顧著四周，沒見顧衛國的身影，於是又叫了兩聲，依然死氣沉沉。

313

第十七章　隱藏了 27 年的真相

更奇怪的是，臥室的門也開著，房裡卻沒人。

葉大衛之前心裡那種怪異的感覺，此刻變成了不祥的預感，直到他走進洗手間，看到坐在輪椅上，已經沒了呼吸的顧衛國，這才明白出了大事。

剎那間，從見到馬正雲開車來到這裡，再驅車離開，回到警察局的情景，像電影片段似的一一浮現在腦海裡。

顧衛國死了，而且是死在馬正雲來過這裡之後。

葉大衛實在不敢把這兩件事聯繫在一起，但自己親眼所見，就算萬般不想承認，還是被現實打了耳光。

顧衛國身體上沒有明顯外傷，可他到底是怎麼死的？葉大衛想起曾親眼見顧衛國吃過治療心臟病的特效藥，回到客廳，果然看到了剩下的藥。

他盯著那些藥片，心想如果顧衛國真是死於心臟病，也許事情就變得簡單了些，可要不是死於心臟病⋯⋯

他眼前浮現出「謀殺」二字，而根據自己的判斷，如果凶手不是先於自己進屋的馬正雲，便還有其他凶手。

他強迫自己冷靜下來，可內心依然焦躁不已。他是一個老練的警察，顧衛國的死，卻把他推入無底深淵。他沉重地感覺到，顧衛國的死，很有可能與自己調查向宏濤夫妻的案件有關。

換句話說，他覺得是自己害了顧衛國。一時間，更加難以理性控制情緒了。他盯著顧衛國近乎安詳

一陣電話鈴聲把他的思緒拉了回來。電話是向卉打來的，問他怎麼這麼晚還沒回去。

他聽到向卉的聲音，稍微平靜了些，盡量壓抑著沉重的心情說道：「出了點事，我可能要晚點才能回去。」

向卉沒有追問到底發生了何事，只說道：「不管多晚，都要回來！」

葉大衛放下電話，終於回歸了自己刑警的身分，沒有觸碰現場的任何束西，緊接著便打電話報了警。

很快，幾名刑警急匆匆來到現場。

「什麼情況，這麼晚，你怎麼會在這裡？」負責現場的同事問，葉大衛說：「你們先處理現場，稍後我會解釋……我得先回局裡一趟，你們趕緊梳理現場吧。」

「你是報案人，那口供……」

「稍後我找你！」葉大衛說完這話，就急匆匆地離開了。其實，他在等待同事到達現場之前，打了好幾個電話給馬正雲，但都顯示關機，更奇怪的是，辦公室和家裡的座機也沒人接。

葉大衛急匆匆回到局裡，在停車場看到了馬正雲的車，又見馬正雲辦公室的燈還亮著，就覺得更加奇怪，可等他敲門時，卻一直沒人出來。他遲疑著推開門，才發現房內根本沒人。

他從辦公室退出來的時候，正好有值班警員過來問道：「葉隊，這麼晚，還沒下班？」

「出了個案子，得加班。對了，馬局不是在加班嗎？怎麼辦公室的燈亮著，人不在？」

第十七章　隱藏了27年的真相

「馬局好像是來過，但什麼時候走的，沒注意……車還在嗎？」

葉大衛點了點頭。

「奇怪了，車還在，人卻不在辦公室，馬局難道是走路回家去了？」

葉大衛卻不這麼認為，因為他知道馬正雲住的地方，離警察局不太近，開車至少要半小時，何況這麼晚了，他不可能步行回去。

顧衛國的屍檢工作正在按部就班地進行，法醫和刑警在現場採集了幾組腳印，除此之外，沒有更多發現，就把屍體帶了回去。

葉大衛當晚沒有離開警察局，在辦公室等出現場的民警回來，緊接著是錄口供。

「該說的我都說了，事實就是這樣……」葉大衛將今晚發生的事情跟錄口供的同事做了說明，又指出顧衛國患有心臟病的事實。

「法醫部的同事也簡單做了現場勘察，沒有明顯外傷，也沒有外力侵入的痕跡，在現場發現的治療心臟病的藥物，還在化驗之中，一切等屍檢結果出來再說吧。」

葉大衛開車回家後，躺在床上，很久都無法入睡。今晚發生的事情，像一個環，緊緊地勒住了他的咽喉，令他難以呼吸。

他隱瞞了馬正雲曾經去過現場的事實，雖然有悖於作為一名警察的職業道德，但也是擔心自己的臆

測，會帶給馬正雲不好的影響。畢竟，出現在現場，並不等於就是行兇者。他決定等找到馬正雲，問清楚情況之後再決定怎麼去做。

這個季節的江州市，每年都會遇到幾次大霧天氣，但今天的霧更大，能見度只有一公尺左右，整個城市好像從地球上消失了，影影綽綽的，只留下滿目的孤獨感。

葉大衛被電話鈴聲驚醒的時候正在做夢，夢見馬正雲和顧衛國談話。他想聽清楚兩人在聊什麼，面前卻像隔著一層無形的屏障，只看到嘴巴在動，無法聽見聲音。

「什麼？」當他聽見馬正雲在警局開槍自殺的消息時，瞬間感覺被雷電擊中，身體從雲端迅速滑落，然後重重地摔落到地上，粉身碎骨。

他渾身顫抖，舉著電話的手，無力地垂了下來。

汽車在霧濛濛的大街上飛馳，向卉緊緊地抓著扶手，試圖讓他慢下來，他卻一言不發，眉頭緊蹙，臉色冰冷。

終於，葉大衛載著她安全到達警察局，馬正雲開槍自殺的房間已經被封鎖。這個房間處於警察局辦公大樓頂層的檔案室，他手上還拿著向宏濤案件的文件。因為值班警員在大樓最底層，加上檔案室樓層高，位置較偏僻，所以值班警員沒聽見槍聲。

向卉直到此時才明白發生了何事，面對馬正雲冰冷的屍體，淚水奪眶而出。

葉大衛面對已經死亡的馬正雲，情緒也崩潰到了極點。他怎麼也不相信馬正雲會開槍自殺，而且選擇在自己工作的地方。

317

第十七章　隱藏了 27 年的真相

有警員遞給他個信封，上面寫著「葉大衛親啟」。葉大衛顫抖著開啟信封，露出了一張信箋，顯示是馬正雲的筆跡。

「大衛，當你看到這封信的時候，我已經離開了。雖然我明知道這樣做會帶給你們很大的傷害，但很抱歉，我別無選擇。我知道你一直在暗中調查向卉父母的案件，也知道不能阻止你。其實，我並不想阻止你，很多事情，不管時間過了多久，真相也總有大白的一天。

「這件事，說來並不光彩，因為事情的起因，全都是我堂妹馬玥引發的。時間是 1992 年，向宏濤偶然跟我提起馬玥背叛婚姻的事情，一開始我並不相信，但事實擺在眼前，馬玥確實背叛了向宏濤，跟一個叫賀軍的男人有了婚外情。我跟馬玥深談過後，馬玥答應我，不會繼續跟賀軍交往，但沒想到賀軍不放手。更沒想到的是，賀軍在糾纏馬玥的時候，馬玥一不小心，失手殺了他。

「都是我的錯，我當時被情感沖昏了頭腦，為了袒護馬玥，不僅幫她隱瞞了殺人的事實，還將即將接近真相的顧衛國推倒，導致他下肢癱瘓，不能繼續勝任警察的工作，不得不提前退休。

「這些年來，我一直活在痛苦中，試圖忘記這件事，或者說自認為沒人會發現真相，以致患了嚴重的憂鬱症，甚至自己什麼時候就會瘋掉。我知道你有能力讓案情真相大白，所以我很害怕這一天什麼時候就到來了。我已經沒有資格繼續擔任局長，更沒臉活在這個世上。我離開之後，只希望你能好好照顧向卉，除了你，她在這個世界上已經沒有別的親人。

「我知道你已經聯繫上了顧衛國，我也知道顧衛國對於是誰當年造成他癱瘓的事耿耿於懷，做夢都想抓住害他的凶手，所以我在決定離開這個世界前，親自去拜訪了他，跟他說出了真相、道了歉。我知道

318

「向宏濤當年發生車禍後就失蹤了，這麼多年音信全無，生死不明。他是最無辜的，賀軍的死跟他沒有半點關係，他沒有殺人，也沒有幫忙處理屍體，但我懷疑車禍的事情，與他脫不了關係，如果你打算繼續查明真相，我說的這點，權當是一條線索吧。

「至於賀軍，他的屍體被埋在賀軍老屋客廳下面，之前我說老屋已經賣了，其實是我以另一個人的身分購買。房子現在還空著，你可以帶著同事們去將屍體移出來。我的死，是我自己的選擇，與他人沒有任何關係，我這一走，也就解脫了，希望活著的人，能好好生活，這個世界，有時候會陷入黑暗，但黑暗是短暫的，總有過去的一天。」

葉大衛讀完馬正雲留給他的信件，心裡像被堵住，呼吸變得越來越困難，最後差點沒吐出來。

馬正雲的死亡時間是凌晨四點，那個時候，葉大衛剛錄完口供，是凌晨三點離開警察局的，而顧衛國的死亡時間大概在十二點到兩點之間，那麼兩點到四點之間，馬正雲不在辦公室，他去了哪裡？

葉大衛重新錄了一份口供，把馬正雲曾經去過顧衛國家裡的事情說了出來。顧衛國的屍檢結果很快就出來了，確實是心臟病突發身亡，可疑點是，治療心臟病的藥物就在手邊，他為何沒來得及服藥？

葉大衛再次返回到了顧衛國家裡。房屋裡冷冷清清，物是人非。他不禁嘆息了一聲，環視著沒有任何變化的擺設，慢慢走進了洗手間。顧衛國生前坐過的輪椅依然擺在原位。

如果顧衛國是馬正雲殺害的，那目的是什麼？如果馬正雲想要刻意隱瞞真相，就不會在留下的信件裡說出真相了。但也不排除一點，除非馬正雲撒謊。可一個將死之人，有什麼必要撒謊呢？

第十七章　隱藏了27年的真相

所以，葉大衛重新回到了顧衛國死亡現場，希望能發現一些新的線索。其實，他這次回來，是帶有目的性的，因為想起顧衛國曾給他看過的、記錄著向宏濤打來電話的紅色封皮筆記本。

他在簡陋的書架上翻了起來，很快就看到了那個紅色封皮的筆記本，可翻開一看，裡面都是一些日常瑣事的記錄，沒有一個電話號碼。但他明明記得顧衛國當時是拿著筆記本給他看的。他翻來覆去檢查了一番，終於發現，最後一頁紙被人給撕了，在紅色的外殼上留下了模模糊糊的痕跡。

葉大衛對照自己曾經撥打過的號碼，確定正是這個號碼無疑，但為什麼紀錄卻被撕掉的，還是……他想到了凶手，如果是凶手撕掉了號碼，只能說明凶手與向宏濤有關，擔心被人找到與向宏濤有關的任何線索。

所以，他更加相信凶手不是馬正雲，而是另有其人。

對於這個結果，葉大衛有八成把握。

他試圖把凶案情景還原，於是將目光投放在了輪椅裡的行為舉止，在輪椅上坐了下來，閉上眼睛，顧衛國的生活軌跡在他腦海裡變得越來越清晰。

突然，他的手指好像碰到了凸起的東西，稍微用力一捏，手把上竟然彈出一個暗盒，暗盒裡躺著一部手機。

他認出手機就是顧衛國的，開啟手機，沒有密碼，直接進入主頁面瀏覽起來。

奇怪的是，所有的來電通話紀錄和簡訊紀錄都被刪除。他開啟相簿，相簿裡僅僅躺著一張照片，照片上是一個只有側臉的模糊身影。

葉大衛盯著照片看了又看，腦子裡漸漸浮現出一個人的樣子。

「向宏濤！對，沒錯，就是他！」葉大衛內心是既激動又緊張，很快就看到了拍攝照片的時間是五天前。

葉大衛目結舌，目光停留在照片上，久久無法移開。很快，他發現照片的背景，正是顧衛國家的窗戶。也就是說，向宏濤曾經出現在這裡，而且顧衛國偷偷拍下了這張照片。

向宏濤真的回來了？

他不敢相信自己的眼睛，寧願是自己眼花了。

可照片的拍攝時間，給了他致命一擊。

葉大衛屏住呼吸，正在端詳照片時，法醫科的同事打來電話，告訴他顧衛國確實是死於心臟病，但是現場發現有第三人的足跡，不過無法確定是否是兇手留下來的。

「奇怪的是，在對鞋印進行了比對之後，發現這款鞋子是如今市場上已經根本不存在的一款鞋子，很早就停產了。」法醫說，「這款鞋子是風靡二十世紀九十年代的一個品牌。現在都是二十一世紀了，居然還有人穿這款鞋子，如果真是兇手留下來的，只能說這個兇手也是個老古董了。」

葉大衛被法醫的話驚得差點掉了下巴，慌忙在手機上搜尋關於這個牌子的資訊，發現這款鞋子果然是二十世紀的產物，但是早就因為市場原因而停產。

自然而然，他想到了向宏濤，那個身在1992年，透過網路跟自己多次聯繫過的人。

321

第十七章　隱藏了27年的真相

所有的證據，包括手機裡神似向宏濤的照片，顧衛國在筆記本上記錄的關於向宏濤的電話號碼，以及現場的鞋印等等線索，無一不指向向宏濤。

葉大衛頭重腳輕，感覺自己像個傻子，對這個世界的認知，變得越來越虛無。他站在窗前，透過夜色，過往的許多情景，都在他眼前一一放大，最後卻沉入黑暗之中。

馬正雲死了，向卉傷心欲絕，把自己關在屋裡，大病了一場。

她沒有看過馬正雲留給葉大衛的信，如果知道自己崇拜的舅舅，背地裡做了那麼多不符合自己身分的事，她該是多麼絕望。

這同樣也是葉大衛擔心的事。他對她隱瞞了信件裡的內容，卻無從解釋馬正雲開槍自殺的原因。為此，他萬般苦惱，直到處理完馬正雲的後事，才決定跟她敞開心扉，好好談談。

「馬局在離開之前，留下了一封信給我⋯⋯」葉大衛看了一眼坐在沙發上，抱著馬正雲相框的向卉。

此時，屋裡只剩下他們兩人，顯得更加冷清。

葉大衛微微嘆息了一聲，才接著說：「馬局在信裡，談到了妳父母當年的案子⋯⋯」

「我舅舅到底是怎麼死的？我父母又是被誰殺害的？」向卉打斷了他的話，雖然聲音並不大，但他卻感覺她太過壓抑，嗓子都沙啞了。

「馬局因為妳父母的案子，這些年一直過得很辛苦，他有憂鬱症，最後才選擇以這種方式結束自己的性命，對他而言，也算是解脫吧。」葉大衛緩緩說道，「也許妳並沒有看出來，馬局是個很倔強的人，他不希望別人看出他內心的脆弱，尤其是妳，所以從未在外人面前表現出來。」

322

「我不信，我不信舅舅會自殺⋯⋯」向卉嗚嗚地抽泣起來，葉大衛嘆息道：「我也不信，很多人都不相信馬局會選擇這條路，可憂鬱症患者，他們的內心只有自己才了解，他們的痛苦，當然也只有他們自己才能體會。」

他頓了頓，繼續說道：「哭吧，想哭就哭吧，如果馬局也是個會哭的人，那他也許就不會得憂鬱症了。每個人都需要發洩，太久的壓抑，會導致身上的弦斷裂。」

他想起了申雲娜和曹志宇，那兩個志同道合的同袍，曾經多次並肩作戰的同袍。他明白，兩人的離去，或多或少都跟他有關。可他從來不敢把心裡的脆弱寫在臉上，即使是透過另外一些方式發洩出來。

向卉起身，把馬正雲的遺像放下，卻盯著他的面孔，一動不動。葉大衛走到她身邊，沉沉地說道：「馬局離開前，最放心不下的人就是妳，他讓我好好照顧妳。馬局，您放心去吧，我不會讓向卉受委屈的。」

「殺害我爸媽的，到底是什麼人？」向卉沉悶了許久，又問起這個。

其實，葉大衛本來就打算告訴她答案，此時把她拉到沙發上坐下，盯著她的眼睛說：「妳知道我回來之後，為什麼又會去到另一個空間嗎？以前，我以為所有的相遇都只是偶然，後來我明白了，其實老天把我送到另一個空間，無論哪個空間，都有祂的用意。在2009年，我其實是遇到了妳，另一個妳，在那裡，妳被綁架了，而綁架妳的人，便是當年殺害妳父母的兇手。他叫徐天堂，殺害了妳很多無辜的人。可能妳不記得了，因為當年妳在被綁架後，曾有過創傷，所以失憶。也許妳不願意再回憶起那段可怕的經歷，所以才永遠地忘卻。我回去是為了救妳，也是為了找到殺害妳父母的兇手。徐天堂已經死了，妳

第十七章　隱藏了 27 年的真相

父母的仇也報了。馬局也是在知道這些事情後，才選擇離去，也許他也覺得自己了了一輩子的心願和遺憾，是離開的時候了。」

他隱瞞了關於 AI 機器人的那些事情、隱瞞了陳莉被殺的事情，也隱瞞了和向宏濤聯繫的事情，而且還打算永遠隱瞞下去，因為不想說得太多，很多祕密和痛苦，自己一個人默默承擔即可。

向卉眼裡噙滿了淚水，她沒想到葉大衛離開自己，冒險去到另一個空間，居然是為了父母的案子。

可是她不明白，徐天堂為何要殺害她父母。

葉大衛第一次覺得真相已經不那麼重要，他不想讓向卉認為自己的父母是壞人，所以他隱瞞了真相，只是告訴她，因為她父親生意上的事情，所以才遭到報復。

可是，當他在用善意的謊言欺騙向卉時，向宏濤的樣子又浮現在了眼前。

向宏濤是真的回來了嗎？他為什麼要殺害顧衛國？後來，他想到了另外一種可能，向宏濤這種做法，也許是為了保護馬正雲，讓馬正雲當年打傷顧衛國的事情永遠成為一個祕密。

如果向宏濤猜到馬正雲會選擇自殺，也許就不會鋌而走險了。葉大衛這樣想著，決定繼續尋找向宏濤，他猜想向宏濤如果真的已經回來，那麼早晚一定會見面。

時間變成了平靜的流水，那種雲霄飛車般的經歷過後，讓葉大衛的心情也從最高點跌落回了地面。

他幾乎每天都會把向宏濤的樣子在腦子裡過一遍，希望在大街上某個片刻遇到，也能一眼就認出來。

向卉的心情，也漸漸闖過陰霾，迎來了陽光燦爛的日子。

早上，葉大衛和向卉一起開車去上班，他把向卉丟在警察局後，自己就出門辦事去了，直到晚上八點多才回家，他接到向卉發來的簡訊，稱朋友生日，自己在外面跟朋友吃飯，估計要晚點才回去。

葉大衛正在調查新的舊案，趁向卉還沒回來前，打算再把案卷看一遍。

向卉跟朋友吃過晚飯後，又去酒吧坐了會兒，結束的時候已經是晚上一點多。她沒有打車回去，因為回去的方向和朋友家正好順路，於是先把朋友送到家，然後打算走回去。

「要不，還是打電話讓他來接妳吧！」朋友建議，向卉笑著說：「不用啦，就這麼近，一會兒工夫就到家了。」

確實，從這個地方回家並不遠，最多十五分鐘的路程。她喝了點酒，但沒醉，只是臉上熱辣辣的。

她哼著歌曲，享受著涼風拂面的感覺。

走著走著，她突然停下了腳步，回頭望著，身後除了夜色，並沒有半個人影。她以為有人在尾隨自己，這時候才傻笑起來，覺得是聽覺出了問題。

穿過馬路，前面是一條不太寬的巷子，也是回家的近路。向卉經常走這條路，雖然每到晚上，巷子裡兩邊的住戶都關了門，只剩下昏黃孤獨的路燈還亮著。

她並不害怕，不僅是因為自己對這條路很熟，而且因為自己是警察。

可是，身後又傳來一陣稀稀疏疏的腳步聲。當她停下來回頭張望時，那陣腳步聲也消失了。

不，不是消失，而是停在了某個黑暗的角落。她摸出手機，撥通了葉大衛的電話。

第十七章　隱藏了27年的真相

葉大衛正忙碌著，沒想到一忙碌起來，居然就忘了時間。當電話響起來時，他從工作中抬起頭來，看了一眼空空的屋子，這才想起向卉怎麼還沒回來。可是，當他按下接聽鍵，剛「喂」了一聲，便聽見電話那頭傳來一聲慘叫。

他被向卉的聲音驚得站了起來，可電話裡只剩下痛苦的呻吟。

「向卉，妳怎麼了？喂，妳在哪兒，發生什麼事了？」葉大衛感覺自己的心臟快要跳出來了，邊叫喊著向卉的名字，邊衝出了門。

黃昏的巷子裡，向卉被人從後面襲擊，此時被死死地勒著脖子，兩隻手在空中胡亂地揮舞，雙腿用力地在地上蹬來蹬去。

可是她已經沒有力氣了，漸漸感覺呼吸越來越困難，昏黃的燈光，也即將消失於眼前⋯⋯

「師父，救我！」這是她心裡此刻唯一能想到的人。

她繼續掙扎著，求生的願望讓她沒有停止反抗。

她終於抓到了襲擊者的眼睛，可是漸漸地，身體裡最後一絲力氣，也被消耗殆盡，不得不緩緩垂下了手臂。

她突然覺得有股氣流從喉嚨裡湧進了肺裡，整個人恢復了一絲絲力氣，翻身靠牆坐了起來，眼前卻依然一片模糊。只見不遠處，剛剛襲擊自己的人，被另一個人按在牆上，一拳一拳的，狠狠地擊打著。

是他！

向卉模模糊糊地看見了襲擊自己的人，是那個無數次襲擊過自己的小衛……她想看清那張臉的時候，那人卻只留給他一個側影，舉著拳頭，用力地狠揍著小衛。

不遠處，傳來葉大衛的叫喚聲。

向卉好像抓住了救命稻草，順著牆角倒地，終於沒支撐住，暈了過去。

也許是聽到葉大衛的聲音，小衛推倒攻擊自己的人，跟跟蹌蹌地逃出了巷子。

然而，這個人並未馬上離去。他慢慢走到向卉面前，蹲下身，心疼地看著那張彷彿熟睡中的面孔，伸出手去，想要撫摸，卻顫抖著，終於又縮了回來。

「你幹什麼？」葉大衛的身影出現在巷子口，他看到了這一幕，於是厲聲喝斥起來。

當他看到那張男人的臉時，頓時就屏住了呼吸，再也挪不開腳步。

是向宏濤嗎？

葉大衛腦子裡閃過這個念頭，當他再次邁出腳步，衝到向卉面前時，那個男人的身影，已經像陣風似的消失在黑暗之中……

逆空追凶──暗網：

時光重啟，殺機再臨！隱藏在皮肉下的，是善惡難辨的人性，還是堅不可摧的鋼鐵？

作　　　者：	老譚
責 任 編 輯：	高惠娟
發 　行　 人：	黃振庭
出　版　者：	崧燁文化事業有限公司
發　行　者：	崧燁文化事業有限公司
E ‐ m a i l：	sonbookservice@gmail.com
粉　絲　頁：	https://www.facebook.com/sonbookss
網　　　址：	https://sonbook.net/
地　　　址：	台北市中正區重慶南路一段 61 號 8 樓 8F., No.61, Sec. 1, Chongqing S. Rd., Zhongzheng Dist., Taipei City 100, Taiwan
電　　　話：	(02)2370-3310
傳　　　真：	(02)2388-1990
印　　　刷：	京峯數位服務有限公司
律師顧問：	廣華律師事務所 張珮琦律師

──版權聲明──

本書版權為樂律文化所有授權崧燁文化事業有限公司獨家發行電子書及紙本書。若有其他相關權利及授權需求請與本公司聯繫。
未經書面許可，不可複製、發行。

定　　　價：450 元
發行日期：2024 年 12 月第一版
◎本書以 POD 印製
Design Assets from Freepik.com

國家圖書館出版品預行編目資料

逆空追凶──暗網：時光重啟，殺機再臨！隱藏在皮肉下的，是善惡難辨的人性，還是堅不可摧的鋼鐵？ / 老譚 著 . -- 第一版 . -- 臺北市：崧燁文化事業有限公司 , 2024.12
面；　公分
POD 版
ISBN 978-626-416-192-3(平裝)
857.7　113018798

電子書購買

爽讀 APP　　　　　臉書